KB129414

이매망량
애정사
1

이매망량 애정사

1

김나영 장편소설

네오픽션

차
례

도깨비 망량, 피리에 갇히다

어둑어둑한 밤, 월악산의 높게 뻗은 숲 위로 고요하게 흐르는 달빛. 그 아래 한 중년 남자가 정신없이 망태에 산삼을 캐 넣고 있었다. 월악산은 이따금씩 도깨비가 나타나 장난을 치는 곳이었기에 사람들이 출입을 꺼리는 곳이었다. 하지만 지금 남자에게 도깨비는 그렇게 중요한 문제가 아니었다. 간밤에 신령이 나타나, 보름달이 뜨는 밤에 월악산의 매바위를 찾으면 큰 부자가 될 것이라 했다. 남자는 그 말을 따라 매바위를 찾았으니, 이게 웬 횡재인가 매바위 아래로 산삼이 밭을 이루고 있었다.

"이, 이렇게 많은 산삼은 처음 본다, 처음 봐. 이제 나는 어마어마한 부자가 되겠구나. 으흐흐!"

남자가 기쁨에 넘치는 목소리로 외쳤을 때, 등 뒤에서 갑자기 한 남자의 목소리가 들려왔다.

"정 의원, 삼 많이 캐셨소?"

뒷골이 서늘하여 돌아보니 키가 크고 건장한 남자가 서 있었다. 마침 달이 구름에 가려 낯선 이가 누구인지 제대로 보이지 않았다. 남자는 덜컥 겁을 집어먹고 소리쳤다.

"다, 당신은 누구요? 이, 이 삼만은 절대 줄 수 없소."

남자는 망태를 움켜쥐었다. 그리고 한 손에 든 약호미를 위협하듯 휘둘렀다. 낯선 이는 뒷걸음치는 그를 향해 웃음을 참으며 말했다.

"그 망태에 든 것은 모두 다 정 의원의 것이네. 평소 그대의 행실에 대한 나의 작은 보답이라고나 할까."

그때 마침 구름이 비켜나고 달이 훤하게 머리 위를 비추는데, 아뿔싸 남자의 주위로 시퍼런 도깨비불이 둘러싸고 있었다.

"헉! 도, 도깨비다!"

남자는 쏜살같이 도망치기 시작했다. 조금 전까지만 해도 산삼에 정신이 팔려 있었는데 이제야 월악산의 도깨비가 얼마나 괴팍한지 생각이 난 모양이었다. 키가 크고 눈매가 부리부리한 도깨비는 사람들에게 장난치기를 좋아해서 때때로 마을로 내려와 황소를 지붕 위에 올려놓거나 솥뚜껑을 솥 안으로 넣고, 호랑이를 개처럼 부려 사람을 쫓는 등 해괴한 일을 벌이곤 했다. 그러나 사람들이 도깨비를 두려워하는 가장 큰 이유는 나쁜 일을 한 자를 귀신같이 가려내어 골려줬기 때문이다.

"이, 이건 아까 그 참나무잖아."

남자는 한참 도망쳐도 그 자리를 빙빙 돌고 있을 뿐이라는 사실을 깨닫고 얼굴이 새파랗게 질려 무릎을 꿇었다. 그 모습을 본 도깨비는 이를 활짝 드러내고 웃더니 남자의 곁으로 다가와 주위를 빙빙 돌기 시작했다.

"정 의원, 자네 조강지처가 참 현숙하기로 소문이 났더군. 자네가 의원 공부 10년을 하는 동안 돈 한 푼 벌어오지 못하는 것을 한 번도 타박한 적 없이 어린 두 아들을 데리고 삯바느질에 허드렛일을 해가며 살림을 해왔다고 들었네. 게다가 자네의 늙은 어머니가 풍으로 자리에 누운 뒤에는 대소변을 받아내며 수발을 들었다지?"

남자는 두려움에 다리가 후들후들 떨리고 이가 달그락달그락 부딪혔다. 그러나 도깨비는 무심한 표정으로 말을 이었다.

"그런데 자네가 의원이 되어 이제 돈푼깨나 만지게 되

자 제일 먼저 한 일이 조강지처를 내치고 스무 살 어린 계집을 첩으로 들인 것이라 들었네. 거기다가 자네는 사람 구하는 일보다는 돈 세는 일을 더 좋아하여 약재를 속여 비싸게 팔고, 가난한 이들의 목숨이 촌각을 다투어도 매정하게 돌려보낸다고 소문이 자자하더군."

도깨비의 말에 남자는 엎드려 엉엉 울며 빌었다.

"자, 잘못했습니다. 제가 죽을죄를 지었습니다. 목숨만 살려주십시오. 뭐든지 시키는 대로 다 하겠습니다."

도깨비는 한달음에 높은 참나무 위에 올라앉아 가만히 턱을 괴고 그를 내려다보았다. 정 의원은 고양이 앞에 쥐요, 도깨비는 쥐를 갖고 노는 고양이라. 곧 도깨비는 좋은 생각이 떠올랐는지 히죽거리며 말했다.

"흐음, 뭐든지 시키는 대로 다 하겠다? 그렇다면 마을로 내려가 사람들이 보는 앞에서 망태에 든 것을 모두 먹어 흔적을 남기지 말도록 해라. 알겠느냐?"

"네, 알겠습니다. 꼭 그리하도록 하겠습니다."

"만약 약속을 지키지 않는다면 내 다음에는 네 목숨을 가져갈 것이야."

도깨비는 말이 끝나기가 무섭게 한바탕 웃더니 이내 한 줌 바람 속으로 사라져버렸다. 그제야 정 의원은 자리에서 일어났는데, 너무 놀란 나머지 바지에 오줌 자국

10

이 선명했다.

정 의원이 울면서 어기적어기적 산길을 타고 마을로 내려오니 어느새 동이 터서 날이 훤하게 밝아 있었다. 오늘 따라 마을에는 장이 서서 이 동네는 물론이요, 아랫동네, 윗동네, 옆 동네 할 것 없이 사람들이 와글와글했다. 멀쩡하게 얼굴에 눈 달린 이는 모두 정 의원의 거지 같은 행색을 보고 수군거렸다.

"정 의원이 미친 것 아니여?"

"저 꼬락서니를 보니께 딱 봐도 감이 오지 않는당가? 월악산에 약재를 캐러 갔었구먼. 쯧쯧! 조강지처 버리고 돈만 밝히더니 도깨비한테 호되게 당했네, 당했어."

정 의원은 쥐구멍에라도 숨고 싶은 심정이었으나 도깨비와의 약속을 떠올리자니 그럴 수도 없었다. 정 의원은 이를 악물고 어깨에 메고 있던 망태를 열어보았다. 그는 순간 머리가 어질했다.

"차라리 아까 죽여달라고 할 것을……."

그 안에 가득 든 것은 금이야 옥이야 했던 산삼이 아니라 고약한 냄새를 풍기는 개똥이었다. 정 의원은 분하고 이가 갈렸지만 약속을 지키지 않으면 무슨 후환이 있을지 알 수 없었다. 그는 망태 속 개똥을 손으로 퍼 입안에 우적우적 밀어 넣었다.

"아이고, 월악산 도깨비가 정 의원한테 개똥을 먹이는 구먼. 하하하!"

"이럴 때 보면 월악산 도깨비가 사또 나리보다 낫다니 께."

"그러게, 지난번에는 노비들 피 말리던 김 첨지네서 노비 문서를 싹 훔쳐다가 사또 방에 벽지로 발라줬다지. 킥킥!"

마을 사람들의 이야기를 뒤편에서 흐뭇한 표정으로 듣고 있는 한 젊은 도령이 있었으니, 머리에 상투를 틀어 갓을 쓰고 옥색 도포를 입은 그는 키가 6척이 넘고 눈매가 부리부리한 남자로 어딘지 모르게 범접할 수 없는 신비로움을 풍겼다.

잠시 후 정 의원의 어린 애첩이 소식을 듣고 달려 나와 그의 바짓가랑이를 잡고 이 무슨 일이냐 통곡을 하는데, 정 의원은 애첩을 뿌리치며 개똥을 먹다가 토하고, 또 먹다가 토하기를 반복하니 눈 뜨고 볼 수 없는 꼴사나운 광경이 펼쳐졌다.

"먹으란다고 다 먹다니. 고놈 참 말은 잘 듣네."

도령은 혀를 끌끌 차며 멀리 마을 입구로 사라졌다.

＊

"바로 저곳이오!"

정 의원이 해가 지고 있는 매바위를 손가락으로 가리키니 무녀복을 입은 늙은 무당이 앞장섰다. 그 뒤로 그녀의 조수 둘이 각각 장구와 징을 메고 따랐으며, 하인 하나가 그 꽁무니를 쫓아 떡과 과일 등을 잔뜩 짊어지고 매바위를 향해 올라갔다.

"영험한 곳이군요. 도깨비 주제에 공력이 여간내기가 아닌 것 같습니다."

무당이 매바위를 휘 둘러보고 나서 고개를 흔들자 도깨비의 장난에 호되게 망신을 당한 정 의원이 붉으락푸르락하는 얼굴로 품에서 엽전 꾸러미를 꺼내 흔들었다.

"내 그러니 전국 방방곡곡을 수소문하여 당신을 찾아낸 것 아니오. 돈은 얼마든지 줄 테니 도깨비를 잡아다 혼쭐을 내주시오. 내 그놈한테 당한 걸 생각하면 자다가도 벌떡벌떡 일어나니, 의원이고 나발이고 내가 먼저 화병으로 죽게 생겼소."

무당은 정 의원을 향해 웃더니 그가 내민 돈을 받아 품에 넣었다.

"의원님께서 간곡하게 부탁하시니 내 한번 힘써보겠

소. 우리 장군 신령님께서 도와주실 테니, 제아무리 공력이 강한 도깨비라 하여도 어찌할 도리가 없을 게요."

무당이 손짓을 하자 곧 두 조수가 매바위 위에 자리를 펼치고 과일과 떡을 올려 제단을 만들어 악기를 두드릴 준비를 했다. 한편 무당은 자신이 가져온 형형색색의 활옷을 위에 덧대어 입고, 앞에는 접신을 하거나 귀신을 가둘 때 쓰는 신장대를 세웠다.

"내 독경무(讀經巫 : 경문을 외는 무당 의식)로 이 도깨비를 몰아내리다."

무당이 호언장담하며 자신이 모시는 장군 신령의 이름을 쓴 종이를 제 위에 올려놓고 절을 올리자, 그에 맞춰 두 조수가 장구와 북을 둥둥 울렸다. 무당은 곧 정 의원이 도깨비에게 된통 당한 사연을 구구절절 읊으며 천방지축 도깨비를 물리쳐달라고 축원을 드리며 신령을 부르는 경문을 외었다.

"태호복희 신농황제 요순우탕 문무주공자는 개성인야시니 찰천지하시고 내지 만물판복하시나니 천장은 만만천천 구백구십구리야요 지방도 만만천천 오백오십오리야니 동서남북이 개시동야라 상고지재와 군자지재와 육갑육을 신명은 축천축지를 하시고 금일축사 조화소원하소서."

한참 경문을 외고 있으니 정말 무당이 모시는 신령이 온 것인지 신장대가 떨리기 시작했다.

"드디어 장군 신령님이 오셨다! 장군 신령님이 오셨어! 신령님, 도깨비를 잡아주십시오! 이 해괴망측한 도깨비를 잡아 세상을 바로잡아주십시오!"

무당은 귀신의 뼈를 녹이고 박살 낸다는 옥추경과 박살경을 암송하며 공중으로 껑충껑충 뛰었다. 북소리에 맞춰 춤을 추는 무당의 활옷이 펄럭거리고 손에 든 방울 소리가 요란하게 어울리니 그야말로 난리법석이라, 정의원은 그제야 갑갑했던 속이 뻥 뚫렸다. 그런데 바로 그때였다.

"네 이놈들! 감히 내 산에서 산신인 나를 몰아내려고 하다니! 제사상에 이름을 올리고 싶은 모양이로구나!"

불호령하는 목소리가 산을 타고 쩌렁쩌렁 울리더니 곧 커다란 참나무 위에 시커먼 그림자 하나가 나타났다.

"도깨비다!"

정 의원은 놀라서 무당의 조수 뒤로 숨었다. 무당은 이리저리 두리번거리고는 마치 귀신이 씐 것처럼 걸걸한 장군의 목소리로 기함을 했다.

"이 도깨비 놈! 내 너를 잡으러 왔으니 썩 나와서 이 신장대 안으로 들어가거라!"

그녀는 두 눈이 뒤집혀 더 큰 소리로 경문을 외며 미친 사람처럼 춤을 추었다. 그러자 인간 형상을 하고 있던 도깨비가 순식간에 푸르스름한 도깨비불로 변하더니 공중에 떠올라 노여운 목소리로 말했다.

"뭐라? 나를 잡아? 네가 감히 나를 미천한 요괴로 보았구나! 잘 들어라. 나는 월악산의 산신이요, 귀신들의 왕이신 무독귀왕을 모시는 도깨비 망량이다. 위아래도 몰라보고 무엄하게 덤비는 너와 네 신령의 버릇을 단단히 고쳐주겠다!"

그 순간 도깨비불이 수백 개로 갈라지며 그들을 에워싸더니 광풍과 함께 달려들었다. 눈 깜짝할 새, 그 해괴한 도깨비불은 떡과 과일을 올려놓은 제단을 후려쳐 풍비박산 내고, 북과 장구는 찢어버렸으며, 신장대를 완전히 뜯어버렸다. 그러자 무당이 뒤로 혼절하듯 자빠지며 억울한 목소리로 말했다.

"내가, 내가 도깨비에게 지다니!"

그 모습을 보고 무당의 조수 하나가 무당을 부축하러 달려갔고, 또 다른 하나는 신령의 이름을 써 붙인 명패로 달려갔다. 그러나 명패마저도 두 동강이 나버렸다. 조수는 허탈한 표정으로 땅바닥에 주저앉았다.

"아이고! 우리 장군 신령님이, 장군 신령님이……."

무당의 조수는 쓰러진 무당을 껴안고 뺨을 때리며 깨웠다.

"무녀님! 어서 일어나십시오! 어서요! 우리가 다 죽게 생겼습니다."

그렇게 무녀를 깨우니 한참을 맞고서야 겨우 정신을 차린 무녀가 주위를 둘러보았다. 그릇 하나 제대로 남은 것 없고, 가지고 온 것은 죄다 부서지고 깨져 엉망진창이었다. 무당은 그제야 도깨비가 예사 도깨비가 아님을 깨닫고 두려움에 고개를 조아렸다.

"제가, 제가 자, 잘못했습니다. 높으신 도깨비님을 몰라뵙고 죽을죄를 지었습니다. 용서해주십시오. 저와 제 장군 신령님의 목숨만 살려주신다면 여기 월악산에 다시는 오지 않겠습니다."

"그 말이 사실이렷다?"

"네, 그렇습니다. 제 말이 거짓부렁이면 그때는 쇤네의 입을 찢으셔도 좋습니다."

"좋다. 나는 본디 착한 도깨비라, 내 특별히 자비를 베풀어 용서해주겠다. 그러니 다시는 월악산에 그림자도 얼씬해서는 안 될 게야!"

도깨비의 말이 떨어지기 무섭게 무당과 그 조수들이 벌벌 기면서 산 아래로 도망치니, 정 의원도 뒤를 쫓아

부리나케 사라졌다. 그러자 하늘 위에 떠 있던 도깨비불이 참나무의 커다란 가지로 하나둘 모여 도깨비 망량의 모습으로 바뀌었다. 그는 참나무 가지에 걸터앉아 정 의원 일행이 엎어지고 자빠지며 달아나는 모습을 보며 배꼽을 잡고 웃었다.

"아이고, 배야. 큰소리 뻥뻥 치더니 저, 저, 꼬리 내리고 도망가는 꼴 좀 보소."

그런데 그때 누군가 중얼거렸다.

"그러게요, 제 눈에도 잘 보입니다. 장군 신령을 저렇게 반병신으로 만드셨으니 또 한 건 올리셨군요."

망량이 깜짝 놀라 옆을 돌아보니 나뭇가지 한편에 대여섯 살 남짓한 아이가 그를 쳐다보고 있었다. 얼굴은 맑고 깨끗하여 남자인지 여자인지 분간이 안 될 정도였고, 푸른 옷을 입고 두건을 두른 모습이 예사 사람은 아닌 것 같았다. 망량은 그가 누구인지 알아채고는 꺼림칙하다는 표정을 지었다.

"네 녀석은 영감님의 심부름을 하는 청의동자靑衣童子로구나."

"귀왕님께 영감님이 뭡니까? 영감님이……."

"됐고! 꼬맹이, 그나저나 여긴 어떻게 온 거야? 나한테 걸리지도 않고 내 땅까지 들어온 걸 보면 영감님이 뭔가

꿍꿍이가 있나 본데."

청의동자는 대꾸도 하지 않고 종이에 무언가 끼적거렸다.

"귀왕님께서 과연 선견지명이 있으십니다. 도깨비 망량이 무슨 사고를 칠지 모르니 잘 지켜보라 하셨는데, 이렇게 대형 사고를 쳐주시니 저도 제 도리를 하는 것 같아 면이 서네요."

청의동자가 얄궂게 웃었다.

"그럼, 지금 쓴 게 혹시……."

"네, 방금 있었던 일을 소상히 적었습니다."

청의동자가 손에 불을 일으켜 종이를 태우려 하자 망량은 아차 싶어 그의 손을 붙잡았다.

"이, 이봐. 그걸 귀왕에게 보내면 안 돼!"

망량은 다급했다. 무릉도원에 들어가 복숭아를 훔쳐 먹고, 선녀가 목욕하는 모습을 몰래 엿보았다가 귀왕 앞으로 붙들려 간 것이 불과 석 달 전이었다. 귀왕은 망량에게 또 장난을 치다가 걸리면 그때는 지옥 불구덩이에 처넣겠다고 했다. 그러니 당분간은 자숙하는 척이라도 해야 하는데 이를 어쩌란 말인가.

"어! 어! 그러지 말라고!"

망량이 만류했지만 청의동자는 고개를 가로젓고는 종

이에 불을 붙였다. 종이는 순식간에 활활 타올라 재가 되고 말았다.

"이 얄미운 꼬맹이 같으니!"

망량이 주먹을 불끈 쥐고 청의동자를 찾았으나 그는 벌써 자취를 감추고 없었다.

"젠장! 또 귀왕 영감의 불호령이 떨어지겠군. 그래, 좀 빌면 되지 까짓것!"

망량은 혼자 씩씩거리다가 자리에 벌렁 드러누웠다.

"걱정을 해서 무얼 하겠어. 어차피 불구덩이에 진짜 처넣을 거라면 지금쯤 통구이가 되었어도 여러 번 되었지. 이번에도 배 터지게 욕을 얻어먹을지언정 별일 없을 게 분명해."

망량이 그처럼 큰 사고를 치고도 태연자약했던 까닭은 귀왕이 유달리 자신에게 너그럽다는 것을 알고 있기 때문이었다. 하지만 그 모습을 멀리서 엿보던 청의동자는 어림없다는 표정을 지었다.

"홍, 귀왕님이 이번에는 곱게 넘어가지 않으실 것이다. 어디 두고 보아라."

"흐음, 이것 참……."

지옥에서 귀신들의 왕으로 군림하는 귀왕이었지만 바둑판을 앞에 두고는 고심에 찬 표정으로 한참을 머뭇거렸다.

"바둑을 지게 되면 제 부탁 하나 들어주기로 한 것은 기억하시지요?"

귀왕의 맞은편에 앉은 이가 온화한 목소리로 물었다. 그는 대충 사람의 형태를 띠기는 하였으나, 그 모습이 흐릿하고 종시 윤곽이 잡히지 않으니 마치 영혼만 와서 앉아 있는 듯했다. 귀왕은 마지막까지 머리를 짜내다가 도저히 해결책을 찾지 못하고 결국 그림자를 향해 말했다.

"이보오, 한 수만 물립시다."

"내기 바둑에 물리는 법이 어디 있습니까? 졌으면 졌다고 인정을 하십시오."

"아, 그러지 말고 한 수만 물립시다. 부처님의 제일 중요한 가르침이 뭡니까? 자비 아닙니까? 자비."

"부처님께서 내기 바둑에 자비를 베풀라고 하지는 않으셨습니다."

"좀 봐주시오. 딱 한 수면 됩니다. 이거 하나만, 이거 하나만 물립시다."

귀왕이 애걸하는 투로 바둑판 위에 놓인 흰 바둑알을 집
으려 하니 그림자도 지지 않고 옥신각신했다. 그때 갑자
기 귀왕의 곁으로 작은 동자 선녀 하나가 총총 달려왔다.

"무독귀왕님, 청의동자가 전갈을 보내왔습니다."

작은 동자 선녀가 귀왕의 귀에 대고 무어라 소곤거리
니 귀왕이 놀란 표정으로 그를 쳐다보았다.

"뭐? 또 사고를 쳐? 어디 자세히 말해보아라."

그러자 동자 선녀가 작은 새 같은 입으로 망량이 인간
세계 일을 너무 간섭하기에 어느 장군 신령이 망량을 혼
내주려 했으나 오히려 그에게 두들겨 맞아 꼴이 말이 아
니게 되었노라고 고했다.

"망량이! 내 이놈의 자식을! 당장 들어오라고 전해라!
당장!"

귀왕은 이를 뿌득뿌득 갈면서 화를 냈다. 귀신들의 왕
으로서 오랜 세월을 보낸 그였지만 그토록 애를 먹이는
녀석은 참으로 흔치 않았다. 그러나 미워할 수도 없는
것이 그 장난꾸러기 도깨비가 그에게는 자식과 같았기
때문이다.

귀왕 역시 윤회의 굴레를 벗고 귀왕이 되기 이전에는
한낱 인간일 뿐이었다. 그때 그는 지아비를 잃은 가난

22

한 여인의 삶을 살았는데, 그에게 유일한 기쁨은 하나뿐인 아들이었다. 아들은 효심이 깊어 어미를 정성으로 모셨다. 그러던 어느 날 큰 홍수가 났고, 어미가 거친 물살에 떠내려가 죽을 지경이 되자 아들이 그를 구하고 대신 물에 휩쓸려 떠내려가 죽고 말았다. 어미는 아들을 잃은 뒤 아들이 소중히 여기던 피리를 부처님께 바쳐 그의 명복을 빌어 비구니가 되었고, 그 후 큰 가르침을 얻어 불행하게 죽은 귀신들의 넋을 달래고 나쁜 짓을 일삼는 귀신들을 지옥으로 보내는 귀신들의 왕, 귀왕이 되었다.

그러나 윤회의 굴레에서 벗어난 이라 하여도 전생에 대한 기억이 남아 있는지라, 어느 날 우연히 아들의 피리를 얻게 된 그는 피리를 소중히 간직하였다. 그러던 어느 날, 피리에서 영혼이 떨어져 나와 도깨비 하나가 생겼으니, 그가 바로 망량이었다.

"속을 썩이는 도깨비가 하나 있나 봅니다."

그림자가 귀왕에게 말을 건네자 귀왕이 한숨을 푹 쉬었다.

"제가 귀하게 품은 나무 피리에서 생겨나, 날 때부터 대단한 공력을 얻긴 하였는데 깨달음도 없이 거저 힘을 얻은 것이 문제였나 봅니다. 툭하면 사흘을 멀다 하고 말썽을 부리니, 어르고 달래고 야단쳐보아도 아무 소용이 없습니다. 무슨 좋은 방법이 없겠습니까?"

그림자는 허허 웃고는 잠시 생각에 잠기더니 곧 입을 열었다.

"정 그러하시다면 그 도깨비를 인간세계로 보내어 깨달음을 얻도록 하시는 것은 어떠시겠습니까?"

"네? 그렇지 않아도 인간들에게 온갖 장난을 치는 사고뭉치인데 사람들과 섞여 살라고 하면 무슨 일을 저지를지 모릅니다."

귀왕이 걱정스러운 표정을 짓자 그림자는 바둑판 위에 놓인 흰 바둑알을 가리키며 웃었다.

"허허! 하지만 그렇지 않을지도 모르지요. 제 말대로 한번 해보십시오. 이곳에 제가 다시 올 때까지 그 도깨비가 깨달음을 얻지 못한다면 그때는 이 바둑알을 물려 드리겠습니다."

"바둑알을 물린다고요? 정말입니까?"

"그렇습니다. 하지만 만약 깨달음을 얻게 된다면 귀왕께서는 패배를 인정하시고 약속하셨던 제 부탁을 들어주셔야 합니다. 어떠십니까?"

"저야 당연히 좋지요. 이것은 이겨도 좋고, 져도 좋은 내기가 아닙니까? 제가 뭘 하면 되겠습니까?"

귀왕이 흔쾌히 수락하자 그림자는 귀왕에게 무엇을

해야 하는지에 대해 몇 가지를 일러주고는 이내 연기가
되어 홀연히 사라져버렸다.

"다시 돌아올 때까지라……."

귀왕은 바둑판 저편의 빈자리를 바라보았다. 어차피
무한한 시간을 가진 그에게 수십, 수백 년의 시간은 짧
은 한순간일 뿐이었다. 한순간 득도를 하여 잠시 자신과
바둑을 즐긴 이 영혼이 윤회의 굴레를 돌아 이 자리에
왔을 때 과연 그의 예상이 들어맞을 것인가, 귀왕은 빙
그레 웃음을 지었다.

얼마의 시간이 지났을까. 동자 선녀가 귀왕의 부름을
받은 망량이 그의 처소를 찾아왔노라 고했다. 곧이어 문
을 열고 들어서는 망량의 모습은 흡사 도살장에 끌려 들
어온 소처럼 다 죽어가는 꼴이었다. 귀왕은 마음을 누그
러뜨려야지 해놓고도 반성의 기미라고는 눈곱만치도 보
이지 않고 입이 툭 튀어나와 있는 망량의 모습에 결국
또 폭발하고 말았다.

"망량이, 네 이놈! 내 사람들에게 장난을 치지 말라 일
렀거늘. 네 녀석이 지옥 불에 들어가야 네 잘못을 깨닫
겠느냐!"

"아, 영감님도 참……. 고정하십시오, 눈에서 불이라도
뿜으시겠습니다. 말이 나와서 말인데, 악인을 혼내주는

것이 뭐 그리 잘못된 일입니까? 게다가 겨우 개똥밖에 안 먹였는걸요. 그자는 저를 해코지하려고 들었단 말입니다."

망량의 말에 귀왕은 구제불능이라는 듯 고개를 절레절레 흔들었다.

"망량아, 귀에 못이 박이도록 얘기해왔지만, 인간세계는 제 의지만으로 살아가는 게 아니라 윤회의 굴레 속에서 전생의 죄를 이생에서 씻기도 하고, 전생의 업적을 이생에서 보상받기도 하며 살아간다. 다시 말해 그들은 자신의 인생에 대한 책임을 지게 된단 말이다."

"책임요?"

망량이 퉁명스럽게 대꾸했다.

"너는 인간의 삶을 살아본 적도 없고, 처음부터 모든 걸 다 이룰 수 있는 재주를 가지고 태어났지. 네 눈에는 인간들이 어째서 저토록 어리석은 선택을 하는지 한심해 보일 때도 있을 게야. 도통 이해할 수 없는 일을 벌일 때도 많지. 하지만 제 발로 진흙 구덩이에 뛰어드는 꼴처럼 보일지 몰라도 그 선택에는 제각기 까닭이 있단다. 그게 바로 인간들이 떨쳐낼 수 없는 인생의 의미라는 것이지."

"그 인생의 의미가 무엇입니까? 전 이해가 되지 않습

니다."

귀왕은 잠시 생각에 잠기더니 무거운 표정으로 입을
열었다.

"도깨비로 태어난 네가 자신의 삶에 책임을 진다는 게
뭔지 모르는 건 당연하다고 할 수밖에. 자유롭게 살아가
기 위해서는 그에 상응하는 책임이 따른다는 걸 가르쳐
주지 않은 내 잘못이 크구나. 이제 너에게 이를 배울 수
있도록 길을 열어주고자 하니 잘 들어라."

귀왕은 자신의 품에서 소중히 간직해온 피리를 꺼냈다.

"이는 네가 태어난 나무 피리다. 나는 이제 너를 이 피
리 속에 넣어 봉인하고 월악산 깊은 계곡의 버려진 암자
에 둘 것이다. 누군가 피리를 불었을 때 봉인은 풀리게
되며, 너는 그 사람의 간절한 소원 하나를 들어주어야
하느니라. 네가 그 소원을 통해 인생의 의미가 무엇인
지, 큰 깨달음을 얻지 못한다면 봉인은 영영 풀리지 않
으니 명심하거라."

망량은 귀왕의 말을 한 귀로 흘려듣고 있다가 봉인하
겠다는 말에 갑자기 정신이 들었다.

"네? 뭐라고요? 보, 봉인이라고요? 저를 지금 이 피리
에 가두시겠다는 겁니까? 저를요? 여기에? 안 됩니다.
안 돼요!"

망량이 완강히 거부했지만 귀왕은 고개를 저었다. 망량은 그대로 있다가는 큰일 나겠다 싶어 납작 엎드렸다.

"영감님! 아니, 무독귀왕님! 다시는 사람들을 괴롭히지 않을게요. 한 번만 봐주세요. 정말 잘못했습니다. 진짜예요. 다시는 안 그런다니까요. 사람들 다니는 길목에도 얼씬거리지 않을게요. 이게 거짓부렁이면 제 입, 제 입을 찢으셔도 좋습니다."

망량은 한참을 엎드려 파리처럼 손을 싹싹 빌다가 이쯤하면 용서해주겠지 싶어 고개를 들었다. 그런데 웬걸, 귀왕의 표정은 여전히 석상처럼 굳어 있을 뿐이었다. 아무리 봐도 오늘은 된통 잘못 걸렸지 싶었다.

"이놈아! 요즘 네 혓바닥에 기름칠이라도 하고 다니는 거냐? 어쩌면 그렇게 마음에도 없는 말을 번드르르하게 잘하는 것이냐? 잔말 말고 다녀오거라."

"아, 잠깐만! 잠깐만요! 저한테도 마음의 준비를 할 시간을……."

망량이 어떻게든 도망칠 궁리를 하며 손사래를 치는 순간 귀왕은 미소를 지으며 나무 피리를 두드렸다. 그러자 그 안에서 신묘한 기운이 흘러나오더니 이내 망량의 주위를 에워싸기 시작했다.

"마음의 준비는 피리 안에서 하도록 해라. 누굴 만날

지 어떻게 알겠느냐?"

"영감님! 어, 어, 어! 안 됩니다! 안 돼!"

망량은 두 팔을 휘저으며 끝까지 저항했지만 결국 그 신묘한 기운이 그를 완전히 둘러싸더니 피리 속으로 사라져버리게 했다.

남자로 태어난 아이

"마님, 약 드실 시간이구먼유."

최씨 부인의 몸종 섬섬이는 작은 소반에 약사발 하나를 소중히 담아 방 안으로 가지고 들어왔다.

"벌써 시간이 그리 되었나. 잠깐 낮잠을 잔다는 게 시간이 꽤 흘렀구나."

최씨 부인은 힘겹게 자리에서 일어나 앉아 약을 받았다. 앙상하게 마른 몸에 핏기 없이 하얀 얼굴. 약을 마시는 동안에도 연신 기침을 해대는 최씨 부인의 모습을 보자 섬섬이는 속상한 마음에 눈물이 났다. 최씨 부인은 그런 그녀를 따뜻하게 바라보며 손을 잡았다.

"추운데 나 때문에 약 달이느라 고생이 많구나. 내가 널 봐서라도 얼른 나아야 하는데……."

섬섬이는 3년 전 처음 유의(儒醫 : 의학 교수) 이성택 교수의 집으로 시집오던 그녀의 고운 모습이 떠올라 결국 참았던 울음을 터뜨리고 말았다.

"섬섬아, 그렇게 울지 마라."

섬섬이를 위로하는 최씨 부인의 눈가도 어느새 촉촉해졌다. 양가집 규수들이 으레 그러하듯 그녀 역시 아버지의 주선으로 혼인을 했다. 그러나 이렇게까지 비참한 꼴이 될 줄은 꿈에도 몰랐다.

최씨 부인이 처음 이 집으로 시집을 왔을 때 지아비 되는 이 교수는 이미 여종과 정을 통하여 후실로 삼고 강씨 부인이라 부르고 있었다. 그들 사이에는 아들이 둘이나 있었지만 이 교수의 부친인 이 대감은 강씨의 출신이 천박하다 하여 노여워했고, 당연히 그의 손자들 또한 서출이라며 부끄럽게 여겼다. 결국 아버지의 성화에 못 이긴 이 교수는 최씨 부인을 정실로 맞이하게 된 것이었다.

"흑, 교수 나리도 정말 너무하시구먼요. 마님이 이렇게 몸져누워 계신데, 의원이라는 분이 합궁일에 한번 걸음하시는 거 외에는 어떻게 들여다보지도 않으실 수가 있답니까?"

섬섬이가 훌쩍이며 이 교수를 원망하자 최씨 부인이 쓸쓸하게 웃었다.

"그런 말 하면 못써. 말이 정실부인이지, 3년이 지나도록 아들을 낳지 못하는데 내가 무슨 낯으로 그분을 원망하겠니? 나리께서도 지치셨을 거다."

최씨 부인이 긴 한숨을 쉬었다. 그때였다.

"형님, 계십니까?"

방문 밖에서 강씨 부인의 낭랑한 목소리가 들려왔다. 최씨 부인이 시집와서 강씨 부인의 사정을 듣고 보니 딱하여 형님, 아우 하며 사이좋게 지내자고 한 이후로 별채에 있는 강씨 부인은 종종 안부를 묻는답시고 주전부리를 들고 찾아왔다.

"동생 오셨나, 들어오시게."

최씨 부인이 문을 열고 그녀를 맞자 섬섬이는 얼른 마루 밑으로 내려가 허리를 굽혔다.

"아, 안녕하십니까, 작은마님."

섬섬이는 지난번에 인사할 때 허리를 제대로 숙이지 않았다고 강씨 부인에게 따귀를 맞은 것이 떠올라 주춤거리며 절하는데, 강씨 부인은 오늘도 뭐 하나 트집 잡을 게 없나 하는 눈빛으로 섬섬이를 훑어봤다.

"그래, 내 오늘 형님 드시라고 곶감을 가져왔는데, 좀 차려 오고 마실 거리도 같이 내오너라."

강씨 부인은 들고 있던 보자기를 그녀의 품에 던지듯
이 맡기고 방으로 들어섰다.

"자네는 볼 때마다 더 고와지는구먼."

최씨 부인이 부러운 듯 말했다. 크고 검은 눈동자, 붉
은 입술과 분홍빛 뺨, 입술 옆에 있는 그 특유의 조그만
붉은 점, 그리고 몸에는 색색의 수가 놓인 푸른 비단옷
을 두르고, 호박으로 만든 노리개에, 손가락 마디마다
낀 옥반지까지. 어느 남자인들 양귀비꽃처럼 화려한 저
여인을 사모하지 않을 수 있을까.

"곱기는요, 뭘. 대감마님은 볼 때마다 눈살만 찌푸리시
는데요. 그나저나 형님, 몸은 좀 어떠세요?"

"뭐, 항상 그렇지. 나리께 폐만 끼치는 것 같아 죄송할
뿐이라네."

"나리께는 한번 가서 보시라 재차 권했는데……."

"자네가 그리 말씀을 드렸구먼. 워낙 공사가 다망하시
니 못 오실 테지."

강씨 부인은 의기소침해지는 그녀의 얼굴을 보며 미
소를 지었다. 한번 가보라 권한 적도 없었지만 이 교수
가 와서 보지도 않는 눈치니 마음이 놓였다.

"마님, 주전부리 차려 왔구먼유."

섬섬이가 개다리소반에 강씨 부인이 가져온 곶감과 수정과를 차려 들고 들어왔다.

"고생했다. 너도 하나 맛을 보련?"

최씨 부인이 섬섬이에게 곶감을 하나 내밀자 강씨 부인의 표정이 사납게 변했다.

"형님은 아랫것들한테 너무 마음을 쓰셔서 탈입니다."

"아, 아닙니다, 마님. 나, 나가보겠습니다유."

섬섬이는 문밖으로 후다닥 뛰어나와 부엌으로 갔다. 그녀는 두리번두리번 좌우를 살피고 찬장 위에 덮어두었던 소쿠리 밑에 슬그머니 손을 넣었다. 한 손에 꼭 쥐이는 부드러운 곶감 하나.

"내 그럴 줄 알고 하나 빼났구먼유, 헤헤!"

누가 볼세라 한 입 베어 무는데 어쩌면 이리도 달달한지, 몰래 꿀꺽하고 부엌에서 찬거리를 정리하기 시작했다. 그런데 몰래 먹은 탓일까. 시간이 지날수록 배가 저릿저릿하고 머리도 어질어질했다. 뒷간을 들락거린 것만 벌써 10여 차례, 이제 제법 날이 저물어 강씨 부인이 나올 때가 됐는데 또 뒷간이 가고 싶었다.

"이 일을 워쩌. 등불 들고 별채까지 모셔다 드려야 되는디……. 불렀을 제 냉큼 안 나가면 작은마님이 또 잡아 죽이려고 들 텐디. 아, 그래도 도저히 못 참겠구먼. 일단 볼 것은 봐야제."

섬섬이는 안절부절못하다가 뒷간으로 뛰어갔다. 헌데 어쩌면 예상은 빗나가지 않는지, 때맞춰 강씨 부인이 이제 그만 가보겠노라고 했다. 최씨 부인은 그녀를 배웅하며 자리에서 일어났다.

"섬섬아! 섬섬아!"

강씨 부인이 앙칼지게 그녀를 찾았지만 당최 어딜 갔는지 코빼기도 안 보였다.

"대체 이 계집애는 어디를 간 거야!"

화가 나서 씩씩거리는데, 최씨 부인이 가까운 안채 문간을 가리켰다.

"잠깐 저쪽 문간으로 같이 가보세. 행랑아범에게 등불 좀 갖고 오라 하면 될 게야."

두 부인이 안채 문 근처로 가니 행랑아범이 어둠 속에서 문을 잡고 옥신각신하는 소리가 들렸다.

"아, 스님. 그만 가시라니까요."

"아범, 누구 오셨소?"

최씨 부인이 가까이 다가가자 그는 할 수 없다는 듯이 문을 열었다. 문밖에는 여기저기 해져서 누더기에 가까운 법복을 입은 노승이 서 있었다.

"안녕하십니까. 소승은 은약사의 주지인 심선이라 합

니다. 문둥병으로 고생하는 이들을 돕기 위해 시주를 받고 있습니다. 좋은 일에 자비를 베푸셔서 덕행을 쌓으십시오."

노승이 합장을 하며 고개를 숙이자 그를 본 강씨 부인이 엉거주춤 서 있는 행랑아범을 밀치고 나섰다.

"이봐요, 스님. 지금 문둥병이라고 하셨어요?"

"네."

"그럼, 문둥병 병자가 있는 마을을 왔다 갔다 하신다는 말씀이세요?"

"병자들이 먹지도 입지도 못하고, 이 추위 속에서 고통을 당하고 있습니다. 덕행을 베푸시면 필시 복이 되어 돌아올 것입니다. 시주 좀 부탁드립니다."

노승이 목탁을 두드리며 절했다. 강씨 부인은 코웃음을 쳤다.

"문둥병은 약도 없는 거 모르시나? 아유, 병 옮을까 봐 겁나네. 아범, 얼른 문 닫으시오."

행랑아범이 눈치를 보며 삐죽삐죽 문을 닫으려 하자 최씨 부인이 막아섰다.

"아범은 등불 내와서 작은마님 별채로 좀 모셔드리게. 내가 이분께 시주를 좀 해드리고 싶으니. 동생, 동생도 어서 가보시게. 날이 어두워."

최씨 부인의 말에 강씨 부인은 떨떠름한 표정을 짓더니 서둘러 등불을 가지러 가는 행랑아범의 뒤를 쫓아가 버렸다.

  "추운 날씨에 고생이 많으십니다. 제가 지금 쌀을 가져다 드리기는 좀 그렇고, 이거라도 병자들에게 도움이 되면 좋겠네요."

  최씨 부인은 손에 끼고 있던 금가락지와 머리에 하고 있던 옥비녀를 빼서 노승에게 주었다.

  "이렇게 귀한 물건을…… 감사합니다. 병자들의 회복에 꼭 도움이 될 겁니다. 성불하십시오."

  노승의 합장에 최씨 부인도 합장하며 화답했다. 그는 등을 돌려 가려다 말고 잠깐 멈춰 섰다.

  "저, 부인."

  노승의 부름에 최씨 부인이 대문을 닫으려다가 돌아봤다.

  "네, 스님."

  "부디 입맛이 없으시더라도 식사를 잘 챙겨 드십시오. 그래야 복중에 태아가 건강하게 자라지요."

  최씨 부인은 고개를 갸우뚱했다. 복중에 태아라니, 그럴 리가.

  "무슨 말씀이신지요? 복중에 태아라니요?"

"비록 유복자遺腹子로 태어나 그 인생의 여정이 험난하기는 하겠으나, 부인을 닮아 따뜻한 성품을 가지고 많은 이들을 구제하는 훌륭한 사람이 될 겁니다."

노승이 미소를 지었다. 최씨 부인은 어안이 벙벙해졌다. 이게 무슨 뜬금없는 소리인가. 게다가 유복자라니.

"저기, 스님. 바, 방금……."

그때였다. 갑자기 눈앞에 닥치듯 불어온 거센 바람. 최씨 부인은 눈을 깜빡이며 손을 휘저었다. 그 찰나의 순간 잠깐 눈을 감았을 뿐인데, 어찌 된 조화인지 눈앞에 있던 노승은 온데간데없이 사라지고 없었다.

"스님! 스님!"

최씨 부인이 어둠 속에서 이리저리 돌아보며 스님을 불렀으나 멀리서 개 짖는 소리만 들릴 뿐 아무도 나타나지 않았다.

*

겨울 밤, 개똥지빠귀의 긴 휘파람 같은 울음소리가 바깥뜰에서 울렸다. 이 대감은 서안 위에 있던 책을 덮고는 고개를 숙이고 앉은 두 며느리를 바라보았다. 깊게 팬 주름과 하얗게 기른 수염, 대대로 유의로 지내온 집

안의 가주답게 늘 곧고 의연한 그였지만 오늘만큼은 한
없는 무력감을 느꼈다.

"사람의 인생이라는 것이 참으로 무상하지. 하나밖에
없는 외동아들을 이렇게 앞세우게 될 줄이야."

이 대감은 회한이 섞인 목소리로 짧게 탄식하며 아들
이 교수의 얼굴을 떠올렸다. 며칠 전까지만 해도 전의감
에 다녀오겠다며 멀쩡하게 집을 나섰던 아들인데, 지방
으로 출타를 나가던 중 낙마하여 명을 달리하였다는 사
실을 그는 아직도 믿을 수가 없었다.

"아버님……."

최씨 부인의 눈에서 굵은 눈물이 뚝뚝 떨어졌다. 어찌
나 울었는지 얼굴이 통통 부어 있고, 목소리는 쉰 지 오
래였으며, 씻지도 먹지도 않아 그 몰골이 도저히 양반집
안방마님으로 보이지 않았다. 그에 비해 최씨 부인의 오
른편에 앉은 강씨 부인은 지아비를 잃고도 반들반들 윤
이 흐르고 혈색이 좋아 보여 입고 있는 삼베옷이 어울리
지 않았다.

"내가 오늘 너희 둘은 부른 것은……."

이 대감은 효성이 깊고 미우나 고우나 지아비를 정성
으로 섬긴 최씨 부인의 성품을 알기에 그가 할 얘기들이
얼마나 지독한 것인지 잘 알고 있었다. 그러나 그는 사

사로운 감정에 휘둘리는 사람은 아니었다. 늘 그랬듯 이번에도 그는 집안의 가주로서 행동할 것이었다. 강씨 부인은 눈을 치켜뜨고 그를 응시했다.

'이 집에 몸종으로 들어와 지금에 이르기까지 저 영감에게 어떤 수모를 당했는데. 어서 말해! 말하라고! 이제 이 집의 안주인은 내가 된다고 말하란 말이야!'

강씨 부인은 그의 꾹 다문 입만 쳐다보며 앞으로 떨어질 말을 학수고대했다. 한때는 이 교수를 진심으로 사랑하기도 했지만, 이제 그녀에게 남은 것은 이 대감에 대한 악에 받친 분노뿐이었다. 이 교수와 정을 통한 것을 알고 흠씬 두들겨 맞았던 일, 정실로 강씨 부인을 들이겠노라는 이 교수의 말에 따귀를 올려붙이던 일, 집안의 대소사가 있는 날이면 별채에서 한 발짝도 나오지 말라던 엄명, 서출이라고 한번 안아주지도 않은 아이들. 최씨 부인에게는 다정한 시아버님이었을지 몰라도 이제까지 강씨 부인에게 이 대감은 그저 이 집안의 매정한 주인어른이었을 뿐이다.

"이 교수를 먼저 보내고…… 우리 집안의 대를 잇기 위해 어려운 말을 꺼내려고 한다."

최씨 부인도 이 대감의 입에서 무슨 말이 떨어질지 짐작했다. 억장이 무너져 내렸지만 어쩔 수가 없다.

"큰아가, 너에게는 미안하지만, 이제 너를 사돈댁으로 보내고 둘째를 죽은 이 교수의 정실로 삼아 집안의 대를 이어가야 할 것 같구나."

이 대감의 말에 강씨 부인은 입꼬리가 올라가는 것을 참기 위해 입술을 꼭 깨물었다. 얼마나 기다려온 말인 가. 당장 환호성이라도 지르고 싶다.

"아버님, 아들을 낳지 못하는 것도 여인의 칠거지악七去之惡 중 하나인데, 제게 미안하실 것이 무어 있으시단 말입니까? 늘 자상하게 품어주셨는데, 저야말로 송구할 따름이지요."

최씨 부인은 흐르는 눈물을 훔치고 강씨 부인의 손을 잡았다.

"내 가더라도 자네가 아버님을 잘 모셔주시게."

그녀는 마지막으로 절을 올리고 떠나기 위해 일어났다. 그런데 갑자기 솟아오르는 역한 기분.

"우웁!"

최씨 부인의 헛구역질에 강씨 부인의 눈이 커졌다.

"혀, 형님. 왜 이러십니까?"

이 대감도 놀라기는 마찬가지였다. 최씨 부인은 구역 질을 멈출 수가 없었다.

"우웁, 우웁!"

"아, 아가. 잠깐 내가 진맥 좀 해보자."

그는 곧바로 최씨 부인의 맥을 짚었다. 전의감 제조까지 지낸 그였지만 진맥을 하면서 이처럼 떨렸던 때는 없었다. 이 대감은 침을 삼켰다.

"태기胎氣가 있구나."

강씨 부인은 머리를 무언가에 얻어맞은 듯했다. 지아비의 죽음보다도 더 청천벽력 같았다.

'내 분명 열흘에 한 번 꼴은 찾아가 약을 먹였는데, 어떻게 이런 일이⋯⋯.'

처음에는 친정 오라비인 지홍이 권했다. 그는 정실부인이 아들을 낳으면 필시 찬밥 신세가 될 테니 무슨 수를 써서라도 막으라며 주전부리를 직접 챙겨줬다. 때마다 최씨 부인에게 선물하고, 절대 입에 대지 말라던 그의 경고. 무엇을 섞어 만들었는지 묻지는 않았지만, 아이가 생기는 것을 막는 것은 분명했다. 그렇게 3년의 세월이 무탈하게 흘러왔건만 느닷없이 회임이라니. 강씨 부인은 억울하고 분한 마음을 참기 위해 벌겋게 충혈된 눈으로 이를 악물었다.

"아아, 아버님. 제, 제가 드디어, 드디어⋯⋯ 흐흐흑!"

최씨 부인은 주룩주룩 눈물을 흘렸다. 이제까지의 설움이 모두 녹아 흐르는 듯했다. 이 대감은 그런 며느리

의 어깨를 두드리며 다행이라는 말만 반복했다. 강씨 부
인은 두 사람을 쏘아보았다. 꼭 쥐고 있는 두 주먹만 부
들부들 떨릴 뿐이었다.

*

　파랗게 변한 은숟가락, 섬섬이는 소스라치게 놀라며
숟가락을 떨어뜨렸다. 최씨 부인은 꿀 먹은 벙어리처럼
말없이 숟가락을 들여다봤다. 줄곧 최씨 부인의 몸종으
로 있었던 섬섬이도 그녀의 그런 모습을 본 적이 없었
다. 공허하고 멍한 눈빛은 배신감을 넘어 허무해 보였
다. 도저히 그 적막함을 깰 수가 없어 섬섬이도 돌처럼
굳었는데, 마침내 최씨 부인이 입을 열었다.
　"섬섬아, 짐 싸거라. 내 아버님께 친정에서 아이를 낳
고 싶다고 말씀드리고 오마."
　"마, 마님. 하지만 이건 말씀 드려야 되잖아유. 작은마
님이 주신 보약이 독약인 것은 말씀을……."
　"어허! 그 입 조심하거라."
　최씨 부인이 단호하게 주의를 주자 그녀는 억울한 듯
입을 씰룩거렸다.
　"이제까지 가져온 주전부리도 그렇고……."

"그 입 조심하래도!"

최씨 부인은 방문을 열었다. 입춘이 지났지만 아직은 공기가 차가웠다. 이제 와서 지난날을 탓해본들 무슨 소용이 있을까. 아무리 봐도 곶감이 이상한 것 같다며 섬섬이가 하도 따져 묻기에 마음 한구석에서 의심이 솟아났다.

한동안 발길을 끊었던 강씨 부인이 대관절 오늘 아침에서야 회임을 감축드린다며 탕약을 가져왔을 때, 최씨 부인은 고마운 사람한테 그런 생각을 가지면 안 된다고 생각하려 애썼다. 그러나 궁금하기도 했다. 이 탕약을 정말 믿을 수 있을까.

그런데 은수저가 시퍼렇게 변하다니. "형님, 형님" 하던 사람이 이럴 줄이야, 상상조차 하지 못했다. 마음 같아서는 당장 이 남매의 악행을 이 대감에게 고하고 싶지만 뒷일을 생각하면 쉽게 생각할 문제가 아니었다. 강씨 부인은 이미 아들을 둘이나 낳았고, 지홍은 이 대감의 충직한 손발이 되어 온갖 일들을 도맡아왔다. 게다가 지금 그녀의 배 속에 사내아이가 들었을지 계집아이가 들었을지 모르는 판에 조심성 많은 이 대감이 만일을 생각지 않을 리가 없다.

'만약 배 속에 아이가 사내아이가 아니라면, 나와 이

아이의 운명은 어떻게 될까.'

최씨 부인은 아랫배를 문질러보았다. 아들을 낳지 못하는 정실부인이 모함을 당해 폐출되는 일은 허다하고, 서자를 적자로 만들기 위해 첩을 정실로 둔갑시키는 일도 쉬쉬하며 일어난다. 정경부인을 지낸 정난정 역시 미천한 출신이었으나 윤원형의 첩으로 들어가 정실부인의 자리를 꿰차지 않았던가. 그러니 앞으로의 미래를 어찌 장담하랴.

'무슨 일이 있어도 이 아이를 지켜야 한다.'

최씨 부인은 떨리는 마음을 다잡고 방문 앞에 섰다.

"아버님, 저 큰 며느리입니다. 잠시 들어가서 말씀 좀 여쭈어도 되겠습니까?"

"오냐, 들어오너라."

이 대감도 마침 잘 왔다는 얼굴로 반갑게 맞았다. 평소 근엄한 그였지만 며느리의 부른 배를 보니 함박웃음이 절로 나왔다.

"아가, 그렇잖아도 할 얘기가 있었단다. 어젯밤 꿈이 아무리 생각해도 태몽이지 싶구나. 꿈에 어느 노승이 나타나서 나한테 금과 옥으로 된 귀한 보석을 주고 갔는데 어쩌면 그리 생생한지…….."

"금과 옥으로 만든 귀한 보석 말이십니까?"

최씨 부인은 시주를 했던 노승을 떠올렸다.

"그래, 보석 꿈은 장차 아이가 귀한 사람이 될 거라는 뜻이 있다던데, 아무래도 이 아이가 큰 복을 가져올 것 같다. 너를 닮아 인물이 좋고, 이 교수를 닮아 영특하다면 더 바랄 게 없을 텐데."

이 대감의 행복해 보이는 얼굴에 찬물을 끼얹을 수 없어 최씨 부인은 목구멍까지 올라오는 분한 마음을 간신히 억눌렀다.

"아버님, 드릴 말씀이 있어요. 저 말이에요."

"그래, 말해보렴."

"출산은 친정에 가서 하고 싶은데, 당분간 친정에 가 있으면 안 될까요? 가본 지도 오래됐고."

이 대감은 고개를 끄덕끄덕하며 셈을 해봤다. 의원이기는 하지만 그 자신이 산파 노릇을 해줄 수도 없고, 집안에는 출산 경험이 많은 몸종도 없었다. 아이를 낳고 당장은 손이 많이 갈 텐데 어린 몸종인 섬섬이한테는 무리일 것이라는 생각도 들었다. 어쩌면 안사돈의 손을 빌리는 것이 현명할지도 모르겠다고 판단했다. 게다가 며느리 말대로 친정에 간 지 이미 1년도 넘었으니, 아이를 가진 여인으로서 저도 얼마나 어미가 그리울까.

"아무래도 안사돈이 경험이 많으시니 그편이 좋겠구

나. 내 걱정은 하지 말고 마음 편히 다녀오려무나."

"네, 감사합니다."

며느리를 다시 보게 될 때는 손자 녀석을 안을 수 있으리라. 이 대감은 며느리가 방을 나가자 서안 옆에 두었던 장죽을 치우고 창문을 활짝 열었다.

"곧 손자가 올 텐데, 아무래도 담배는 그만 태우는 게 좋겠지. 허허!"

*

늦은 밤, 여종들이 더운물과 수건을 날랐다. 유씨 부인은 딸의 출산이 임박하자 어린 여종들을 물리고 홀로 남았다. 그녀는 명주 천을 쥐어짜는 딸의 이마를 닦으며 소리를 질렀다.

"힘을 더 줘야 된다. 더! 거의 다 됐어! 더 힘을 줘!"

까무러칠 듯한 고통스러운 산통에도 최씨 부인은 간절히 빌고 있었다.

'제발, 제발요. 사내아이를 낳게 해주세요.'

그때, 자지러지는 아이의 울음소리가 작은채를 울렸다. 그러나 아이를 받은 유씨 부인의 입에서는 아무런 말도 나오지 않았다. 이미 딸의 사정을 다 알고 있었기에 그녀 역시 외손자를 기다리는 마음이 컸다. 그러나 운명은 어쩌면 이렇게 가혹한지.

"…… 딸아이구나."

어머니가 탄식하듯 내뱉자 최씨 부인의 뺨을 타고 눈물 한 방울이 툭 떨어졌다. 곧 빨갛고 꼬물거리는 작은 아기가 눈도 못 뜬 채 강포에 싸여 그녀 곁에 뉘어졌다.

"우리 예쁜 아가, 이제 우리는 어떻게 하니. 어떻게 해야 좋겠니? 아가."

최씨 부인이 흐느끼자 유씨 부인의 마음도 찢어지게 아팠다. 그녀 역시 세 딸을 두고 겨우 아들을 낳았기에 지금 딸의 심정이 어떠할지 누구보다 잘 알고 있었다. 게다가 이제 딸과 손녀의 운명은 바람 앞의 촛불처럼 흔들리고 있으니 어찌해야 한단 말인가.

"사내아이라고 말해주세요, 어머니."

최씨 부인은 그렁그렁한 눈으로 애원하듯 어머니를 올려다보았다.

"너, 설마……."

"저, 이 아이 지켜야 돼요. 네? 제발, 제발……."

유씨 부인은 딸아이의 가당치도 않은 부탁에 기가 막혀 입이 벌어졌다.

"계집아이를 사내아이라 하여 키우다 들통이 나면 어

찌하려고 그러느냐? 너와 네 아이가 무슨 봉변을 당할지도 모르는데."

"제아무리 큰 죄를 지었다 한들 손이 귀한 집안에서 하나뿐인 정실 소생을 내칠 수는 없을 것입니다. 어차피 이리 죽으나 저리 죽으나 매한가지라면 그때 가서 제가 죽으면 그만이에요. 어머니, 제발 이렇게 빌겠습니다."

유씨 부인은 몸도 제대로 추스르지 못하는 딸아이가 죽을 둥 살 둥 일어나 엎드려 빌기까지 하니 참으로 기가 막힐 뿐이었다. 그러나 같은 어미 된 자로서 어찌 저 모정을 모를 수가 있을까. 그녀는 말없이 손녀의 뺨에 손가락을 갖다 댔다. 따뜻하다 못해 뜨거운 감촉. 눈도 뜨지 못한 그 작은 생명이 입술을 오물거렸다.

유씨 부인은 딸을 시집보내던 해를 떠올렸다. 아무리 정략결혼이라고는 하나, 애지중지 곱게 키운 딸을 이미 애 딸린 남자에게 시집보내면서 얼마나 울었던가. 여인의 운명이 이처럼 순리대로 따르는 것일 뿐이라면 얼마나 절망적이고 불행한지. 이제 딸은 후실에게 안방 자리까지 빼앗기고 손녀는 서출이 될지도 모른다. 아니, 어쩌면 그보다 더한 불행이 기다리고 있을지도……

유씨 부인은 엎드려 있는 딸을 뒤로하고, 떨리는 손으로 작은채 방문을 열어 섬섬이를 불렀다.

"얘야, 지금 사돈 어르신 댁에 사람 보내서 사내아이라고 전해드려라."

유씨 부인의 말에 섬섬이는 고개를 끄덕였다.

'아드님이구먼유. 아드님을 낳으셨구먼유! 드디어 고생만 하던 마님의 인생에 무지개가 떴어라.'

섬섬이는 입이 귀에 걸려 행랑채로 뛰어갔다. 그리고 섬섬이의 뛸 듯 날 듯한 마음만큼이나 소식은 빨리 전해졌다. 물론 가장 놀란 사람은 강씨 부인이었다.

"아들이랍니다. 오라버니, 우리는 이제 어찌합니까?"

강씨 부인의 말에 그 오라비인 지홍은 살쾡이처럼 부리부리한 눈을 가늘게 뜨고는 별채 안방의 천장을 뚫어져라 쳐다보았다. 그는 체통 없는 수염을 손가락으로 매만지며 불안한 듯 중얼거렸다.

"이미 우리가 약을 쓴 것은 다 알고 있을 테고……."

지홍은 보약이라며 비상을 섞은 약을 준 그날, 최씨 부인이 돌연 친정으로 갔다는 데 제 발이 저려 그녀의 방을 샅샅이 뒤졌다. 그리고 장롱 깊숙한 곳에서 새파랗게 변한 은수저를 발견한 뒤로 단 하루도 발을 뻗고 자본 적이 없었다.

"아, 말씀 좀 해보세요."

지홍은 고개를 흔들었다. 아무리 생각해도 답이 없었

다. 별채 뒷방 신세이기는 해도 이제까지 아들을 둘이나 낳은 까닭에 앞으로든 뒤로든 호의호식하며 지내왔는데, 이제 꼼짝없이 그마저도 쫓겨나게 생겼다. 아마도 아들을 낳은 최씨 부인이 기세등등하게 돌아와서 비상을 약에 타서 준 것까지 대감에게 이르면 둘은 목숨을 부지하기도 힘들게 될 것이었다.

"너, 이 집 영감탱이 금고에 뭐가 들었는지 본 적이 있느냐?"

지홍이 욕심으로 가득 찬 눈을 번뜩이며 음흉하게 말했다.

"전의감 제조까지 올랐던 양반인데 벼슬은 그만뒀다고 해도 보통의 사대부가 늙은이는 아니지. 지금도 의원들과 약재상들을 마음대로 주무르면서 뒤로는 청나라와의 약재 거래로 벌어들이는 돈이 상상하는 그 이상이다."

지홍은 강씨 부인과 함께 이 집에서 어렸을 때부터 종살이를 해왔고, 약재 창고와 회계장부 관리, 청나라 교역까지 온갖 잡일을 다 도왔기 때문에 이 대감이 숨겨놓은 재산에 대해 잘 알고 있었다.

"아니, 지금 금고 얘기가 왜 나와요?"

"너 말이다. 이 교수 죽으면서 조카들하고 안방에 들어앉으려 궁리를 했겠지만 이제 그건 물 건너갔어. 자기

를 죽이려고 들었는데 설령 부처님이라고 해도 그대로
둘 리는 없지. 그러니 이 집에 궁둥이 붙이고 살 생각은
버리란 말이야. 어차피 양반 문서야 돈만 있으면 얼마든
지 가짜로 위조할 수 있는 거고."

"뭘 어쩌시려고요?"

지홍은 고민스러운 듯 꼬불꼬불한 수염을 매만졌다.

"불을, 불을 지르자. 그러면 사람들이 혼비백산해서 나
올 게 아니냐? 그사이에 나는 그 영감탱이 금고를 터는
거지."

"대체 무슨 수로 금고를 턴단 말이오?"

강씨 부인의 의심스러운 눈빛에 지홍은 품에서 검은
천으로 만든 주머니를 꺼내 그녀 앞에 내밀었다. 강씨
부인이 주머니를 열어보니 쇠로 만든 작은 열쇠 하나가
들어 있었다. 반은 뾰족하고 반은 둥그런 특이한 열쇠의
모양새를 보고 강씨 부인의 눈이 커졌다. 단 한 번 보았
지만 어찌 잊을까.

"이, 이건 이 대감의 금고 열쇠가 아니오? 언제 이런
걸 만드셨소?"

지홍이 개다리소반 위에 놓인 잔에 술을 가득 따랐다.

"내 이 집에서 20년 가까이 종살이를 했는데 그런 것
도 하나 마련해놓지 않았을까 봐. 하긴 한때는 종놈한테

글을 배우게 하고, 곁에서 이 일 저 일 시키니 어쩌면 너
하고 나하고 종놈, 종년 신세도 면하고 떳떳하게 살 수
도 있겠거니 생각했다. 참말 순진했어."

지홍은 술잔을 내려다보며 쓸쓸하게 웃었다.

"시키면 시키는 대로 개처럼 일하면서 언젠가는 뭔가
달라질 거라 생각했는데, 지나고 보니 다 소용없는 일이
었어. 이 교수의 눈에 든 너를 멍석말이하여 죽도록 두
들겨 팬 것을 보고 깨달았지. 아무리 충성을 다해도 우
리는 그저 개에 불과하다는 걸 말이다."

강씨 부인은 입을 다물었다. 이제껏 오라비 역시 말로
다할 수 없는 고초를 겪어온 것을 어찌 모를 리가 있겠
는가. 아마 그의 오라비가 없었다면 지금의 사치는커녕,
이 집에서 발도 못 붙이고 진작 쫓겨났으리라.

"넌 애들 깨워서 짐이나 싸둬라. 앞으로 한 시진 뒤에
나가야 할 테니."

"갈 곳은 있소?"

"장억수라는 고리대금업을 하는 친구가 있어. 그 집으
로 일단 몸을 숨기고, 그 뒤에는 내 또 생각해둔 게 있다."

지홍은 눈앞에 놓여 있는 술을 입안으로 털어 넣었다.

"오늘따라 술이 더 달콤하구먼."

어린 이연, 망량을 만나다

7년 후, 5월.

수원, 최씨 부인의 친정집 마당에는 오랜만에 와자지 껄 시끄러운 잔칫상이 벌어졌다. 최씨 부인의 여종 섬섬이가 친정집 만복이와 혼례를 올리는 날이기에 벌어진 잔치였다. 최씨 부인은 여동생을 시집보내듯 이것저것 분주하게 챙겨보고, 신부가 있는 작은 사랑채 안방으로 향했다.

"어쩌면 이리 곱누."

최씨 부인이 문을 열고 들어와 감탄하며 앉으니, 족두리를 쓰고 얼굴에 연지곤지를 찍은 섬섬이가 수줍은 표정으로 웃었다.

"이제 너를 못 본다니 실감이 안 나는구나."

최씨 부인은 다정한 표정으로 섬섬이의 손을 꼭 잡았다. 그러자 섬섬이도 콧등이 시큰해져서 눈물이 고였다. 행여 새 신부가 눈물이라도 흘릴까, 최씨 부인은 그녀를 달래며 작은 복주머니를 건넸다.

"곧 혼인할 사람이 울면 쓰나. 나는 네가 우리 친정집 사람과 혼인하게 되어 마음이 얼마나 놓이는지 모른다. 이 집에 만복이라면 나도 어릴 적부터 보아왔으니 믿고 보낼 수가 있지 않겠니. 성실하고 착한 사람이라, 너하고 천생 잘 어울리는 배필이 될 거다. 이건 네 혼인을 축하하는 뜻에서 마련한 거니 새살림에 보태어 쓰렴."

"마님……."

섬섬이가 주머니를 받자 최씨 부인은 그녀를 한번 안아주었다. 여종의 혼례를 일반 여염집 처녀처럼 올려주는 것도 감사한데, 이처럼 살뜰하게 챙겨 보내니 어찌 감격하지 않을까. 섬섬이가 눈물을 흘리며 절을 하니, 최씨 부인은 신부 화장이 지워지겠다며 겨우 그녀를 진정시켜놓고 방을 나왔다. 그런데 방을 나서고 보니 문득 너무 바쁜 통에 잊었던 게 떠올랐다.

"아, 연이!"

최씨 부인은 이제 여덟 살이 된 어린 연이를 별채에 두고 온 것이 생각나 서둘러 뛰어갔다. 제 또래보다 똑똑하고 얌전하게 잘 자라왔으나, 최근 들어 호기심이 많아져 자꾸 혼날 일을 하는 통에 최씨 부인은 마음이 조급해졌다.

그런데 오늘은 최씨 부인의 걱정이 그저 기우였을 뿐인지, 멀리 별채 안방에서 제 외할머니 곁에 앉아 또록또록 글을 읽고 있는 것이 보였다. 작고 흰 얼굴에 순진무구해 보이는 커다란 눈동자, 고사리 같은 손으로 책장을 넘기며 글을 읽고 있는 모습이 어찌 저리 총명한지.

"벌써 소학을 다 떼다니, 영특하구나."

외할머니 유씨 부인은 조그만 아이가 예뻐 죽겠다는 얼굴로 말했다.

"오늘은 얌전하게 있지만 요즘 부쩍 호기심이 늘어서 큰일입니다. 자꾸 노리개를 한번 차보면 안 되겠냐고 그러기도 하고."

최씨 부인의 하소연에 유씨 부인은 안타깝다는 듯 연의 머리를 쓰다듬었다.

"태생이 그러한데, 어찌 저도 그런 것이 한번 해보고 싶지 않겠느냐? 곱고 예쁜 걸 보면 궁금하고 손이 갈 만도 하지."

두 부인이 씁쓸하게 주고받는 말을 듣고 연이는 눈치를 살피다가 조심스럽게 말했다.

"저, 그럼 한 번만 허락해주시면 안 되겠습니까? 그렇지 않아도 저기에 놓여 있는 저 옷을 한번 입어보고 싶습니다."

연이 가리킨 것은 제 또래의 외사촌 누이가 지난주에 왔다가 잊어버리고 챙겨 가지 않은 옷가지였다. 색동저고리와 분홍색 치마, 그 옆에 댕기와 노리개, 꽃신까지 한 벌 통째로 보자기에 싸놓았으니, 연은 아까부터 탐이 났다.

"어허! 내 그렇게 일렀는데!"

최씨 부인의 꾸지람에 연은 어머니에게는 안 통하겠다 싶었는지 외할머니한테 매달려 그 커다란 눈을 깜박이며 칭얼대기 시작했다.

"외할머니, 이 방에서만 한번 입어보고 바로 벗겠습니다. 네?"

유씨 부인은 자신의 팔을 붙들고 늘어지는 작고 귀여운 참새의 말을 안 들어줄 수가 없어서 졌다는 표정으로 웃었다.

"그럼 딱 이 방에서만 입고 바로 벗어야 한다. 알겠느냐?"

"어머니!"

최씨 부인이 말리려고 하자 연은 제 외할머니 뒤로 쏙 숨어서 빙긋 웃었다.

"그러지 말고 한번 입도록 해주자꾸나. 잔칫날이라 별채에는 얼씬거리는 이도 없을 것이다. 게다가 바로 벗겠다고 하지 않니. 호기심에서 그러는 거니 해보고 나면 저도 별거 아니라는 것을 알 거야."

"하지만……."

최씨 부인은 더 말리려다 결국 어쩔 수 없이 입을 다물었다. 그러자 유씨 부인이 연의 옷을 벗기고 색동저고리와 치마를 입힌 뒤 머리를 땋아 댕기까지 매어주었다. 연이 연신 거울을 보고 신기한 듯 이리저리 돌아보니 최씨 부인은 왠지 모르게 속상하고 미안한 마음이 들었다.

"봄꽃처럼 예쁘구나. 그저 여자아이로만 자랐더라면 이렇게 고울 텐데, 어휴."

유씨 부인은 신이 난 외손녀를 보며 안타까운 마음에 혀를 찼다. 그때 별채 안쪽으로 누군가 다급하게 들어오는 소리가 들려왔다. 창문을 조금 열고 누구인지 살피니 이 집 막내 여종이었다.

"두 분 마님! 지금 혼례가 시작되려고 하니 어서 나와 보시지요. 손님들이 두 분 마님을 다 기다리고 계십니다."

두 사람이 자리에서 일어났다. 집안 안주인으로는 제일 큰 두 어른이 자리에 없으니 어찌 식을 올릴 수가 있겠는가. 손님들이 기다릴 것을 생각하니 머뭇거릴 틈이 없었다.

"연아, 옷은 원래대로 갈아입도록 해라. 다른 사람이 보면 큰일 난다는 걸 너도 알고 있겠지? 내가 금방 올 테니 절대 어디 가면 안 되느니라."

최씨 부인의 말에 연이 뾰로통한 표정으로 고개를 끄덕였다. 두 부인이 혼례식에 참석하기 위해 가버리자 연은 저고리 고름을 풀었다.

"벗기 싫은데……."

그런데 그때였다. 야옹, 야옹. 어디선가 들리는 고양이 울음소리.

"응? 이게 무슨 소리지?"

연이 창문을 살며시 여니 마당을 유유히 걸어 다니는 노란 고양이 한 마리가 보였다. 쫑긋한 귀에 부드러워 보이는 털, 잠시 앉아 발바닥을 핥는 모습이 참으로 사랑스러운 고양이였다.

"나비야, 나비야."

연이 고양이를 부르니 고양이가 창문 틈으로 자신을 바라보는 낯선 꼬마를 응시했다.

"이리 온."

그녀가 손을 내밀자 고양이가 주춤하다가 몇 걸음 다가왔다. 그러나 고양이는 이내 걸음을 멈추고 고개를 갸우뚱했다. 마치 네가 나오면 안 되겠느냐는 표정이었다. 연은 꼭 한번 그 귀여운 아이를 보듬고 싶었다.

"아무도 없지?"

그녀는 용기를 내어 문을 열고 좌우를 살폈다. 아무리 살펴도 인기척이 없는 것이 분명 별채가 텅 빈 듯했다. 연은 살금살금 아래로 내려와 고양이를 향해 손을 내밀었다.

"그래, 그래. 이리 온."

그러나 고양이는 방금까지 그 품에 안길 듯해놓고, 이내 홱 돌아서서 별채 마당 담을 넘어 밖으로 나가버렸다.

"앗! 나비야!"

연은 고양이를 따라 문을 열고 쫓아나갔다. 밖으로 나오면 안 되는데 하는 생각이 들었지만, 잡힐 듯 말 듯 고양이를 한참 쫓다 보니 그 생각은 어느새 날아가버린 지오래였다. 얼마나 시간이 지난 것인지, 갑자기 시끌시끌한 소리에 정신이 돌아왔다.

"빈대떡이오! 빈대떡! 둘이 먹다가 둘 다 죽어도 모르는 맛있는 빈대떡 있어요!"

"이봐, 아주머니. 이 장어 한번 사봐. 이걸 남편한테 먹이면 오늘 밤에 떡두꺼비 같은 아들이 하나 더 생긴다니깐!"

연은 주위를 둘러보았다. 온갖 장사치의 가게들, 오가는 우마차와 바쁜 사람들. 번화한 장터 한가운데에서 그녀는 그제야 눈앞이 캄캄해졌다. 어찌 왔는지도 모르겠고, 어찌 돌아가야 하는지도 모르겠다. 게다가 제일 큰일은 이 모습을 한 채 집에 돌아갈 수가 없다는 것이었다.

그때였다. 우두커니 서서 어쩔 줄 몰라 하는 연의 앞으로 말을 탄 남자가 빠르게 다가왔다.

"거기! 비켜!"

그가 연을 향해 소리를 버럭 지르자 누군가 연의 팔목을 낚아채서 제 쪽으로 당겼다.

"멍하니 서서 뭐하는 거야."

"가, 감사합니다."

놀란 연이 몸을 움츠리며 자신을 붙잡아준 사람을 올려다보았다. 옥색 도포를 입은 젊은 남자, 키가 크고 눈이 매서워 보이는데 어딘지 모르게 신비롭고 이상한 느낌이 들었다. 그러나 남자 역시 연이 이상한 것은 마찬가지였다. 아무리 봐도 고작 여덟 살 정도 되었을 것 같은 양반집 아가씨인데, 장옷은커녕 옆에 같이 다니는 사람도 없이 이 시장터에 있는 것은 무슨 까닭일까.

"에이, 귀찮은 건 질색이야."

남자는 그렇게 중얼거리더니 잡고 있던 연의 손을 놓고 등을 돌렸다. 그는 바로 옆 가게에 들어간 누군가를 기다리고 있는 듯했다. 연은 무안한 표정으로 머뭇거리다가 꾸벅 절하고 옆에 있는 장사치에게 다가갔다.

"저, 여기 옷을 파는 곳은 어디 있소?"

장사치는 연을 위아래로 훑어보고는 왼손으로 무심하게 시장의 한편을 가리켰다.

"저쪽으로 가다가 보면 포목점이 하나 나올 겁니다."

연은 장사치가 가리킨 곳을 향해 걸었다.

'일단은 복건과 전복戰服을 구해야 해. 돈이 필요하면 이 노리개를 팔아서라도.'

방금 전 연을 구해준 남자는 종종걸음으로 걸어가는 연의 뒷모습을 흘낏 보았다. 그때 연을 따라가는 두 사내의 수군거리는 소리가 들려왔다.

"혼자인 것 같은데?"

"옷을 보니 돈이 좀 되겠어."

사내 둘은 무언가 작당한 듯 팔꿈치로 서로를 치더니 연의 뒤를 쫓아갔다. 남자는 기다리는 사람이 빨리 안 나오는지 가게 안을 살폈다. 그러나 기척조차 없다. 그는 다시 팔짱을 끼고 구시렁거렸다.

"이 양반은 왜 안 나오는 거야! 어디 한번 들어가면 한
오백년이니, 내 참. 소원이고 뭐고 그냥 튈까 보다."

남자는 그렇게 말한 뒤 입술을 잘근잘근 깨물고 다리
를 달달 떨었다. 방금 전 꼬마를 쫓아간 사내 둘이 한 애
기가 자꾸 거슬려 그는 점점 초조해졌다.

"젠장, 내 귀는 왜 이렇게 밝아가지고. 내가 망할 오지
랖 때문에 지금 이 고생을 하는 건데."

남자는 제 성을 못 참겠는지 결국 연과 사내들이 걸어
간 방향을 향해 뛰어갔다. 그들이 사라진 방향을 쫓아
골목을 돌아가니 아니나 다를까, 어린 여자아이 하나를
궁지에 몰아넣고 위협하는 못난 두 사내가 보였다.

"아, 좋게 말할 때 그 옷이랑 노리개, 꽃신 다 내놓으라
니까 그러네."

사내 하나가 무섭게 윽박지르니 연이 노리개와 꽃신
을 벗어 내주면서 통사정을 했다.

"제발 살려주십시오. 옷을 벗어드리면 저는 어떻게 합
니까. 노리개도, 꽃신도 드리겠습니다. 옷은 안 됩니다."

"헤, 조그만 게 별 웃기지도 않네? 너도 꼴에 여자다
이거냐?"

사내가 우악스러운 손으로 연의 옷을 벗기려고 덤비

자 그들을 쫓아온 남자가 뒤에서 돌멩이를 집어던졌다. 돌멩이는 사내의 머리에 날아가 딱 소리를 내며 정통으로 꽂혔다.

"아악! 뭐야!"

남자가 얼얼한 뒤통수를 잡고 험상궂은 얼굴로 돌아보는데, 키가 크고 어깨가 딱 벌어진 한 젊은 선비가 무시무시한 눈으로 노려보고 있었다. 그러나 사내는 둘, 이 젊은 선비는 하나. 그러니 사내들이 겁을 먹을 리가 있나.

"너, 이 새끼! 뭐야! 어! 너 누구냐고!"

사내 둘이 고함을 지르며 천천히 다가오자 남자가 픽 웃었다.

"내가 누구냐고? 내가 오지랖이 바다 같은 도깨비, 망량이다. 이놈들아."

"뭐라는 거야? 이 미친놈이 죽으려고 환장을 했나."

사내 둘은 망량을 향해 건들거리며 금방이라도 덤빌 태세로 다가왔다.

"너도 우리한테 한번 털려보고 싶다 이거냐?"

사내 하나가 망량에게 주먹을 날리자 망량이 손을 잡아 꺾더니 뒤로 패대기를 쳐 넘어뜨렸다.

"이 자식이!"

곧바로 다른 사내 역시 망량에게 덤벼들었다. 그러나 그 또한 망량의 적수가 되지 못했다. 망량은 사내의 주먹을 가볍게 피하더니 곧 그의 얼굴을 가격하고 배를 걸어차 구석에 처박아버렸다.

"못난 놈들, 내 눈 앞에서 썩 꺼지지 않으면 네놈들 강냉이를 다 털어버리겠다!"

망량이 으름장을 놓자 두 사내는 비틀거리면서 그 자리에서 사라져버렸다. 그는 구석에 붙어 두려움에 떨고 있는 연에게 다가갔다. 그녀는 눈물이 그렁그렁해서 망량을 올려다보았다.

"자, 받아."

그가 앞에 놓인 노리개와 꽃신을 집어 연에게 내밀었다.

"고, 고맙습니다."

연이 떨리는 목소리로 말했다.

"귀찮은 건 질색인데, 너 운이 좋은 줄 알라고."

망량이 퉁명스럽게 말하고 골목 어귀로 걸어 나가자 연이 용기를 내어 골목 밖으로 쫓아 나와서 말을 걸었다.

"저, 저는 이연이라 합니다. 서, 선비님 존함이 망량이라 하셨지요? 어디에 사십니까? 제가 이 은혜는 꼭 갚겠습니다."

망량은 발길을 멈추고 어린 아가씨를 내려다보았다.

초롱초롱하고 순진무구한 두 눈이 깜빡거리고 있었다.

"네가 피리를 찾지 않는 이상 날 볼 일이 없지 싶은데?"

연이 그 말에 고개를 갸우뚱하며 물었다.

"피리(犀里 : 평평한 땅이라는 지명)라는 동네에 사는 망량이라는 선비님이란 말씀이죠?"

망량은 손사래를 치면서 피식 웃었다.

"아니, 아니. 됐다. 은혜 따위는 갚지 않아도 되니 마음에 두지 마라."

"아닙니다. 제가 후일 선비님을 찾아뵙고 이 은혜를 꼭 갚겠습니다."

연이 다시 고개를 꾸벅 숙이며 보답을 약속했다. 그는 그 고집을 꺾을 수 없어 대충 대꾸했다.

"그래, 그래. 그러면 다음에 만났을 때 네가 은혜를 갚는 걸로 하자꾸나."

연은 그저 하는 말이 아니라는 것을 알아주었으면 싶어서 저도 모르게 불쑥 손을 내밀었다.

"약속!"

연이 새끼손가락을 내밀어 얼른 걸라는 듯 손가락을 흔들었다.

"이건 또 뭐냐."

"아, 얼른 따라 해보세요. 약속."

망량이 주춤거리며 새끼손가락을 내밀자 연은 그 손을 잡아 자신의 손가락에 걸었다.

"이렇게 하면 약속을 한 거라고 어머니가 그러셨어요. 약속."

"내 참, 지금 내가 뭐하고 있는 건지. 그래, 약속하자. 약속!"

망량은 이 밤톨 같은 녀석이 하는 양이 귀여워 머리를 쓰다듬었다.

"참, 너 포목점을 찾는 것 같던데, 뭐 볼일이라도 있는 게냐?"

"그게, 저…… 옷을 사려고요."

연이 머뭇거리며 대답했다. 망량은 이상하다는 듯 고개를 갸웃했다.

"너 같은 꼬마가 무슨 옷을 산다는 거냐? 네 부모님은 어디에 계시는데?"

"그것이…… 말씀드리기 좀 곤란합니다."

연이 우물쭈물하다가 고개를 푹 숙였다. 망량은 비밀이 많은 이 작은 꼬마 아가씨에게 흥미가 갔다. 그는 무릎을 꿇고 그녀의 얼굴을 빤히 들여다보았다.

"요, 맹랑한 것 봐라. 말씀드리기가 곤란해? 허허, 참. 너 같은 꼬맹이가 이렇게 좋은 옷을 입고 혼자 돌아다니면 아까 그 불한당 같은 놈들이 또 잡아갈지 모른다. 옷을 사는 것은 다음에 어른들과 같이 사도록 하고 오늘은 그만 돌아가려무나. 내가 집까지 데려다주마."

그의 말이 지당하지만, 지금 이 모습으로는 집으로 돌아갈 수 없었다. 연의 눈동자가 어찌해야 할지 몰라 잠시 주저했다.

"복건과 전복이 있어야 집으로 돌아갈 수가 있습니다."

망량은 볼에 바람을 잔뜩 넣고 당최 이해가 안 된다는 표정을 지었다. 이 꼬맹이가 무슨 사고를 쳤기에 저 혼자 시장통에서 복건과 전복을 구한단 말인가. 제 오라비나 남동생의 옷을 잃어버리거나 태워먹기라도 한 것일까.

"그게 없으면 집으로 돌아갈 수가 없다?"

"네, 절대 돌아갈 수 없습니다."

"어째서? 무슨 사고를 쳤기에?"

갑자기 연의 살굿빛 뺨을 타고 눈물이 똑똑 떨어졌다. 그녀는 눈물을 소매로 닦으며 훌쩍거렸다. 망량은 갑작스러운 상황에 당황스러웠다. 골목 앞을 지나는 사람들이 흘끔흘끔 한 번씩 쳐다보기도 했다. 그는 어쩔 줄 몰라 하다가 급한 대로 품에서 손수건을 꺼내 그녀의 얼굴을 닦기 시작했다.

"어, 이봐. 울지 말라고. 내가 뭘 잘못했다고 우는 거야. 아, 알았어. 안 물어볼게. 그러니까 울지 말라고. 어어. 코, 코 나온다. 이봐. 콧물 나온다고. 에이, 진짜 더럽게. 흥, 해봐. 흥! 옳지. 그래, 흥!"

망량이 눈물 콧물로 범벅이 된 연의 얼굴을 한참 닦아주며 어르고 달래니, 그녀가 겨우 눈물을 그쳤다. 집 잃은 새끼 고양이가 꼭 이럴까. 애초에 이럴 마음은 눈곱만큼도 없었는데, 도저히 냉정하게 돌아서지 못하겠다. 망량은 한숨을 쉬었다.

"아, 알았다고. 전복과 복건이 필요하다 이 말이잖아. 그런데 너 그거 살 돈은 있는 거냐?"

그러자 연이 제 손에 쥐고 있던 호박 노리개를 내밀었다. 세공한 모양새를 보니 꽤 비싸 보였다.

"이거면 살 수 있지 않을까요?"

"뭐, 그래 보이긴 하구나. 하지만 포목점에 가봐야 알겠지. 아무튼 네가 집에 들어가는 걸 봐야 내 마음도 편할 것 같으니까 같이 가주마."

망량이 제 도포 소맷자락을 잡으라는 듯 내밀었다.

"정말이십니까? 감사합니다. 이 은혜는 꼭 갚겠습니다."

"그놈의 은혜는 안 갚아도 된다니까 그러네."

망량은 자신의 소맷자락을 꼭 붙잡은 연을 데리고 시장통으로 나와 포목점을 찾았다.

"저기, 주인장 계시오?"

망량이 문을 열고 주인을 찾았다. 그러자 몸종으로 보이는 어린 사내아이가 나왔다. 연의 또래 정도로 보이는 그 아이는 손발이 바싹 마르고 얼굴은 백지장 같아 금방이라도 쓰러질 것 같았다.

"마님, 손님 오셨습니다."

남자아이는 안 나오는 목소리를 겨우 쥐어짜 제 주인을 부른 뒤 기침을 했다. 연이 잠시 그를 살피니, 다 죽어가는데도 제 몸뚱이보다 훨씬 큰 옷감 두루마리를 옮기기 위해 끙끙거리고 있었다. 하나를 들어 나르기도 힘에 부치는데 그 뒤편으로 옷감 두루마리가 수북한 것을 보니 어찌나 안쓰러운지.

그때 안쪽에서 문을 열고 주인으로 보이는 중년의 여자가 나왔다. 그녀는 남자아이가 비틀비틀거리는 게 영 마음에 안 드는 눈치였다. 그녀는 혀를 끌끌 차더니 이쪽을 향해 다가왔다.

"옷감 사러 오셨어요?"

연은 그녀에게 차분하게 사야 할 물건을 말했다.

"옷감은 아니고, 이미 지어진 옷을 한 벌 사려고 합니다. 혹시 제 또래 남자아이가 입는 바지, 저고리와 전복, 복건을 사려 하는데, 파는 것이 있습니까?"

"물론이지요. 안에 치수별로 두세 벌씩 여분을 만들어
두었으니 한번 보십시오."

여자가 안으로 안내해 들어가니 연두색과 남색 전복
등 몇 가지 옷가지가 보였다. 연이 대충 입을 만한 것들
을 하나씩 골라 물었다.

"이것들을 모두 사면 얼마나 합니까?"

"전부 다요? 전부 합하면 세 냥, 한 냥, 50문씩 두 개이
니 모두 닷 냥이네요."

그 말에 연이 머뭇거리다가 자신의 노리개를 떼서 여
자에게 내밀었다.

"혹시 이 노리개와 바꿀 수 있겠습니까?"

여자는 노리개를 받아 보더니 망량과 연의 눈치를 살
폈다. 척 보아도 이 호박 노리개가 닷 냥보다 더 나가는
것 같지만 돈으로 준다는 것도 아니고 물물교환을 하자
는 거니 조금 바가지를 씌워야 되겠다 싶었다.

"이 노리개로 바꾸면 저희는 남는 것도 없습니다. 돈
을 더 주셔야 합니다."

수중에 노리개 말고는 가진 게 없었던 연의 표정이 시
무룩하게 변하자 옆에 있던 망량이 끼어들었다.

"거, 지금 바가지라도 씌울 모양인가 본데 적당히 하
십시다. 이 전복과 옷가지는 옷감 질부터 가장 싼 걸로

72

만 지었는데 호박 노리개와 바꾸어서 어찌 남는 게 없다는 말이오? 혹 여기서 돈을 더 받으려는 생각이라면 당치 않은 일이니 다른 곳을 알아보겠소."

주인 여자의 표정이 새치름해졌다. 도령의 다부진 말투가 아무래도 홀랑 벗겨 먹기 어렵겠다 싶었다.

"알았습니다. 그럼 저희도 좀 깎아드리는 셈치고 노리개와 바꿔드리지요."

그녀의 말에 연의 표정이 밝아졌다. 이제 옷을 바꿔 입고 가면 되겠다 싶었다. 그런데 그때였다. 우당탕 하고 무언가 넘어지는 큰 소리가 나 밖을 쳐다보니 아니나 다를까 아까 그 남자아이가 바닥에 쓰러져 옷감 두루마리 밑에 깔린 게 아닌가.

"얘야, 괜찮은 것이냐?"

연과 망량이 놀라서 옷감 두루마리를 치우고 부축하는데 주인 여자는 골치가 아프다는 투로 말했다.

"저, 저! 어휴. 어째 제 밥값도 못 하고 툭하면 아프니, 돈을 닷 냥이나 주고 데려왔건만 어디다 써먹을는지."

연은 화가 치밀었지만 여기서 싸워봐야 무슨 소용이랴.

"당장 의원을 불러야겠습니다. 열이 이렇게 펄펄 끓는데 이대로 두면 큰일 나겠습니다."

주인 여자는 매정하게 대꾸했다.

"돈이 썩어나는 것도 아닌데 의원은 무슨 의원이오? 그냥 제 방에 놓아두면 알아서 낫겠지요, 뭘."

"그러지 말고 어서 의원을 부르십시오. 이러다가 아이가 죽겠습니다."

"아, 의원 부를 일 없다니까 그러십니다. 남 일에 참견하지 마시고 사려던 것이나 마저 사서 가시지요."

주인 여자가 짜증을 내며 돌아서자 연은 더 참을 수가 없어서 그녀를 가로막았다.

"좋습니다. 아까 노리개를 닷 냥에 쳐주기로 했고, 이 아이도 닷 냥에 데려왔다 했지요? 그럼 내 노리개를 여기 이 아이와 바꾸겠습니다. 어떻습니까?"

주인 여자는 그 말에 귀가 번쩍 뜨였다. 그렇잖아도 처치 곤란이던 다 죽어가는 몸종을 저 비싼 노리개와 바꾸자니. 간밤에 집에 불이 나는 꿈을 꾸었는데 이게 바로 재물 횡재가 있을 꿈이었구나 싶었다.

"아, 제가 일부러 의원을 안 부르겠다는 것은 아니었는데. 정 그러시다면 저 아이도 더 좋은 주인을 만나는 게 좋겠고. 아가씨께서 그리하자 하시는데 쇤네가 당연히 그래드려야지요."

주인 여자는 횡설수설하더니 안채로 들어가는 문을 열었다.

"호호! 안에 들어가서 저 아이의 노비 문서를 가지고 나올 테니 여, 여기 계십시오."

그녀는 판이 깨지기 전에 얼른 거래를 끝내기 위해 부리나케 뛰어 들어갔다. 망량이 그 모습을 보고 연에게 물었다.

"너, 노리개를 이 아이와 바꾸면 어쩌려고? 전복과 복건이 꼭 필요하다면서."

망량이 묻자 연이 고개를 끄덕였다. 그녀는 쓰러져서 얼굴이 하얗게 질린 남자아이를 부축해 안으며 말했다.

"하지만 어떻게 이런 사람을 그대로 두고 가겠습니까? 선비님께서 좀 고생스러우시겠지만 의원이 있는 약방에 갈 때까지 아이를 좀 업어주시면 안 되겠습니까?"

연이 부탁하자 망량이 아이를 등에 업었다. 그러자 주인 여자가 밖으로 쏜살같이 튀어나와 누런 노비 문서를 쥐여주었다.

"쉰네가 글은 잘 모릅니다만, 아는 말이 하나 있습니다. 낙장불입落張不入, 낙장불입이라는 말 아시지요? 이제 거래는 끝났으니 절대 무르실 수 없습니다. 아시겠지요? 자자, 어서 가십시오. 의원이 있는 약방은 저 맞은편입니다."

주인 여자가 어서 나가라는 듯 가게 문밖으로 두 사람

을 쫓아내듯 배웅했다. 망량은 그녀의 악행을 꾸짖으며 호통을 치고 싶었지만, 당장 아이의 상태가 위급한지라 서둘러 약방으로 뛰었다.

"이리 오너라!"

망량이 맞은편 약방 문을 두드리며 사람을 찾자 안에서 하인들이 나와 아이의 상태를 보더니 진료실로 안내하고는 안채에 있는 의원을 급하게 불렀다. 다 죽어가는 아이 하나가 들어왔다는 말에 의원이 서둘러 건너와서 남자아이의 손을 잡아 이리저리 진맥했다. 그런데 모습이 심상치 않았다.

"어떻습니까?"

연이 물었다. 대대로 유의를 지낸 집안의 장손이며 전의감 제조였던 할아버지께 한의학에 대한 이론을 몇 가지 배우긴 하였으나 실제로 치료를 배운 적은 없었다. 그런데 오늘따라 어찌나 후회가 되는지. 의원의 입에서 무슨 말이 떨어질지 기다리는 것이 이처럼 마음이 무겁고 답답할 줄은 미처 몰랐다. 의원은 신중하게 여러 번 맥을 짚고 몸 여기저기를 눌러보았다. 그러나 아이의 숨소리는 점점 거칠어졌다. 그는 어두운 얼굴로 머리를 절레절레 흔들었다.

"이거야, 원. 늦어도 너무 늦게 오신 것 같습니다. 영양

실조도 있지만 폐렴까지 심해서 그야말로 죽기 직전입니다. 어떻게 이러고 살았는지, 쯧쯧."

연과 망량이 기가 막혀서 침울하게 한숨을 쉬자 아이가 눈을 떴다. 의원의 말에 정신이 든 모양이었다.

"…… 제가 이제 죽는 겁니까."

아이는 가느다란 목소리로 말했다. 저도 이제 이 고단한 삶이 드디어 끝나는구나 싶었던지, 지친 눈에서 눈물이 흘러내렸다. 옆에서 보고 있던 연도 함께 울었다. 그녀는 아이의 손을 꼭 붙잡았다.

"미안하다, 너를 도와주고 싶었는데."

진심이 느껴지는 목소리였다. 그러자 방금까지 넘어갈 것처럼 가빴던 남자아이의 호흡이 천천히 누그러졌다. 그는 연을 쳐다보며 희미하게 웃었다.

"아, 아가씨. 손이…… 손이 참 따뜻하십니다."

아이는 그 말을 마치고 스르르 눈을 감았다. 평온한 얼굴이었다. 그게 마지막인 듯 아이의 손이 힘없이 툭 하고 떨어졌다. 연은 그렇게 아이를 보낼 수 없다는 생각에 아이의 손을 붙잡아 흔들었다.

"이보시오! 이 아이가, 이 아이가!"

의원은 침통한 표정으로 아이의 손을 잡아 진맥하고 끝으로 코에 얇은 유리를 대어 숨이 끊어졌는지 확인했다.

"쯧쯧, 숨이 다했습니다. 불쌍한 녀석 같으니. 이 아이의 명이 여기까지였나 봅니다."

의원이 천을 들어 올려 아이의 머리 위로 덮었다. 연이 다시 눈물을 흘리니, 망량이 그녀의 어깨를 두드려주었다.

"이 아이가, 이 아이가 진작 치료를 받았더라면……."

연은 그렇게 엉엉 울었다. 집안이 대대로 의술에 정통했지만, 왜 의원이 되어야 하는지 생각해본 적은 없었다. 그런데 난생처음으로 작은 새 같은 가슴이 아파왔다. 망량은 연에게 물이라도 한 사발 마시며 진정하라고 일러놓고 밖으로 나와서 손목에 차고 있던 옥팔찌를 끌러 손에 쥐었다. 이미 노리개를 팔아버린 연이 죽은 아이의 진료비와 장례비를 낼 수 없을 것이라는 생각이 들었기 때문이다.

"영감이 예전에 생일이라고 만들어줬던 건데. 에이, 망할 영감탱이. 그래, 볼 때마다 울화만 터지는데 이참에 잘됐네, 뭐."

망량은 팔찌를 약방 살림을 보는 일꾼에게 쥐여주었다.

"저 아이의 진료비와 장례 비용이오. 오갈 데 없는 아이였으니 화장하여 좋은 곳에 좀 뿌려주시오."

일꾼이 알았다고 하자 망량은 다시 안으로 들어가 연을 데리고 나왔다. 그녀는 너무 울어서 눈이 통통 부어 있었다.

"저 아이의 장례는 이곳에서 치러주기로 했다."

망량은 아직도 충격이 온전히 가시지 않았는지 계속 울먹이는 연의 머리를 쓰다듬으며 위로했다.

"울지 마라. 저 아이는 좋은 곳으로 간 것이 분명하니 그렇게 슬퍼하지 않아도 된단다. 내가 보장하마."

연이 훌쩍거리며 눈을 비볐다.

"어떻게 선비님께서 보장을 하신다는 말씀입니까?"

"나랑 좀 친한 어떤 영감님이 무지무지 높은 사람인데, 그 영감님은 사람이 죽으면 그 영혼이 어디로 가는지 알 거든."

"네? 거짓말이시지요?"

연이 말도 안 된다는 표정으로 그를 쳐다보자, 그가 씩 웃었다.

"정말인데. 그 영감님은 저렇게 착한 영혼들이 죽으면 밤하늘에 별로 다시 태어난다고 그랬어. 그래서 그 별들이 천 년이 지나고, 만 년이 지나도 변함없이 순수하게 빛난다고 했지. 우리가 어둠 속에서 길을 잃지 않는 이유는 바로 그런 별들을 길잡이로 삼기 때문이야."

망량의 말이 조금 위로가 되었는지 연이 눈물을 멈추었다.

"그, 그 말이 정말이에요?"

"그럼, 정말이지. 이 선비님을 못 믿는 거야? 응? 약속
으로 증명할 수도 있어. 약속! 어때?"

망량이 아까 연이 했던 것처럼 새끼손가락을 내밀었
다. 그러자 연이 수줍게 그 손에 자기 새끼손가락을 걸
었다.

"자, 그럼 이제 날도 저물어가는데 우리도 그만 집으
로 가야지. 그나저나 전복과 복건이 없는데 네 집에는
어떻게 들어간다?"

망량이 걱정스러운 눈으로 연을 내려다보았다.

"하늘을 날아서 별채까지 들어가지 않는 이상 집으로
무사히 들어갈 수 있는 방법이 없어요."

연이 힘없이 말했다.

"하늘을 날아서?"

망량이 되묻자 그녀는 풀이 죽어 고개를 끄덕였다.

"그럼, 날지 뭐."

그의 말에 연은 누굴 바보로 아느냐는 얼굴을 했다.

"새도 아니고 어떻게 날아요?"

"다 따라와보면 알게 되느니라."

망량이 큰소리를 치고 성큼성큼 앞장서 걸었다. 연은
망량을 종종 쫓아가며 어디로 가느냐고 재차 물었다. 그

러나 망량은 그 말에 대꾸는 않고 마을에서 조금 떨어진 언덕으로 올라갔다.

"이쯤이면 되겠구나."

망량은 언덕 중간에 솟은 참나무의 가지를 밟고 위로 올라갔다. 연은 그가 뭘 하려는지 도통 짐작이 가지 않았지만 그의 손을 잡고 함께 나무에 올랐다. 그러자 온 마을이 한눈에 들어왔다.

"와, 이런 건 처음 봐요."

연이 작은 탄성을 내질렀다. 마을은 점점 어둠 속으로 잔잔하게 사라지고 그 자리에는 호롱불이 총총히 밝혀졌다.

"어머니와 할머니가 기다리고 계실 텐데……."

연이 걱정스럽게 중얼거렸다.

"네 집은 어느 방향인지 아느냐?"

"몰라요. 실은 저희 집이 아니라 저희 외갓집이에요. 외가에 와서는 외출한 적이 통 없어서 어디가 어디인지도 잘 모르는걸요."

그녀가 기운 없이 말했다. 망량은 고민하더니 다시 물었다.

"그럼 좋다. 네 집이 어떻게 생겼는지 말해보거라. 지붕의 색깔은 어떠하고 안에 심어져 있는 나무는 어떤 건지, 어떤 사람들이 살고, 오늘은 뭘 했는지 말이다."

"음, 집은 파란 기와지붕이고, 별채에는 커다란 석류나무 두 그루가 있어요. 그리고 오늘은 어머니 몸종으로 있던 섬섬이가 여기 외가의 만복이와 혼례를 올리게 되어 잔치가 열렸고요. 어머니가 혼례식만 보고 오실 거라고 절대 나가면 안 된다고 하셨는데, 지금 얼마나 걱정하고 계실지……."

연의 얼굴이 또 울상이 되었다. 망량은 기이한 소리를 내며 휘파람을 불었다. 휘이, 휘이, 휘이이. 긴 휘파람 소리가 흰 달이 뜨기 시작한 저녁 하늘로 퍼졌다. 그러자 몇 마리의 노랑턱멧새가 망량의 곁으로 날아왔다.

치짓, 치짓. 취이, 취이이. 멧새들은 두려운 기색도 없이 망량의 한 손에 올라앉아 예쁜 울음소리로 지저귀더니 푸드덕 날아올라 저편으로 사라졌다.

"네 집을 찾았다."

망량의 말에 연이 어리둥절한 표정을 지었다.

"저기로구나."

그는 어둠 속에서 불빛이 흘러나오는 어느 한 집을 가리켰다.

"그, 그걸 어떻게 아세요?"

"멧새들이 가르쳐주었단다."

"네?"

연은 이상한 선비님의 말을 이해할 수가 없어 그의 행동을 가만히 지켜보기만 했다. 망량은 자신의 양손을 모아 쥐더니 눈을 감고 진언을 외우기 시작했다.

"옴남 동남풍신 사하 비야비야 동남풍 취풍 오로오로 사바하 서북풍신 좌정 사하 소로소로 서북풍신 좌정 소로소로 사바하 고로고로 천지신명 오명 봉지 고로고로 사바하."

"이건 공명(孔明 : 촉한의 제갈량)이 동남풍을 불게 할 때 썼던⋯⋯."

연이 망량의 진언을 용케 알아듣고 말했다. 그는 진언을 마치자 자신이 가리킨 집을 향해 한 손을 펼쳐 후우 하고 바람을 불었다. 그러자 놀랍게도 집이 있는 동남쪽을 향해 바람이 솔솔 불기 시작했다.

"바, 바람이⋯⋯."

연이 놀라서 망량의 얼굴을 쳐다보자 그가 해맑게 웃었다. 조금씩 거세지는 바람 탓에 민들레 씨앗들이 하늘로 날아오르니, 그 솜털들이 빛나는 달빛 아래 마치 눈이 내리는 듯 어지럽게 춤추었다.

"자, 이제 우리도 날아볼까요? 아가씨."

망량은 연에게 손을 내밀었다. 그녀는 놀랍고 두려워

머뭇거리다가 마침내 망량의 손을 잡았다. 그러자 망량이 연을 안아 들더니 곧바로 높은 참나무 가지를 박차고 공중으로 뛰어올랐다.

"아악!"

연이 두 손으로 얼굴을 가렸다. 그러나 자신의 고사리 같은 손을 간질이는 것은 따뜻한 바람, 바람이었다. 그녀는 조금씩 손을 뗐다.

"와!"

연은 저도 모르게 또다시 작은 탄성을 내질렀다. 검게 펼쳐진 밤하늘에 촘촘히 박힌 별들, 따뜻한 봄바람을 타고 수많은 민들레 씨앗들이 유유히 날아가고 있었다.

"서, 선비님……. 이게 어떻게……."

망량은 연을 바라보며 그저 웃기만 할 뿐이었다. 매서워 보이기도 하고 다정해 보이기도 하는 두 눈동자. 그녀는 넋을 잃고 이 신비로운 사람의 얼굴을 바라보았다. 그는 제갈량처럼 도술을 부릴 줄 아는 사람일까, 아니면 속세에 잠시 들른 신선인 것일까.

"이런, 어떻게 하나. 네가 없어져서 집에서 난리가 난 모양인데."

망량은 연의 외가 별채에서 여러 개의 등불이 바쁘게 오가고 있는 모습을 보고 말했다. 어머니와 외할머니가 하인들을 시켜 집 안 구석구석을 뒤지게 한 것이 분명했다.

"어쩌지! 사람들에게 들키지 않고 별채 안으로 아무일 없이 들어가야 하는데."

"그 정도야 쉽지."

망량은 하늘을 향해 손을 뻗었다. 그러자 손끝에서 푸른 기운이 나오더니 이내 작은 공 모양으로 변해 연의 외가 마당으로 날아갔다.

"아이고, 저게 다 뭐여? 도깨비불 아닌가벼? 세상에!"

"도련님한테 큰일이 생겼나 봐요! 도깨비불이에요! 도깨비불이 마당에 나타나다니!"

그녀의 외가 사람들은 마당으로 뛰어나와 정신없이 날아다니는 도깨비불에 어쩔 줄을 몰라 했다. 망량은 그 틈에 텅 빈 별채 안으로 사뿐하게 내려앉았다. 연은 지금 자신에게 일어난 이 이상한 일을 도저히 믿을 수가 없어서 물었다.

"선비님이 도깨비불을 어떻게 만드신 거죠? 하늘을 나는 것도 그렇고. 이게 다 어떻게 된 일이에요? 선비님이 도깨비도 아닌데, 어떻게……."

연은 순간 그가 자신을 구해주면서 했던 말이 떠올랐다. 오지랖이 바다처럼 넓은 도깨비, 망량. 그러고 보니 망량이라는 말 자체가 도깨비가 아닌가!

"혹시 그럼 진짜 도깨비?"

연이 작은 손으로 입을 가리고 그를 쳐다보았다. 망량은 그녀의 머리를 쓰다듬었다.

"네가 이 모든 걸 다 기억하고 있다면 그 또한 안 될 일이지. 잊어버려라, 이건 그저 다 꿈이란다."

망량이 그녀의 머리를 천천히 쓸어내리더니 목 뒷부분에 손가락을 대고 눌렀다.

"아!"

연은 그와 함께 스르륵 그대로 쓰러졌다. 그는 연의 뒷목을 살펴보았다. 그 자리에는 푸르스름한 원이 생겨 동그랗게 빛을 뿜어내더니 차츰 사라져 나중에는 그 표시가 완전히 없어졌다. 망량은 그녀를 안고 별채 안으로 들어가 자리에 눕혔다. 그는 바람을 타고 날아온 탓에 엉망이 된 머리를 쓸어 넘겨주며 미소 지었다.

"네 기억을 묶어두는 주문을 걸었다. 내가 이 징표에 다시 손을 대지 않는 이상 주문이 풀리는 일은 없을 테니 우리 인연은 이로써 끝이구나. 잘 지내렴, 귀여운 아기 새야."

망량은 연의 이마에 입을 맞추고 방을 나섰다.

"그만 가자꾸나."

그가 공중을 향해 손을 내미니 도깨비불이 도로 그의

품으로 날아왔다. 번쩍, 푸른 불빛이 빛나더니 달빛에 흩어지고, 남은 사람들만 야단이었다. 그날 밤, 마을 포목점에는 큰불이 일어나 그 집 재물이 모두 불타버렸으니, 이 또한 괴이한 일이라. 그 집 주인 여자가 하루아침에 거지가 된 꼴을 보고 사람들은 돈만 밝히다가 드디어 천벌을 받았다며 수군거렸다.

엇갈린 인연

12년 후, 4월.

이 대감의 큰사랑채 앞, 높게 가지를 뻗은 만개한 벚꽃
나무 아래로 수많은 꽃잎들이 봄바람에 빙글빙글 춤을
추며 사뿐히 떨어져 내린다. 그리고 그 사이로 이리저리
날아다니며 지저귀는 노랑할미새 한 쌍.

"날씨가 참 좋구나."

이 대감은 탕약을 마신 뒤 마주 앉은 손자 이연에게 약
사발을 건넸다. 연이 태어나고 근 20여 년의 세월이 흘
러 이 대감의 주름은 더욱 깊어지고 기력도 많이 쇠했으
나 눈빛만은 여전히 맑고 매서웠다.

"요즘도 죽소(粥所 : 거지들을 수용하던 집단 주거 시설)에 가서 유개(流丐 : 거지)들을 진료하고 있는 것이냐?"

그의 물음에 이연이 움찔하더니 눈치를 살폈다. 이 대감은 못마땅한 눈으로 이연을 쳐다보았다. 삼대독자 집안에 유복자로 겨우 얻은 손자이건만, 사내다운 구석이라고는 한 군데도 없었다. 호리호리한 체구에 아직도 솜털이 보송보송한 하얗고 고운 얼굴, 사슴처럼 크고 순진무구한 눈이 깜빡거렸다. 이 대감은 오늘은 꼭 호통을 쳐야지 하고 다짐했건만 손주 녀석의 선한 눈망울에 오늘도 한풀 꺾이고 만다.

"내 거기는 위험하기도 하고, 무슨 잡병이 있을지 모르니 가지 말라고 그렇게 일렀지 않느냐. 게다가 너는 사대부 유의 집안 출신이다. 우리가 본래 하는 일은 한의학을 연구하고 이론을 강독하는 것이지 중인들처럼 진료를 하는 게 아니라는 걸 명심해야 돼."

"하지만 가난한 병자들이 약도 제대로 못 써보고 죽어나는걸요. 의학을 연구하기 위해서는 실제로 진료를 해봐야지……."

이연이 겨우 용기를 내어 말했다. 그러나 이 대감의 이맛살이 찌푸려지는 것을 보자 흐지부지 말끝을 흐리며 고개를 숙였다. 도무지 대들 용기가 나지 않았다.

"연아! 지금까지 내가 한 말 못 들었느냐! 아이고, 머리야."

이 대감이 호통을 치다 말고 손으로 이마를 짚었다.

"잘못했습니다, 할아버지."

연이 얼른 사죄를 드리자 이 대감은 나가라는 듯 손을 내저었다. 19년 전, 강씨 부인과 그 오라비가 집에 불을 지르고 문중의 재산 반절가량을 들고 도망간 이후 충격으로 쓰러졌던 이 대감은 왼쪽 반신에 풍이 오고 말았다. 다행히 지금은 건강을 많이 회복했지만 여전히 지팡이 없이는 제대로 거동을 할 수가 없었다. 연과 최씨 부인은 그런 이 대감에게 마음속 깊이 죄책감을 느꼈다. 거짓말도 거짓말이었지만, 만약 계집아이라고 했더라면 그가 쓰러지는 일은 일어나지 않았을지도 모른다.

연이 어깨를 축 늘어뜨리고 사랑채를 나와 별채로 터벅터벅 걸어가는데 뒤에서 최씨 부인이 그녀를 불렀다.

"연아."

최씨 부인은 여전히 마르긴 했지만 최근에는 아침저녁으로 탕약을 챙기고 침을 놓아주는 자식 덕분에 혈색이 많이 좋아져 생기가 있었다.

"할아버지께 다녀오는 길인가 보구나. 또 죽소에 들락거린다고 혼났지?"

연이 입술을 쭉 내밀고 억울한 표정으로 고개를 끄덕이자 최씨 부인은 그럴 줄 알았다는 듯 싱긋 웃었다.

"그러게 좋은 일도 좋은 일이지만 조심하라고 일렀잖니. 참 별채에 백현 도령이 왔다고 하더라. 성균관에 들어간다고 작별 인사를 하러 온 모양인데 어서 가보렴."

연의 두 눈이 동그랗게 커졌다.

"앗, 형님이 벌써 성균관으로 간다고요?"

그녀는 서둘러 별채로 뛰어갔다. 사내아이로 속이고 비밀을 숨기느라 변변찮은 친구 하나 없었고, 체구가 작고 비리비리한 까닭에 서원의 동무들에게 종종 두들겨 맞기까지 했다. 그런 그녀를 도와주는 유일한 사람 송백현. 두 살 위의 백현 역시 독자 집안에서 낳은 귀한 아들로 형제가 없었기에 비슷한 처지의 연을 동생처럼 여기며 사이좋게 지내왔다. 그러나 이제 그는 소과에 급제하여 성균관으로 떠나게 되었으니 작별을 고하기 위해 들른 것이 분명했다.

'이렇게 빨리 가실 줄이야!'

연은 벌써부터 마음 한편이 쓸쓸해졌다. 저편 대청마루에 앉은 백현을 보니 어렸을 때는 몰랐는데 오늘따라 참으로 훤칠하고 잘생겨 보였다. 곧은 콧날과 넓은 이마, 시원시원한 눈과 단정한 입술. 그 모습이 입고 있는 옥색의 도포와 어울려 마치 그림 속에서 걸어 나온 사람처럼 빛났다.

"형님!"

"오랜만이다, 연아."

백현이 고개를 돌렸다. 오랫동안 동문수학해온 조그만 녀석을 두고 혼자 성균관으로 가려니 어쩐지 마음 한구석이 무겁고 허전했다.

"아, 이제 형님이 아니라 진사 나리라고 불러야 하나요? 과거 급제하시더니 인물이 훤하십니다."

"이 녀석, 형님 놀리는 것 좀 봐라. 허허! 오늘 성균관 가기 전에 잠깐 얼굴이나 볼까 하여 들러봤다. 밖에 벚꽃도 활짝 폈는데 같이 나들이나 가자꾸나."

"네, 그거 좋지요."

백현이 소과 시험 이후로 한참 서원에 나오지 않았기에 두 사람은 이런저런 근황을 물으며 걸었다. 그런데 시장에 들어서고부터는 자꾸 연이 그보다 대여섯 보 뒤처졌다. 호기심 많은 그녀가 여기도 기웃 저기도 기웃 걸음을 멈춘 까닭이었다.

"이것 참 예쁘다……."

연이 거리에 늘어선 가게들 중 방물장수의 가게 앞을 지나다 상아로 만든 노리개를 보고 나지막하게 중얼거렸다.

"계집애처럼 노리개를 보고 예쁘다 중얼거린 거냐?"

옆에서 백현이 불쑥 끼어들었다.

"아, 노리개는 무슨! 형님도 참, 여기 이 옥으로 만든 선추 말입니다. 이거 참 예쁘지 않습니까? 하하하……."

연은 꼭 속을 들킨 것 같아 황급히 노리개 옆에 놓여 있던 선추를 가리켰다. 선추는 똑같은 두 개의 모양으로 하나는 백옥으로 만든 것이고 하나는 황옥으로 만든 것이었다. 백현은 연을 곁눈으로 흘끗 보더니 주인에게 둘 다 달라 하여 그중 백옥으로 만든 하나를 연에게 건넸다.

"이거, 너 가지려무나."

"형님, 선추는 본래 과거에 급제한 이들만 하는 것이지 않습니까? 받을 수 없습니다."

"이제 이별이기에 주는 선물이다. 부지런히 공부하여 과거 시험에 합격하게 되면 우리 같이 이걸 하자는 의미에서 주는 것이니 그렇게 거절할 것 없다. 네가 어려운 이를 돕는 건 퍽 훌륭한 일이지만 언제까지 죽소에서 유개들만 치료할 것은 아니지 않느냐. 이번 해에는 전의감으로 들어가야지."

백현은 대수롭지 않게 말했다. 비록 이제 겨우 약관을 지났을 뿐이지만 연은 당장 전의감에 들어가도 손색이 없었다. 의학에 남다른 재능이 있기도 했지만 어릴 때부터 할아버지 소유의 약방은 그의 놀이터나 다름없었기에 배움에 구애받지 않기도 했다. 백현은 연이 올해 틀림없이 과거 시험을 치르리라 생각하며 함께 입궐하는 모습을 상상했다. 빙긋 웃음이 나왔다. 그러나 연의 표정은 어두웠다. 병자들을 위해 의술을 펼치고 싶기는 하지만 여인의 몸으로 전의감이라니. 생각할수록 무섭고 가당치 않은 일이었다.

연이 시무룩해져서 고개를 떨어뜨리는데 갑자기 요란한 풍악 소리가 울렸다. 저편에서 남사당패가 등장한 까닭이었다. 으레 봄이면 마을의 시장터는 그들의 잔치판이 되었는데 그중에서도 제일가는 구경거리는 역시 여장 남자인지라, 사람들은 그 구경을 놓칠세라 구름떼처럼 모여들었다. 백현과 연은 거리에 나온 사람들 때문에 졸지에 옴짝달싹할 수 없게 됐다.

"웬 사람이 이리 많누. 연아, 저쪽으로 빠져나가야겠다."

백현이 사람들을 헤치고 나서려던 때였다. 갑자기 한 사내가 두 사람 사이로 비집고 들어오더니 픽 하고 밀쳤다. 연은 그 어깨에 떼밀려 중심을 잃고 넘어질 듯 비틀거렸다.

"어, 어, 어, 어."

사내는 그 틈을 놓치지 않고 날렵하게 그녀의 주머니를 훑었다. 연의 곁에 있던 백현이 그녀를 붙잡아 품에 안았다.

　"연아, 조심 좀……."

　백현의 얼굴이 갑자기 달아올랐다. 몸의 촉감도 그렇고 어딘가 이상한 느낌이 들었다. 연도 놀라서 몸을 추스르며 옷을 만지는 시늉을 했다. 그런데 소맷자락이 왜 이렇게 가볍고 허전한가. 손으로 더듬는데 그 안에 든 주머니가 감쪽같이 없어졌다.

　"아, 내 주머니! 아까 그 선추, 선추가 들어 있는데…… 혀, 형님."

　연의 말이 떨어지기 무섭게 백현의 눈이 사내를 쫓았다. 연신 뒤를 돌아보며 인파를 헤치고 도망가는 사내의 뒷모습이 보였다.

　"괜찮다. 넌 아까 그 방물장수의 가게에 가 있어라. 곧 네 주머니를 찾아서 그리로 가마."

　백현이 자신만만한 얼굴로 사내를 쫓아 사라졌다.

*

　"아직도 따라오느냐?"

장옷을 쓴 여인이 가쁜 숨을 몰아쉬었다. 그녀의 옆을 따르는 여종 언년이가 뒤를 흘낏 돌아보더니 대답했다.

　"네, 높으신 도련님께서 끈질기기가 쇠심줄보다 더하십니다. 아가씨 한번 뵙자고 아직도 쫓아오니 어찌합니까?"

　"내가 오늘 외출한다는 걸 저치들이 어찌 알고. 혹 네가 무슨 말을 흘린 건 아니냐?"

　여인이 눈을 흘기자 언년이의 가슴이 철렁했다. 며칠 전 김 생원집 여종이 예쁜 가락지 하나를 내밀며 자꾸 아가씨에 대해 캐묻기에 뒤가 찜찜했지만 뭐 그리 대수인가 싶어 묻는 족족 일러줬다. 여인은 눈을 피하는 여종을 매섭게 노려보았다.

　"언년이, 네 이년! 또 이런 일이 생기면 그때는 필히 경을 칠 게야. 이미 몰래 보내온 서신을 세 번이나 돌려보냈으니 저 도령도 약이 바짝 올랐을 텐데. 무슨 일이라도 생기면 어쩌려고!"

　"아가씨, 송구합니다. 이런 일이 생길 줄은 정말 꿈에도 몰랐습니다."

　언년이가 기어드는 목소리로 빌었다. 그러나 당장은 사과가 중한 것이 아니었다. 여인은 입술을 깨물더니 궁여지책을 하나 내놓았다.

"나는 일단 저 방물장수의 가게 안으로 숨을 테니 네가 책임지고 시간을 좀 끌어보거라. 저치들을 따돌리는 즉시 나는 저곳 주인에게 가마를 불러달라고 하마."

"네, 아가씨."

언년이는 뒤를 쫓는 사내들을 유인하기 위해 팔을 크게 휘두르더니 다른 쪽으로 잽싸게 뛰었다. 사내들이 인파들 사이로 머리를 갸우뚱하는 순간 여인은 몸을 낮추고 재빨리 방물장수의 가게 안으로 들어갔다. 가게 안에는 한 젊은 도령이 몹시 낭패라는 표정으로 가게 주인과 얘기하는 중이었다.

"아이고, 어쩌다가 그 선추를 잃어버렸습니까요? 사가신 지 한 식경도 안 지난 것 같은데 말입니다."

"그러게 말이오. 내 불찰이오. 형님께서 찾으러 가신다고 하더니 소식이 없구려. 혹시 그 선추를 다시 구할 수는 없겠소?"

"그런 값나가는 물건은 청에서 들어오는 거라 저희 집까지 오려면 거칠 곳이 많지요. 굳이 구하신다고 하면 구해드리겠습니다만, 나리 손에 들어오는 데 두 달은 더 걸릴 텐데 괜찮으실지?"

"괜찮소."

"그러면 선금으로 오늘 두 냥은 걸고 가셔야 합니다

요. 비싼 물건이라 나리께서 말을 바꾸시면 쇤네도 손해가 나니까요. 그런데 어느 댁 도련님이신지 성함을 여쭈어도 되겠지요?"

가게 주인은 장부를 펼치고 붓을 들었다.

"나는 북촌에 있는 이경태 대감의 손자 이연이라 하오."

"아, 이 대감마님 댁의 이연 도련님이라 하면 혹시 죽소에서 병자를 치료하신다는?"

연이 멋쩍은지 한 손으로 뒷목을 긁었다.

"아이고, 그 노래 속의 도련님이시군요. 그 거지새끼들, 아니 거지들이 사대부 댁의 선비께서 와서 병을 고쳐준다고 도련님을 칭찬하는 노래를 지어 부르고 다니더라고요. 그래서 요즘 이 저잣거리에서 선비님 성함을 모르는 이가 없습지요."

가게 주인의 말에 여인이 곁눈질로 연을 살펴보았다. 체구도 작고 얼굴도 고와서 보기에는 그저 책상물림 같은데, 저런 도령이 나라님도 버린다는 죽소에서 사람들을 돕고 있다니 의외였다.

여인은 고개를 돌려 선반 뒤에 몸을 숨기고 방물 가게 바깥을 살펴보았다. 그녀를 뒤쫓던 사내들은 모두 넷. 덩치가 좋아 보이는 몸종 셋에 갓을 쓴 선비가 하나. 두리번두리번하더니 방물 가게 바깥에서 서성거리고 있었다.

'저 도령인가 보군.'

여인은 갓을 쓴 선비 하나를 유심히 살펴보았다. 그는 키가 크고 눈썹이 짙은 호남이었으나 인상이 차갑고 무서워 보였고, 황색 비단 도포에 산호 장식을 한 동곳과 금색 관자로 치장해 멀리서도 눈에 띄었다.

'김무원! 부산에서 거금을 들고 상경했다는 그 듣도 보도 못한 양반가의 맏아들. 흥, 고작 소과에 급제한 성균관 유생 주제에 하고 다니는 모양새는 고관대작 뺨을 치겠군. 외숙부가 뒤에서 영세 상인들 피를 빨아먹는 고리대금업을 한다지? 하지만 당신들 욕심이 좀 과해. 감히 나를 넘보다니 말이야.'

여인은 남자를 보며 며칠 전 동무들과 했던 이야기들을 떠올렸다. 또래의 사대부가 규수들의 관심사는 역시나 혼처 자리를 두고 이 도령은 어떻다 저 도령은 어떻다 하는 풍문이라, 그녀는 이미 자신을 쫓는 선비의 뒷조사를 다 끝낸 상황이었다.

그때, 사내들이 뭔가 낌새를 챈 것인지 방물장수의 가게로 들어오려고 했다. 여인은 마음이 다급해져 연과 가게 주인의 뒤로 숨었다.

"이보시오, 나 좀 숨겨주시오."

"아, 아니. 이거 왜 이러시오?"

연은 당황해서 주춤거렸다. 여인의 말이 끝나기가 무섭게 험악한 인상의 사내들이 가게 안으로 들어와 여기저기 둘러보았다.

"혹시 여기 붉은 장옷을 쓴 아가씨 한 분이 들어오는 것을 못 보았소?"

사내의 물음에 가게 주인이 인상을 찌푸렸다. 그들은 저잣거리에서 악랄하기로 소문난 김씨 일가의 수하로, 원금보다 곱절은 비싼 이자를 받고 돈을 제때 내지 못하면 가차 없이 가게를 엎고 사람들을 두들겨 패곤 했다. 주인은 여인을 숨겨주면 나중에 골치 아픈 일이 생길지도 모른다는 생각이 들었다.

"여, 여기……."

가게 주인이 이르려고 하자 연이 그의 등짝을 세게 꼬집으며 말을 잘랐다.

"여기에 그런 분이 들어오는 것은 못 보았소. 아! 아까 장옷을 쓴 여인이 혼자 황급히 저쪽으로 뛰어가기에 좀 이상하다 하기는 했는데……."

사내들은 그녀가 손가락으로 가리킨 곳을 쫓아 나갔다. 안절부절못하던 가게 주인이 그녀를 돌아보며 속삭이듯 따졌다.

"아니, 도련님! 저치들이 얼마나 불한당 같은 놈들인

데 거짓부렁을 하십니까? 거짓부렁 하다가 걸리면 그냥 콱 죽는다고요."

"그럼 저 불한당 같은 놈들에게 여인을 넘겨야 한다는 말이오?"

"이유가 있으니 쫓는 게 아니겠습니까!"

연이 가게 주인과 옥신각신하는 사이 여인이 한숨을 내쉬며 일어났다. 너무 놀라 기운이 쭉 빠졌는지 장옷이 스르르 벗겨지면서 여인의 얼굴이 드러났다. 상앗빛 피부에 긴 속눈썹 아래로 총기 어린 눈이 반짝였고, 붉은 입술이 꽃봉오리처럼 아름다웠다. 방물장수는 여인을 흘낏 보더니 기겁을 하며 물러났다.

"아니, 아가씨는 호조 참판 윤 대감 댁 따님이신 설희 아가씨 아니십니까!"

성은 윤, 이름은 설희. 그녀는 나는 새도 떨어뜨린다는 호조 참판 윤 대감의 늦둥이 막내딸로 도성 내에서 그녀를 모르는 이가 없었다. 미인이라고 소문도 난 데다가 시와 그림에도 능하기로 유명했으니 어느 사대부가 도령들이 연심을 품지 않을 수 있을까.

"아이고, 제가 단골손님도 몰라보고. 소인이 눈이 동태 눈깔이라 알아뵙지를 못하였습니다. 죽여주십시오."

방물장수가 횡설수설했다. 연도 그녀에 관한 소문을

들어왔기에 어안이 벙벙했다. 서원에서 동문수학하는 도령들 사이에서 익히 들어왔던 사람이 지금 눈앞에 있다니.

"우연찮게 들었사온데, 이연 도련님이시라고 하셨지요? 오늘 저를 곤란한 상황에서 구해주셔서 감사합니다. 오늘 일은 일간 보답하도록 하겠습니다."

"아, 아닙니다. 남에게 베풀었거든 곧 잊어버리라 하였습니다. 마음에 두지 마십시오."

연이 논어의 한 구절을 인용해 말하자 설희가 환하게 미소 지었다.

"시인신물념 수시신물망施人愼勿念 受施愼勿忘, 남에게 베풀었거든 곧 잊어버리라 하였으나, 또한 은혜를 받았으면 잊지 말라 하였습니다."

"아, 그러나……."

연이 무언가 대답하려는 순간 방물 가게 안으로 백현이 들어왔다.

"형님!"

"연아, 네 주머니를 결국 찾았다. 이 형님이 고놈 눈물이 쏙 빠질 정도로 혼을 내주었지 뭐냐. 이럴 줄 알았으면 무과에 응시할 것을 그랬어, 허허!"

그런데 연의 곁에 서 있는 이 선녀 같은 아가씨는 누구인가. 설희와 백현의 눈이 마주쳤다. 그는 도도한 그 눈빛에 황망해져서 시선을 피했다. 대신 귓속말로 물었다.

"저분은 누구시냐?"

연이 우물쭈물하는데 설희가 장옷을 둘러썼다.

"저는 그럼 그만 가보겠습니다. 다음에 또 뵙지요. 주인장, 가마를 불러주게."

"네, 이 앞에 가마꾼이 많이 있습니다요. 당장 나가서 불러드립죠."

가게 주인이 허둥지둥 밖으로 나가자 그녀도 가볍게 목례를 하고 나가버렸다.

*

대궐처럼 호화로운 안채에 퍼지는 달콤한 장미차 향기. 그 가운데 앉은 사람은 강씨 부인, 아니 이제 가짜 양반 문서로 신분을 속여 완전히 다른 인물로 탈바꿈한 김씨 부인이었다. 그녀는 끼고 있던 진주를 박은 금반지가 질렸는지 반분대를 열어 던져 넣었다. 20여 년의 세월이 흘렀지만 여전히 아름답고 주름 하나 없는 얼굴은 표독스럽기 짝이 없었다.

"그래서 오늘도 헛걸음이었나 보구나."

강씨 부인은 장남 무원을 향해 한심하다는 투로 빈정
거렸다.

　"너도 알겠지만 네 외숙부가 양반 체면에 밤낮으로 돈
놀이를 하여 이 자리까지 왔는데, 너도 네 맡은 역할은
해주어야 하는 거 아니니. 그렇다고 청나라에 유학을 가
있는 네 동생이 나설 수도 없는 노릇이고."

　옆에 앉은 무원의 외숙부 지홍이 합죽선을 탁 폈다.

　"거, 애한테 자꾸 그러지 마라. 호조 참판 댁 여식이 그
리 쉽게 넘어올 리가 있나. 어쩌면 너무 욕심인 게지."

　말은 무원을 위로하는 듯했으나, 그의 욕심이 강씨 부
인보다 더하면 더했지 덜하지는 않았다. 그의 저 더럽고
추악한 본성이 어쩌면 그들을 지금 이 자리에 있게 했는
지도 모른다고 무원은 생각했다.

　"시키신 대로 이미 연서를 세 번이나 보냈는데도 돌려
받았고, 쫓아가서 만나려 한 것도 실패했습니다. 그런데
이렇게까지 하시는 이유가 뭡니까? 굳이 설희 아가씨가
아니더라도 사대부가 여식이라면 얼마든지……."

　무원의 질문에 강씨 부인이 코웃음을 쳤다.

　"흥! 내가 겨우 양반 며느리 두려고 그러는 줄 아니?"

　지홍은 쏘아붙이는 여동생을 향해 그만하라는 시늉을
하더니 어린애 달래듯 말했다.

"이미 돈은 밭에 거름으로 주어도 될 정도로 있다. 가짜 양반이긴 해도 어찌 되었든 우리도 양반이 되었고. 하지만 뒤로 멸시와 조롱을 받는 것을 너도 모르지는 않을게야. 아니, 생원이 되어 성균관에 들어간 네가 어쩌면 더 잘 알고 있겠구나."

지홍의 말이 옳았다. 고리대금업을 하는 외숙부 덕에 이제까지 호의호식하며 살아왔지만, 반대로 그것은 무원의 발목을 잡는 그림자가 되어 늘 손가락질받게 만들었다. 강씨 부인은 그런 그에게 이경태 대감의 장손이라는 배경을 붙여주고 싶었다. 그녀는 그 자리가 당연히 무원에게 돌아갔어야 할 자리라고 생각했다.

"무원아, 언제까지 반쪽 양반으로 살 수는 없다. 이제 네 원래 자리를 찾을 때가 왔어. 나와 네 외숙부가 비록 그 집에서 도망쳐 나오긴 했지만 너는 그 집 핏줄이고 엄연한 장손이다. 이 대감의 목을 조여서라도 넌 그 집으로 돌아가야 해."

무원은 귀에 못이 박이도록 들은 얘기가 싫었지만 오늘은 더 따져 물어야 했다.

"하지만 호조 참판 댁 여식과는 무슨 관계가……."

"이 대감의 집은 겉보기엔 명망 있는 사대부 집안으로 보이겠지만 그 역시 장사꾼이나 다름없어. 전의감을 하며 중인 출신들의 의원과 약재상들을 모두 휘어잡았고, 나처럼 바지 사장을 두고 약방과 약재 상단까지 두었지. 그 약재 거래로 남기는 이윤은 어마어마해. 만약 우리가 그 거래만 틀어쥐게 된다면 이 대감의 몰락도 어려운 일이 아니다. 가문이 무너지는 꼴을 좌시하진 않을 테니 싫어도 널 장손으로 앉히는 수밖엔 없겠지."

강씨 부인의 검고 섬뜩한 두 눈동자가 웃는 것처럼 보였다.

"그러기 위해선 시전 상인을 쥐락펴락할 수 있는 힘이 필요해. 그 힘을 가지고 있는 사람, 그 사람이 바로 호조 참판 윤 대감이다."

무원은 잠자코 듣고 있다가 또다시 되물었다.

"그렇게 높은 사람이 굳이 저를 사위로 들이려고 하지는 않을 텐데요."

무원의 말이 맞았다. 김씨 부인과 그 오라비가 고리대금업으로 부자가 되긴 했지만 가짜 양반 출신이다 보니 어디 비빌 문중이 있는 것도 아니고, 게다가 벼슬은커녕 겨우 무원 하나 소과에 급제하여 생원이 되었을 뿐이었다. 그러니 그 고관대작 댁에 감히 먼저 의혼(議婚 : 혼인을 의논함)을 청하는 것은 어림도 없는 일이었다. 그러나 지홍은 이미 계략을 다 짜놓았다.

"하지만 그 양반, 지금 처지가 썩 좋은 편이 못 돼. 그집 장손이 제 아버지 돈으로 믿었던 의주 상인 몇몇에게 거금을 투자했는데 대부분 왜국과 교역을 하면서 돈을 까먹은 모양이야. 곧 파산할지도 모르고. 원래 왜국은 의주 상인들이 거래한 곳이 아니었으니 괜한 욕심을 부리다가 망한 꼴이지. 최근에 윤 대감이 청나라와 교역을 통해 만회해보려고 하는 것 같던데, 자금줄이 예전만 못하니 혼기가 찬 막내딸을 시집보내면서 어떻게 해볼 요량인 것 같다고 하더군."

"그래서 외숙부님께서 그 집 여식과 저의 혼사를 통해 그 거래를 성사시키겠다는 거군요."

"그래, 혼사만큼 끈끈한 계약 관계는 없으니까. 하지만 내가 세운 계획대로 착착 진행될지는 모르는 일이야. 아무래도 우리 쪽이 달리는 건 사실이니까. 그래서 설희 아가씨가 입김이라도 불어넣어줬으면 하는 게 내 바람이지. 그런데 넌 어떠냐? 너 혹시 설희 아가씨가 싫은 건 아니겠지?"

지홍이 반쯤 감은 눈으로 장죽을 쭉 빨았다가 내뿜었다.

"아닙니다."

지홍은 그가 썩 마음에 내켜 하지 않는다는 것을 눈치챘다. 그는 무원이 뜻대로 따라주지 않을 때 그를 자극

할 만한 사람을 잘 알았다.

"그나저나 이 대감 댁 손자 연이 그 아이 말이야. 사대 부가 선비인데도 죽소에서 병자들을 치료한다고 소문이 났더구먼. 저잣거리 사람치고 입 달린 이들은 저마다 덕 망이 있다고 칭찬을 해대니."

지홍의 말에 김씨 부인은 불편한 심기를 드러내며 반 분대를 거칠게 닫았다.

"흥! 그 어미를 닮아서 심성이 보살 같은 모양이지. 연 이, 그 아이가 있는 자리가 실은 우리 무원이가 있었어 야 할 자리인데! 그 아이가 나타나서 모든 것을 망쳐버 렸어!"

김씨 부인의 악에 받치는 소리에 무원은 묵묵하게 앉 아 있었지만 실은 귀를 틀어막고 싶었다. 늘 비교의 대상 이 되어왔던 이복동생 이연. 그가 밝은 세상에서 모든 이 들의 사랑을 누리며 자라는 동안 무원은 어둠과 진창 속 에서 괴물 같은 열등감과 함께 살아왔다. 그런 무원에게 이연은 언젠가는 꼭 꺾어야 할 숙명과도 같은 적이었다.

그러나 무원은 속으로 되묻고 있었다. 이것이 정말 내 원래의 자리를 찾기 위한 건지, 아니면 당신들의 끝없는 욕심과 복수심으로 인한 건지. 혼란스러운 생각만이 무 원의 머릿속에서 세차게 일렁거렸다. 그의 표정이 무겁

게 변하자 지홍은 그제야 비로소 흡족한 듯 이를 드러내
고 웃었다.

"무원아, 이 외숙부가 무슨 짓을 해서라도 윤 대감과
만날 자리를 마련할 게야. 그러니 너도 다른 생각 하지
말고 그동안 설희 아가씨의 마음을 얻을 수 있도록 해보
거라. 그래야 뭘 해도 해볼 게 아니냐."

무원이 겨우 입을 열었다.

"네, 명심하겠습니다."

절을 하고 밖으로 나온 무원은 말없이 하늘을 올려다
보았다. 그의 마음을 알아주는 이가 저 하늘 아래 어딘
가에는 있을까. 오늘 밤에도 참으로 무수히 많은 별이
떴다.

*

호조 참판 윤 대감의 집. 한바탕 몰려왔던 손님들이 가
고 윤 대감은 오랜만에 딸을 사랑채로 불렀다. 희끗희끗
한 머리카락과 수염, 선비답지 않게 덩치가 좋고 어깨가
딱 벌어져 겉보기에는 무관으로 오해할 만큼 위엄 있는
윤 대감이었지만 실은 늦둥이 막내딸과 보내는 시간이
제일 좋은 그저 평범한 아버지일 뿐. 그는 설희를 보면

서 애잔한 마음이 들었다. 그의 아내가 몇 해 전에 죽고 설희의 형제자매들도 이러저러한 사정으로 분가를 한 지 오래되었는데 그간 그녀를 너무 외롭게 둔 것은 아닌지 마음이 쓰였다.

"설희야, 아비가 근래에 바빠서 우리 딸 보기가 너무 힘들구나. 네 혼기가 차서 그런지 요즘 이 아비를 만나자는 이들이 한둘이 아니다. 허허!"

윤 대감은 기분이 좋은지 껄껄 웃었다. 설희는 혼담 얘기가 싫었지만 그런 아버지의 모습을 하도 오랜만에 보는 것 같아 잠자코 있었다. 왜국에 사신으로 다녀온 큰 오라버니가 의주 상인들이 왜국 교역을 개척하는 데 거금을 투자한 후로 아버지는 한참 동안 웃음을 잃었는데 이제야 원래의 활달한 모습으로 돌아온 듯했다.

"너한테 혹시 연서를 보내는 도령들은 없느냐?"

윤 대감이 슬쩍 농담조로 물었다.

"아버지가 하도 괴팍하기로 소문이 나서 사위하겠다고 나서는 정신 나간 도령이 있을까 하였는데, 의외로 많습니다. 이놈 저놈 할 것 없이 언년이한테 가락지라도 하나씩 쥐여주고 연서를 전해주라 하는 모양인데 그 가운데서 언년이만 신이 났지요."

"오, 그래? 어떤 놈이 연서를 적어 보내더냐?"

"뭐, 이조 좌랑 하병식의 아들 하지율, 홍문관 교리 신정읍의 아들 신성은, 돈녕부 주부 박을수의 아들 박종호……. 더 말해 올릴까요?"

그녀의 말에 윤 대감이 호탕하게 웃었다.

"허허! 하병식 그 양반은 자기 집 아들이 아깝다고 펄펄 뛰더니, 그 아들이 우리 딸한테 연서를 보내고 있었군. 내일 입궐해서 만나면 놀려줘야겠어. 허허!"

바깥에서는 동짓날 바람처럼 차가운 호조 참판이지만 이처럼 딸 앞에서는 팔불출이니 설희도 피식 웃었다.

"그나저나 연서 정도로 그쳐서 다행이구나. 네 어머니는 처녀 적에 하도 미색이라 그 얼굴을 한번 보려고 왔다가 길을 잃어 장인어른 사랑채에 들어간 놈도 있었다고 하더라."

"저도 며칠 전에 서책을 구하러 저잣거리에 나갔는데 몰래 기다렸다가 뒤를 쫓아온 도령이 있어 크게 곤란할 뻔했습니다."

윤 대감의 눈이 커졌다. 눈에 넣어도 아프지 않을 딸을 낯선 도령이 쫓아오다니, 이런 때려죽일 놈을 보았나. 그의 언성이 높아졌다.

"뭐? 감히 우리 딸을 쫓아와? 그래서 어떻게 한 거냐?"

"다행히 그 옆에 있던 장사치의 가게에 숨었는데, 마

침 거기에서 물건을 사고 있던 한 도련님께서 기지를 발휘하여 겨우 피했지요."

"다행이구나, 다행이야."

윤 대감이 가슴을 쓸어내렸다.

"그렇지 않아도 아버지께 말씀을 드려야지 했는데, 제가 그 도련님께 일간 감사의 표시를 하겠다 약조를 했습니다."

"응? 약조? 그 도령이 누군데?"

딸 가진 아비가 다 그러하듯 윤 대감의 눈에 다시 쌍심지가 켜졌다.

"전의감 제조를 지낸 이경태 대감의 손자 이연이라 들었는데……."

"전의감 제조를 지낸 이경태 대감의 손자?"

사람 마음이 어쩌면 이렇게 간사한지 전의감 제조였던 이경태 대감의 손자라는 말에 활활 불타던 그의 눈동자가 돌연 반갑게 바뀌었다. 이 대감이라 하면, 한양에서 손꼽히는 명망 있는 사대부가인 데다가 재산도 어마어마하다고 들었다. 그뿐이랴. 전의감, 혜민서, 활인서의 수많은 의원과 약재상이 아직도 그의 영향력 아래 있으니 그런 집안의 도령이라면 버선발로 뛰어나가고 싶을 정도로 대환영이었다.

"암, 그렇고말고! 사람이 은혜를 모르면 그게 사람이냐, 짐승이지. 보답을 해야 돼! 암!"

윤 대감은 크게 손뼉을 치며 맞장구를 쳤다. 설희는 그런 아버지의 모습에 웃음을 참으며 말했다.

"그런데 그 도련님이 죽소에서 유개들을 치료하신다고 합니다. 그래서 제가 그곳 사람들을 위해 음식을 좀 장만해 가려고 하는데 아버지 생각은 어떠십니까?"

"뭐? 유개? 지금 거지촌에 우글우글하는 비렁뱅이들을 말하는 거냐? 아니, 그 집에 아들도 일찍 죽고 유복자인 손자 하나가 있다 들었는데, 과거 시험도 안 보고 거기서 그런다고? 그것참! 이 대감도 속 꽤나 썩으시겠네, 쯧쯧!"

윤 대감이 혀를 끌끌 차자 설희가 눈을 흘기며 불평을 했다.

"아버지! 아버지는 어떻게 나라의 녹을 받으시면서 어려운 사람을 돕는 일에 대해 그렇게 말하십니까?"

"에헴! 시, 시끄럽다. 네가 지금 나를 가르치는 게냐? 빨리 시집을 보내든가 해야지, 원. 몇 해 지나면 내 머리 꼭대기에 앉으려고 하겠구나. 아무튼 네 말대로 음식을 싸 가든, 양식을 싸가든 그게 보답이라 생각되거들랑 알아서 하려무나. 단, 죽소는 위험한 곳이니 행랑채에서 머슴 두 명은 꼭 데리고 가도록 해라. 알겠느냐?"

윤 대감의 퉁명스러운 말에 설희가 입술을 쫑긋거리며 그러겠노라 대답하고 나가자 윤 대감은 그제야 본심을 드러내며 씩 웃었다.

"나를 닮아서 그런가 보는 눈이 있다니깐, 보는 눈이. 하하!"

*

설희는 죽소에 가지고 갈 음식들을 한 번 더 확인해보았다. 층층이 쌓인 소쿠리 안에 보리개떡, 빈대떡, 찐 옥수수와 고구마, 볶은 콩과 도토리묵 등이 가득 담겨 있었다. 아이들에게 나눠줄 갱엿도 작은 소쿠리에 소복했다.

"이 정도면 되었네."

설희가 흡족한 듯 장옷을 쓰고 가마에 오르자 그 뒤로 행랑채의 머슴 둘이 지게에 음식 꾸러미를 싣고 가마꾼을 따라 죽소로 출발했다. 한 식경쯤 흘렀을까, 흔들리는 가마 안에서 까무룩 잠이 들었는데 아이들의 구걸하는 소리와 함께 언년이의 성난 목소리가 들려왔다.

"이 거지들이! 저리 안 떨어져? 저리 가, 저리! 아휴, 냄새나. 대체 이런 데서 사람이 어떻게 사는 거야? 아,

저리 떨어지래도!"

설희가 가마의 창문을 열었다. 태어나서 이런 광경을 본 적이 있었던가. 나무판자로 얼기설기 이어 붙인 집은 비조차도 피하기 어려워 보였는데, 그러한 집이 산처럼 빽빽하게 들어차 있었다. 오가는 사람들은 저마다 머리에 까치집을 하나씩 지어놓았고, 아이들은 간신히 발가벗은 것만 면했을 정도였다. 어쩌다 짚신이라도 신고 있는 이들조차 몇 없으니 차마 눈 뜨고 볼 수 없을 정도였다.

"아가씨, 도착하였습니다."

가마꾼이 마침내 가마를 세우자 설희가 문을 밀어 올리고 천천히 가마에서 내렸다. 비단 장옷을 쓴 양반집 규수의 모습이 눈에 띄자마자 거지 떼가 웅성거리더니 손을 뻗어 구걸을 했다. 머슴 둘이서 지게 지팡이를 휘둘러 쫓아보려 했지만 거지들은 겨우 몇 발짝 물러날 뿐 돈푼깨나 있어 보이는 양반에게서 오늘 무어라도 하나 얻어낼 기세였다. 설희의 몸종인 언년이도 당황하여 뒷걸음질을 치고 있을 때, 설희의 뒤에서 갑자기 술에 취한 남자가 와락 덮쳤다.

"돈 좀 줘요! 돈!"

남자가 난폭하게 그녀의 장옷을 움켜쥐고 흔들자 머슴들이 말릴 새도 없이 설희가 진흙탕에 엎어지고 말았다.

"아악!"

귀한 아가씨가 진흙탕에 엎어졌으니 어쩔 일인가. 머슴들은 대경실색하며 고함을 질러댔고, 거지 떼는 놀라서 허둥지둥하는 통에 순식간에 야단법석 아수라장이 되었다. 그러자 가마를 세운 초가집 안에서 싸리문을 열고 이연과 몇몇 일꾼들이 뛰어나왔다.

"왜 이렇게 소란스러운 거요? 진료소 근방에서는 내 조용히 해야 한다고 몇 번을 얘기했소?"

연의 격앙된 목소리에 거지들이 조용해졌다. 멸시와 천대를 받으며 살아가는 죽소의 거지들을 유일하게 사람대접하며 돌보는 사람이 바로 이 젊은 도령이었으니, 죽소에 사는 거지들에게 연의 말은 나라님 말씀보다 더 무겁고 중한 것이었다. 거지들은 그녀의 눈치를 살피며 일제히 길을 비켰다. 그러자 연의 눈에 흙탕물 구덩이 속에 엎어져 있는 설희가 들어왔다.

"아니, 아가씨! 이게 어찌 된 일입니까?"

설희의 비단 장옷은 반쯤 찢어졌고 고운 연분홍 치마와 수를 놓은 흰 저고리 소맷자락이 흙탕물 범벅이 되어 보기에도 애처로웠다. 연이 놀라서 달려가니, 설희는 자신의 꼴이 너무나 부끄러워 쥐구멍이라도 있으면 숨고 싶은 심정이었다.

"일어설 수 있으시겠습니까?"

연이 설희를 부축해 일으키자 그녀가 기우뚱했다.

"아! 아! 발목이 아픕니다."

"아가씨, 일단 이쪽으로 들어오십시오."

연은 설희를 진료실로 데리고 들어가면서 일꾼에게 일렀다.

"정 서방, 여기 평상에 아가씨를 모시고 온 사람들이 요기라도 하도록 자리 마련해주게. 나는 아가씨 다치신 곳은 없는지 좀 봐드리려고 하니 들어오면 아니 되네."

설희가 둘러보니 진료실에 병자라고는 쌔근쌔근 잠이 든 대여섯 살 된 여자아이 하나뿐이었다. 사실 진료실이라고 해봐야 오래된 초가집의 안방을 개조하여 만든 너른 바닥에 이불을 일고여덟 채 정도 깔아둔 것이 전부였다. 그래도 한쪽에 벽을 대어 약재를 조제할 수 있는 선반을 마련해두고 다른 편으로는 침이나 붕대 따위의 의료 기구들을 정리해놓아 제법 구색을 갖추려고 노력한 흔적이 보였다.

"다행히 오늘은 내원을 하는 환자들만 보고 있어서 저 아이 외에 진료실에 병자가 없습니다. 그런데 여기는 무슨 일로 오셨습니까?"

"도련님께서 유개를 치료한다는 얘기를 듣고 일전에

받은 도움에 보답하고자 음식을 좀 장만하여 왔사온데, 어쩌다 보니 이런 못 볼 꼴을……."

설희가 얼굴이 빨개져서 고개를 숙였다.

"잊어버리셔도 될 일인데. 어찌 되었든 좋은 일을 하러 오셨다가 봉변을 당하셔서 어찌합니까? 이 고운 옷도 다 버리고. 아, 그건 그렇고 아까 발목을 접질리신 것 같은데 제가 잠깐 아가씨 발을 좀 살펴보겠습니다."

설희가 망설이는 표정을 지었다. 아무리 의원이라고는 하나 내외를 하는 사이에 발목을 보여주기가 곤란한 탓이었다. 연이 부드럽게 미소를 지었다.

"저는 반가班家의 규수를 보는 게 아니라 몸이 아픈 병자를 봅니다. 염려치 마십시오."

설희가 연의 눈을 들여다보았다. 저 커다랗고 선한 눈이 어찌 다른 불순한 생각을 하랴. 그녀는 치마를 걷어 아픈 쪽 다리의 꽃신과 버선을 벗어 연에게 보여주었다.

"어떠십니까? 아프십니까?"

연이 설희의 발목을 누르기도 하고 조금 돌려보기도 하니 그녀가 여기가 아프다 하고 짚어주었다.

"흐음, 크게 다치신 것은 아니고 근육이 조금 늘어난 것 같습니다. 발목이 붓기 시작했는데 아마 시간이 지나면 더 부을 겁니다. 이쪽에도 피멍이 들 거고요. 일단 통증이 가라앉도록 제가 침을 좀 놓아드리겠습니다."

연은 설희의 발과 종아리에 몇 개의 침을 꽂아놓고는 약재를 조제하는 선반으로 가서 생강나무의 잔가지와 도라지 등 몇 개의 약재를 꺼내 갈기 시작했다. 이마에 송골송골 맺히는 땀을 하얀 무명 저고리 소매로 연신 닦는 모습이 열심이었다. 그렇게 바득바득 간 약재가 두 포 정도 나오자 종이에 싸고 꾸러미까지 만드니, 설희는 그런 연의 모습에 여간 놀란 것이 아니었다.

'사대부가의 도령이 저런 일까지……'

"이것은 집에 가지고 가셔서 오늘 저녁과 내일 아침에 달여 드십시오. 아마 밤이 되면 더 아프실 텐데, 그때 진통을 가라앉게 하고 잠을 푹 잘 수 있게 해줄 겁니다."

그리고 나서 연은 기구가 잔뜩 놓인 선반 위에서 팔뚝만 한 대나무 두 개와 붕대를 가져왔다.

"실은 발목이 더 붓기 전에 냉찜질을 해주는 것이 좋지만, 이곳에서는 귀한 얼음을 구할 수 없으니 대신 부목을 대드리겠습니다. 한번 삐끗한 발목은 또 그러기가 쉽고, 이대로 두면 빠른 시간 내에 근육이 회복되기 어렵죠. 그래서 이렇게 대나무로 단단하게 고정시키고 붕대로 감아놓아야 합니다. 나중에 발을 씻고 나면 다시 이대로 묶으셔야 하니 제가 하는 걸 잘 보세요."

연은 설희의 발에 놓인 침을 뽑더니 다리를 붙잡아 대나무 부목 하나를 종아리에 붙이고, 다른 하나를 발바닥에 붙여 붕대로 칭칭 감았다. 설희는 얼굴이 빨갛게 달아올랐다. 그런데 연은 일말의 다른 감정도 없는 듯 자상하게 설명을 이어갔다.

"집으로 돌아가시거든 얼음을 구해 발목에 올려놓고 찜질을 하시면 좀 좋아질 겁니다. 그리고 사나흘 후에 붓기가 좀 가라앉으면 그때부터는 뜨거운 수건으로 찜질을 하거나 생강나무 잔가지나 뿌리를 찧어서 두툼하게 발라두셔도 좋고요. 아, 부목은 적어도 열흘은 해야 합니다. 아시겠죠?"

설희는 혼자 무슨 쓸데없는 생각을 한 건가 하여 몹시 부끄러워졌다.

"당분간 꽃신은 못 신으실 테니 좀 속상하시겠습니다."

연이 마지막으로 부목을 댄 발에 신을 만한 앞이 뚫린 짚신을 하나 내어 설희에게 신기기 위해 무릎을 꿇었다. 설희가 그런 연을 내려다보니 사내인데도 참으로 여리고 순하게 생겼다 싶었다. 이 곱상한 사대부가 도령이 유개들을 치료하면서 얼마나 어렵고 힘들 것이며, 왜 이런 힘든 일을 자처하는 걸까. 그녀는 이 젊은 도령이 더욱 궁금해졌다.

"도련님께서 이 일을 하시는 연유를 여쭈어도 되겠습니까?"

의외의 질문이었다. 연이 그녀를 올려다봤다.

"글쎄요, 집안 대대로 유의를 하여 그러한지도 모르겠습니다. 물론 조상님들 중에 저처럼 이러고 계셨던 분이야 없으셨을 테지만 그 뜻은 하나가 아니겠습니까? 저도 그저 사람들을 치료하는 일이 좋습니다."

"사람들을 치료하는 일은 굳이 여기가 아니라도 하실수 있으신데 죽소까지 오시게 된 까닭이 있습니까?"

설희가 다시 묻자 연은 기억이 잘 나지 않는 듯 머리를 긁적였다.

"어릴 때 기억이라 그게 꿈인지 생시인지. 어떻게 그일이 있었는지조차 떠오르지 않습니다만, 제가 여덟 살쯤 되었을 때 제 또래의 남자아이가 제대로 치료를 받지못하고 죽는 걸 본 적이 있습니다. 도와주고 싶었는데아무것도 할 수 없었지요."

연이 씁쓸하게 미소를 지었다.

"그때부터 그런 생각을 했던 것 같습니다. 제대로 약한번 써보지도 못하는 이들을 도와주고 싶다고요. 물론다른 사람들은 혜민서에서도 그런 일을 할 수 있다고 하지만 저는 아직 과거 시험을 볼 만한 실력은 없습니다.

부족한 게 많으니 더 배우고 익혀야 하고, 지금 이런 노력도 아까운 게 아니지요."

여인의 몸으로 과거에 응시할 수 없는 까닭이 숨어 있었기에, 실은 절반의 진실과 절반의 포장이었다. 그러나 의원으로서 어려운 병자를 위해 최선을 다하고 싶은 꿈만은 분명 틀린 말이 아니었다.

"집안에서 반대를 많이 하실 것 같습니다."

"싫어하시긴 합니다만 그래도 제가 하고 싶은 일을 할 때가 가장 기쁘니까요."

연은 약재 선반 위에 놓인 찻잔에 말린 국화꽃 몇 개를 넣고는 뜨거운 물을 따라 설희에게 건넸다. 연도 자신에게 이런 질문을 던지는 여인에 대해 약간의 호기심이 생겨났다.

"…… 아가씨는 어떤 꿈이 있으십니까?"

연의 물음에 설희는 처음에는 잘못 들은 게 아닌가 하였다. 꿈이라니. 한낱 여인에게 불쑥 어떤 꿈이 있는지를 묻다니.

"네? 꿈요?"

"네, 듣자 하니 설희 아가씨가 배움이 깊어 시문에 능하시다 하던데요. 성균관 선비들도 따라올 자가 없다고 들었습니다."

"아닙니다. 미천한 글재주를 그리 알고 계시니 송구하고 부끄럽습니다."

설희가 얼굴을 붉히자 연이 빙긋 웃었다.

"저도 아가씨가 지은 시를 들은 적이 있습니다. 서원에서 동문수학하던 이들 중에는 아가씨가 쓴 시를 외고 다니는 이들이 많았지요. 그런데 요즘은 통 글을 쓰지 않으신다고 들었습니다."

설희는 부끄러워서 두 손으로 뺨을 감싸고 고개를 돌렸다.

"그리 칭찬하시니 진정 몸 둘 바를 모르겠습니다. 그러나 여인이 글을 잘하여 무엇에 소용이 있겠습니까? 집안 어르신들께서도 여인의 덕목을 누차 말씀하시며 글 짓는 것을 탐탁지 않게 보시니 근래에는 시 짓는 일도 그만두었습니다."

연은 그 말에 안타깝다는 표정을 지었다.

"어찌 좋은 글재주가 여인의 덕목에 반한단 말입니까? 좋은 건 나눌수록 더욱 빛을 발하는 법인데 그런 재주를 혼자만 꽁꽁 싸매고 있어야 하다니 참으로 아깝고 답답한 일입니다."

여인에게 배움은 독이 된다고 여기는 이가 허다한데 그 재주를 칭찬하다 못해 만방에 펼치지 못함을 아까워하다니. 설희 역시 사대부가 여식치고는 스스로 왈가닥이라 생각해왔으나, 여인으로서 제일의 덕목은 유순과 공경이라 배우며 자라왔고 지아비를 섬기고 후사를 이어 가문을 번창시키는 것 외에 장래를 생각해본 적이 없었다. 그런 그녀에게 연의 말은 충격이었다.

'여인의 꿈을 묻는 사람이라……'

설희의 가슴이 방망이질 쳤다.

*

휘영청 밝은 보름달, 그 아래 피어난 하얀 봉오리를 터뜨리는 명자나무 꽃을 보며 설희는 턱을 괴었다.

"꿈이라."

둥그런 달 속에서 자신의 글재주를 칭찬하던 이연의 얼굴이 두둥실 떠올랐다. 방금 전 아버지가 어찌하다 다쳐서 돌아왔느냐고 노발대발하던 일은 이미 다 잊어버렸다.

"내 꿈……."

설희는 가만히 가슴 위에 손을 올리고 연의 말을 되새겨보았다. 가문의 반대가 있더라도 그 일을 할 때가 가장 기쁘니까 어쩔 수 없다는 연의 말. 어쩌면 자신도 다를 바가 없었다. 여인으로서 글재주가 뛰어나 봤자 무슨 소용이냐고 하지만 그 자신이 좋으면 그 길을 가는 게 어찌 가장 기쁘지 않으리. 연신 콧노래가 나왔다. 그때 갑자기 방 밖에서 언년이의 목소리가 들려왔다.

"아가씨, 서찰이 하나 왔습니다."

"응? 서찰?"

그녀가 문을 열자 언년이가 우물쭈물하면서 조그만 함을 건넸다.

"이게 뭐지?"

함을 여니 옥색 색간봉투와 비단 조각에 싸인 향갑 노리개가 나왔다. 향갑 노리개는 비취에 당초 무늬를 '아亞' 자로 새기고 안에 사향을 넣어 만든 고급스러운 물건으로, 쉽게 구할 수 있는 것이 아니었다.

"누가 보낸 거냐?"

"김 생원 나리께서……."

"김 생원? 김무원 도령을 말하는 것이냐?"

설희의 어조가 언짢게 변하자 언년이가 눈치를 살피며 고개를 끄덕였다.

"내 그 서신은 받아 오지 말라고 했는데도!"

"막무가내로 쥐여주니 어찌합니까?"

언년이가 몹시 억울하다는 표정을 지었다. 설희는 한

숨을 쉬었다.

"알았다, 내 답장을 적어줄 테니 잠시 기다려라."

그녀는 서안 앞에 앉아 함 속의 서신을 펼쳤다.

근래안부문여하近來安否問如何

주계손위백월동朱溪蓀幃白月朣

독음광경정하고獨吟光景情河孤

원공청춘음병임願共聽春音竝您

요사이 안부를 물으니 어떠신가요?

붉은 붓꽃은 피고 흰 달은 뜨는데

혼자 읊는 봄날의 모습이 어찌 이다지도 외로운지

당신 곁에서 더불어 봄노래 듣길 빌어봅니다

"봄노래라⋯⋯."

설희는 서신을 찢어버리고 곧 새 종이를 편 뒤에 붓을
잡았다.

추비조불도비천追飛鳥不到飛天

화요일불득기온畫曜日不得其溫

무수인연수분배無數因緣隨分配

아자아혜이자이 我自我兮你自你

날아가는 새를 쫓아도 하늘을 날 수 없고
빛나는 해를 그려도 그 따뜻함을 얻을 수 없지요
무수한 인연이 저마다 짝을 이루니
나는 나대로 그대는 그대대로

그녀는 함에 자신이 쓴 서신을 넣어 언년이에게 쥐여
주었다.

"이 정도로 면박을 주었으면 알아들으시겠지."

설희가 쓴 미소를 지었다. 그로부터 한 식경이 지나 답
신은 무원에게 전해졌다. 그는 이제까지 보낸 서신을 그
대로 돌려받았던 터라 설희의 몸종이 답장을 가지고 왔
다는 반가운 말에 문밖으로 직접 뛰어나왔다.

"저, 여, 여기……."

언년이가 함을 그대로 내밀자 무원은 무언가 잘못되
었음을 직감하고 얼굴이 굳어졌다.

"이리 내어라. 어디 보자……."

무원이 함을 열어 편지를 꺼냈다. 언년이의 눈에 무원
이 얼굴빛이 점점 나빠지는 것이 보였다. 주인 아가씨가
당최 무어라 적었는지 알 수는 없지만 도령이 화가 난

것은 분명했다.

"오르지 못할 나무는 쳐다보지도 말라는 건가? 저마다 인연이 따로 있다? 네 댁 아가씨가 정인이 있으신 게냐?"

무원이 언년이의 어깨를 붙잡고 묻자 언년이는 놀라서 어쩔 줄 몰라 했다. 무원은 품에서 돈 세 냥을 꺼내 쥐여주었다.

"어서 말해봐라, 혹시 정인이라도 생기신 게냐?"

"저, 정인은 아니지만······."

"그러면?"

"그게······ 오늘 만나신 도련님이 한 분 계시긴 한데······."

"누구냐!"

무원의 고함 소리에 언년이는 잔뜩 움츠러들었다.

"북촌 사시는 이경태 대감 나리 댁의 이연 도련님이십니다."

"이연? 방금 이연이라고 했느냐?"

무원이 무섭게 노려보았다. 이연이라니, 갑자기 이복동생의 이름이 여기서 왜 나오는 건가.

"네, 얼마 전에 은혜를 입으신 것이 있다 하시면서 오늘 정오 무렵에 이연 도련님이 병자를 치료하는 죽소까지 가서 병자들에게 음식을 나눠주고 오셨습니다. 거기다가 아가씨가 발목을 다쳐 도련님이 치료를 해주셨는데, 다녀오신 뒤로 자꾸 콧노래를 흥얼거리면서 먼 산만 바라보고 계신 것이 아무래도……."

"뭐라? 죽소에 가서 음식을 전했다고? 윤 대감님도 이 사실을 알고 계신 거냐?"

"네. 오, 오늘 아가씨가 다치셔서 노발대발하시고 당분간 외출 금지령을 내리긴 하셨습니다만, 죽소에 음식을 가지고 가는 걸 처음부터 말리지는 않으셨습니다. 오히려 그렇게 해도 좋다고 허락하셨지요."

무원은 화가 머리끝까지 났다. 윤 대감도 분명 이연이 이 대감의 손자라는 이야기를 듣고 어느 정도 호감이 있었던 것이 분명했다. 그렇지 않고서야 죽소에 가는 것을 허락할 리가 있나. 그는 다시 주머니에서 돈을 더 꺼냈다. 이번에는 열 냥 뭉치였다. 무원은 언년의 눈앞에서 돈을 짤랑짤랑 흔들었다.

"자, 열 냥이다. 앞으로 내게 설희 아가씨의 일거수일투족을 보고하면 그때마다 돈을 더 얹어주마. 어떠냐?"

언년이가 침을 꼴깍 삼켰다. 그녀는 곁눈질로 무원을 올려다보고 얼른 손에 들고 있던 열 냥을 받아 주머니에 넣었다.

"시키는 대로 하지요."

"네 주인이 알지 못하도록 해야 한다."

"염려 마세요."

무원은 언년이가 종종걸음으로 사라진 뒤 설희에게 받은 서신을 구겨버리고 노리개가 들어 있는 비단 주머니를 품 안에 넣었다.

"이연, 네놈은 내 인생에 걸림돌밖에 안 되는군."

＊

성균관 명륜당. 오전 강의가 끝나고도 한참 동안 자리에서 일어나지 못하는 무원의 모습이 백현의 눈에 들어왔다. 얼마 전 함께 성균관에 입학한 동기로 신방례(新榜禮 : 조선 시대 신입생 환영식)에서 제법 친해졌기에 백현은 그의 곁으로 다가갔다. 무원은 비단 주머니 하나를 손에 쥐고 물끄러미 바라보고 있었다.

"자네, 무슨 고민 있나? 낯빛이 영 좋지 않네."

백현의 말에 무원은 그제야 정신이 드는 듯 그를 쳐다보았다.

"아, 어제 잠을 좀 못 갔더니……."

"왜 잠을 못 자? 어디 사모하는 낭자라도 있는 건가?"

백현이 농담을 건네자 무원은 말없이 웃었다.

"어? 정말인가 보군. 그 비단 주머니는 무언가? 낭자에게 줄 선물이라도 되는가?"

무원은 비단 주머니를 끌러 향갑 노리개를 꺼냈다. 한눈에 보아도 귀한 게 분명했다.

"어제 서신과 함께 보냈는데 거절당했네. 마음에 둔 다른 사람이 있는 것 같아 어찌해야 할지 고민일세."

"저런! 자네 같은 사람을 거절하는 여인이 있다니 참 알 수가 없군."

백현이 안됐다는 표정을 지으며 위로했다. 그때였다. 시동 하나가 섬돌 밑에 서서 그를 찾았다.

"송 진사 나리, 서찰이 하나 왔습니다."

서찰을 받아보니 보낸 이가 반갑기 그지없었다.

"연이가 보내왔구나."

그가 중얼거리자 옆에 앉아 있던 무원이 되물었다.

"자네, 그 서찰 누가 보냈다고?"

"아, 전의감 제조를 지낸 이경태 대감 손자 이연이라고, 동문수학하던 동생이네. 나하고는 막역한 사이지."

무원이 그 귀를 의심했다. 백현, 이 친구가 이연과 그처럼 절친한 사이란 말인가. 어쩌면 그를 통해 이연을 만나볼 수도 있겠다는 생각이 스쳤다. 백현은 편지를 쭉 내려 읽고는 근심스럽게 중얼거렸다.

"흐음, 연이 이 녀석 요즘 고생이 많은가 보군."

무원은 짐짓 모르는 척하며 물었다.

"왜 그러는가?"

"아, 이 도령이 죽소에서 유개들을 치료하는데 양반이 직접 치료하는 걸 꺼려하는 게 우리 현실 아닌가. 조부님이 그 일을 그만두라고 하면서 약재 창고도 함부로 쓰지 못하도록 했다는군. 아무래도 죽소의 진료소를 계속 운영하기 어렵겠어."

"저런, 그렇게 좋은 일을 하고 있는데 조부님의 반대라니."

"하긴 이 도령이 거기서 그러고 있기는 아까운 인재야. 어쩌면 이번 기회에 그만두는 게 나을지도 모르지. 일단은 급한 환자라도 치료할 여유를 주는 게 좋겠지."

"자네가 뭘 어쩌려고?"

무원의 물음에 그는 가만히 미소를 지었다.

"도와줘야지, 주머니를 탈탈 털어서라도."

'막역한 사이라더니, 정말인가 보군.'

무원은 진심으로 안타까운 양 혀를 끌끌 차더니 곧 표정을 바꾸어 말했다.

"나도 그 친구를 좀 도와주고 싶은데."

"자네가?"

백현이 의아하다는 눈으로 바라보았다.

"아, 그렇다고 내가 무슨 대단한 일을 하겠다는 건 아니고. 어려운 사람들을 도우려고 돈을 조금 모아둔 게 있어서 말이야."

"정말인가?"

"큰돈은 아니라니까 그러네."

"큰돈이든 아니든, 고마우이. 내 오늘 유시(酉時 : 오후 5시에서 7시 사이)쯤에 죽소로 가보려고 하는데 자네는 어떤가? 그때 같이 한번 가보겠나?"

"좋네, 마침 오늘 오후에 수업도 없으니 그때 같이 가도록 하지."

무원은 웃음을 지었다. 드디어 연을 만날 생각을 하니 기대가 되었다. 오랫동안 자신을 그늘 속에 묶어두었던 이복동생은 과연 어떤 인물일까. 어떤 인물이기에 자신의 성공에 꼭 필요한 설희 아가씨까지 그처럼 마음을 쓰는지 확인해봐야겠다는 오기가 생겼다.

어느덧 시간은 흘러 백현과 약속한 유시가 되었다. 죽소까지의 길은 꽤 멀어 거의 한 시진이 훌쩍 지나가버렸고, 어느새 날은 어두워졌다.

"연아, 안에 있느냐?"

백현이 연의 진료소에 도착하여 그를 찾으니 밖에서 약재를 달이던 일꾼 하나가 손님이 왔노라 전했다. 이내 연이 반갑게 뛰어나왔다.

"형님! 여기까지 어쩐 일이십니까?"

"네가 보낸 서찰을 읽고 걱정이 돼서 한번 와봤다. 아, 이분은 성균관에서 함께 수학하고 계신 김 생원이신데, 여기 사람들의 딱한 처지를 듣고 안타까운 마음에 같이 오시게 되었다. 인사드리렴."

백현이 무원을 소개하자 연이 꾸벅 절을 했다.

"처음 뵙겠습니다. 이연이라 합니다."

작은 체구에 얼굴은 하얗고 눈은 커다랗게 생겨 순진해 보였다. 무원은 그동안 연에게 가졌던 모든 기대와 환상이 허물어지는 것 같았다.

'이 아이가 나를 서출로 밀어낸 그 정실부인의 아들이라고?'

믿을 수가 없었다. 허수아비처럼 유약해 보이는 이 도령이 이제까지 복수의 대상으로 그려온 그 인물이란 말인가.

빛과 그림자

"김무원이라 하오. 자는 심량深量이라 쓰고 있소."

"두 분, 이곳까지 오시느라 고생하셨습니다. 누추합니다만 일단 안으로 드시지요."

연은 두 사람을 진료실 옆에 있는 작은 방으로 안내했다. 그 방은 진료가 너무 늦어지거나 밤을 새워 잠깐 눈을 붙여야 할 때 쓰는 곳이었다. 방 안에 들어가니 낡은 서안 하나와 몇 권의 의료 서적, 등잔 하나, 이불 한 채, 오동나무 이층장 하나, 벽에 걸린 하얀 무명옷 한 벌이 세간의 다였다.

'대체 명문대가 장손이라는 놈이 왜 이렇게 구질구질

하게 지내고 있는 거야.'

무원은 속으로 도저히 이해할 수 없다고 생각했다. 백현은 자리에 앉자마자 연을 걱정하며 물었다.

"연아, 얼굴이 많이 수척해진 것 같구나. 그간 어떻게 지낸 거냐? 이 대감님께서 약재 창고도 이제 못 쓰게 하신다면서."

"네, 이틀 전에 외출을 나가셨다가 유개들이 부르는 노래를 들으시고 화가 단단히 나셨습니다. 당장 진료소를 그만두라고 하시더라고요. 약재 창고를 못 쓰게 하시니 제 사비를 털어 며칠간 쓸 약재는 겨우 구했지만 더 이상은……."

연이 허탈하게 말했다. 그러자 백현이 품에서 돈이 든 작은 꾸러미를 꺼냈다.

"이번 기회에 너도 이곳 진료소를 그만두고 과거 시험을 준비하는 게 어떻겠니? 어쩌면 전의감에서 더 큰일을 할 수 있을 게다."

연의 속을 모르는 백현이었지만 어쨌든 그는 진심으로 위로했다.

"내 많이는 못 도와주지만 이곳 진료소 정리할 때까지는 그럭저럭 사용하라고 조금 넣었다."

무원도 돈주머니를 꺼내 연 앞에 밀어놓았다.

"저도 옆에서 들으니 처지가 딱한 듯해서 같이 좀 보태기로 하였습니다. 큰돈은 아닙니다만 어려운 백성들에게 쓰였으면 좋겠네요."

"혀, 형님! 감사합니다."

연이 주머니를 받았다. 당장 급한데도 약도 못 쓰고 누워 있는 이들을 생각하면 거절할 상황이 아니었다. 연은 눈물이 그렁그렁해져서 둘을 번갈아보았다. 무원은 기분이 이상했다. 형님이라니, 만약 적자, 서출 그런 게 없었더라면 이 녀석과 내가 형제가 되었을까. 잠시 생각에 잠겨 있을 때였다.

"어험! 연이, 게 있느냐?"

카랑카랑한 노인의 헛기침 소리, 이 대감이었다.

"하, 할아버지!"

연이 흡사 나쁜 짓을 하다가 걸리기라도 한 양 화들짝 놀라며 밖으로 뛰어나갔다. 밖에는 몇 명의 시종을 거느린 이 대감이 지팡이를 짚고 서 있었다. 백현과 무원도 나와서 그에게 절했지만 그는 이연의 동무들이 별로 반갑지 않은 눈치였다.

"여, 여긴 어, 어, 어쩐 일로……."

연이 당황해서 말을 더듬었다.

"이게 대체 다 뭐냐? 여기가 사람 사는 곳은 맞기는 한 거냐? 당최 할 말이 없구나."

이 대감은 진료소를 두리번거리며 기가 막힌다는 표정을 지었다. 무원은 그런 이 대감을 가만히 살펴보았다. 그의 할아버지였다. 큰 키, 맑고 매서운 눈빛, 곧고 긴 목, 무원은 자신과 어딘지 닮은 것 같아 두려운 생각마저 들었다.

"약재 창고를 못 쓰게 했더니 네 돈을 탈탈 털어서 약재를 사 갔다고? 네가 제정신이냐?"

"하, 할아버지……."

"넌 이씨 문중의 장손이야! 이제 이 할아비도 더 이상 입 아프게 얘기하고 싶지 않다. 진료소 문을 닫기 전에는 집에 발 들일 생각 말거라. 내가 예까지 온 건 그 말을 하려고 온 거니 가문을 선택하든지 유개들을 선택하든지 알아서 해라!"

이 대감은 금이야 옥이야 키운 하나뿐인 손자에게 큰소리를 치려니 마음이 아팠다. 그러나 장손이라는 놈이 언제까지 거지 소굴에서 이러고 있는 꼴을 더 두고 볼 수는 없는 노릇이었다. 그는 진료소 밖에 대기하고 있는 가마 위로 절뚝거리며 올랐다. 가마가 사라지자 연은 눈물을 뚝뚝 흘렸다.

"사내자식이 울기는."

백현이 연을 위로했다. 무원은 그런 연과 이 대감을 보며 복잡한 감정을 느꼈다. 그 첫째는 오랫동안 미워해왔던 이복동생 연에 대한 연민이었다. 어찌 보면 어른들이 바라는 대로 움직이는 꼭두각시가 되어야 하는 게 우리들의 숙명이던가 싶어 서글프고, 또한 왠지 모를 동질감마저 느껴졌다. 그러나 유명 사대부가의 장손으로 전의감을 지낸 할아버지를 두고 이처럼 총애를 받는다는 사실이 또다시 깊은 열등감을 부채질하며 연을 시기하게끔 만들었다.

"뭐라 위로를 해야 할지 모르겠군. 백현, 자네는 더 있다 오든지 하게. 나는 일이 있어 그만 가보겠네."

무원이 연에게 인사를 했다. 연이 긴 소맷자락으로 겨우 눈물을 닦으며 무원에게 허리를 굽혔다.

"가, 감사합니다. 심량 형님, 주신 돈은 귀중하게 잘 쓰겠습니다."

무원은 어둑어둑해진 거리를 걸으며 이 대감이 했던 말을 몇 번이고 되뇌었다.

"넌 이씨 문중의 장손이야…… 장손……."

*

    호조 참판 윤 대감이 큰아들 설중으로부터 소식을 받
은 건 어제 아침나절이었다. 왜국과 거래하는 의주 상인
들에게 큰돈을 투자하여 어느 정도 손해를 본 줄은 알
았지만, 이렇게 파산할 지경이 되었을 줄이야. 제아무리
호조 참판이라는 고위 벼슬을 하고 있다지만, 실로 기둥
이 뿌리째 뽑힐 정도의 어마어마한 손실이었다.

"당장 급전이 필요합니다."

설중의 말에 윤 대감의 머리가 캄캄해졌다.

"이놈아! 무슨 일을 이따위로 해!"

윤 대감이 고함을 버럭 질렀다. 설중이 말없이 고개를
조아리자 그는 힘이 빠져 털썩 주저앉았다.

"얼마나 필요한 거냐?"

"10만 냥입니다."

10만 냥. 아는 이들에게 부탁하여 이리저리 메우기에
도 너무 큰 액수인 데다 급전을 구하는 것이 쉬운 일도
아니었다. 게다가 호조 참판 체면에 여기저기 돈을 꾸다
니, 이보다 망신스러운 일이 있는가. 무슨 방법이 없을
까 궁리하는 데 갑자기 한 사람이 떠올랐다.

"…… 김지홍이라 했던가."

부산에서 큰돈을 들고 상경했다는 양반 김지홍. 일전에 술을 마시다 우연히 동석하여 소개를 받기는 하였으나, 그때 몇 마디 나눠보지는 않았다. 하지만 소문에 따르면 양반 체면에 상업에 종사하는 것은 부끄러운 일이라, 앞으로는 바지사장을 앉혀놓고 뒤에서 돈놀이를 하는데 지금까지 모은 재산이 어마어마하다고 했다.

"밖에 누구 없느냐? 시전에 김지홍이라는 자를 만나야겠다."

윤 대감은 서둘러 채비를 했다. 그를 찾는 것은 어렵지 않았다. 시전 상인치고 모르는 이가 없었기 때문이다. 그가 지홍의 집을 찾은 것은 정오가 조금 지나서였다.

"집이 나보다 좋군."

윤 대감은 집을 둘러보며 중얼거렸다. 조금 더 여유가 있다면 뒤뜰에 연못을 파서 잉어를 기르고 그 가운데 육각 기와 정자를 하나 세운 뒤 주위로 노송과 영산홍을 심어 새를 키울 수 있는 정원을 그럴싸하게 꾸미고 싶다고 생각했는데, 이 집에는 그게 다 있었다. 윤 대감은 괜히 심통이 나는 것을 참으며 사랑채에 들어섰다.

"대감님, 오셨습니까?"

지홍이 수국차를 내리다 말고 자리에서 일어나 공손하게 인사를 했다.

"흠, 그, 그래. 지난번에 잠깐 얼굴 본 이후로 처음이군."

윤 대감이 멋쩍어하며 자리에 앉자 지홍이 차를 권했다. 드디어 올 것이 왔다고 생각하니 그는 마음속 깊이 뿌듯해졌다. 의주 상인들이 왜국과의 교역에서 손해를 본 것은 사실이었지만, 그들이 파산에 이르도록 한 것은 실로 지홍의 역할이 컸다. 그들이 돈을 융통할 수 없도록 뒤에서 조작해왔던 까닭이다. 게다가 시기적절하게 술자리에 동석할 수 있도록 뒷돈을 주어 자리를 마련하고 소개하는 모든 일들이 그의 계획대로 척척 이루어졌으니, 이제 제 발로 찾아온 호조 참판 대감은 그의 손바닥 안에 있는 것이나 다름없었다.

'윤 대감, 당신을 잡으려고 돈을 쓴 것은 사실이지만 이렇게 파산할 정도가 되어 내 앞에 올 줄은 몰랐소. 뜻하지 않은 행운이라는 것이 이런 것이구려.'

지홍은 의미심장한 웃음을 지었다.

"호조 참판 대감님께서 이 누추한 곳까지 걸음을 해주시니 영광입니다. 그런데 어쩐 일로 뵙자고 하셨는지 여쭈어도 되겠습니까?"

"어, 그, 그게……."

윤 대감은 말을 꺼내기 어려워하며 망설였다. 그러자 지홍이 씩 웃었다.

"의주 상인들 이야기는 들었습니다."

그 말에 윤 대감은 입을 다물었다.

'이미 다 알고 있구나. 하긴 돈놀이를 하는 양반이 그 정도 소식을 여태 모를 리가 없지.'

"10만 냥을 드리겠습니다. 물론 이자 같은 건 필요 없습니다. 상환은 언제든 하시고 싶으실 때 하십시오. 경우에 따라서는 안 받을 수도 있습니다."

놀라운 조건이었지만 한편으로는 뼈가 있는 말이었다.

"나한테 바라는 게 뭔가?"

윤 대감은 세상에 공짜가 없다는 것을 알고 있었기에 곧바로 되물었다.

"대감님과 저는 잘 통하는 것 같습니다. 허허!"

지홍은 느긋하게 수국차를 한 모금 들이켜며 말했다.

"제게 생질이 하나 있습니다. 김무원이라 하는데, 이번에 생원으로 성균관에 들어가게 되었지요. 올해 스물세 살로 인물도 좋고 학문도 깊습니다. 저는 금년에 생질을 꼭 장가보냈으면 합니다."

윤 대감은 그 말이 무슨 뜻인지 눈치챘다. 딸 설희와 이 집 생질을 혼인시키는 게 어떤가 하는 말이었다.

"10만 냥에 딸을 파는 사람은 아닐세. 10만 냥이 큰돈이긴 해도 내가 굳이 구하겠다고 마음먹으면 못 구할 것도 없지."

윤 대감이 불쾌하다는 듯 말하자 지홍이 한 발 물러섰다.

"그런 뜻은 아니니 노여워하지 마십시오. 대감님께서 따님을 얼마나 애지중지하시는지 도성 내 사람들 중 모르는 이가 없으니까요. 이런 얘기 팔불출 같겠지만, 저희 생질 역시 어디 내놔도 부족함이 없습니다. 대감님께서 잘 키워 쓰신다면 손이 되고 발이 될 것입니다. 그리되면 저 역시 대감님의 사람이 되지 않겠습니까? 별 볼일 없던 홍언필의 재능을 알아보고 사위로 삼아 출세시킨 영의정 송질의 이야기가 꼭 남의 일이란 법은 없을 것입니다. 윤 대감님께서도 잘 생각해보시고 기별 넣어주십시오."

윤 대감은 지홍을 빤히 쳐다보았다.

"자네, 부산에서 왔다고 했나?"

지홍의 눈동자가 흔들렸다.

"사투리를 하나도 쓰지 않는군. 그래, 내 생각해보고 연락 주지."

지홍은 떨떠름하게 웃었다.

"기다리겠습니다."

윤 대감은 지홍의 집을 나오자마자 수하에게 무원의 뒷조사부터 시켰고, 그 내용을 보고받은 것은 다음 날

술시(戌時 : 오후 7시에서 9시 사이)경이었다. 10만 냥도 급하긴 했지만 실로 김무원이라는 자가 설희의 배필로 부족함이 없다면 지홍의 말마따나 자신이 키워줄 요량도 있었다. 그러나 내심 그 출신이 의심스러웠다. 다행히 뒷조사 결과 별다른 것은 나오지 않았다. 아니 오히려 아무것도 나오지 않았다고 하는 것이 옳겠다.

10여 년 전에 지홍과 무원의 어미가 무원과 동생을 데리고 부산에서 왔다고 하였으나, 그전에는 뭘 했는지 당최 행적을 찾을 수 없었고 아는 이도 없었다고 한다. 다른 일가친척도 없고, 오래전 시전에서 고리대금업을 하던 이와 친분이 있었다고 하는데 그자는 실종된 지 오래라고 했다. 미심쩍은 구석이 아주 없는 것은 아니었으나, 그 정도 거부인 데다가 어린 나이에 소과에 합격한 무원이 그렇게 나쁜 조건인 것만은 아니었다.

"설희에게 가서 사랑채로 좀 오라고 전해라."

윤 대감은 마당에서 비를 쓸던 시종에게 일렀다.

'얼마 전까지 전의감 제조를 지낸 이 대감과 인연이 닿겠구나 했는데, 사람 일이라는 게 이렇게 한 치 앞을 모르는 게로군.'

윤 대감은 한숨을 쉬었다. 잠시 후 영문도 모르는 설희가 생글생글 웃으며 들어왔다. 그는 입이 쉽게 떨어지지 않았다.

"설희야, 너도 시집을 갈 때가 되지 않았니. 이 아비가 정해주는 이와 혼인하련?"

그의 표정이 쓸쓸했다.

"어떤 이한테 시집을 보내시려고요?"

설희는 아버지가 여느 때처럼 농담을 하는 줄 알고 되물었다.

"네 큰오라비가 문중의 돈으로 의주 상인들에게 투자를 하였다가 이번에 파산할 위기에 놓이게 되었다."

윤 대감이 어두운 얼굴로 힘없이 말했다. 그제야 그녀도 농담이 아니라는 것을 알았다.

"큰오라버니가 왜국에 투자한다고 하시더니 그것 말씀하시는 거예요? 어, 얼마나 손해를 보셨기에……."

"10만 냥을 구하지 못하면 담보로 내건 문중의 전답과 이 집마저 넘어가게 생겼구나."

설희가 놀란 눈으로 믿을 수 없다는 듯이 고개를 저었다.

"너와 혼담을 제안한 곳이 있다."

"지금 혼담이라니요?"

설희는 말을 꺼내고서야 눈치를 챘다.

"설마 저와의 혼사에 10만 냥을……."

설희도 자신이 정략결혼을 할 운명이라는 것은 알고

있었다. 집안의 모든 형제들이 그렇게 혼인해왔고, 여자는 더더구나 그 굴레에서 벗어날 수 없었다. 그러나 이렇게 될 줄은 몰랐다. 이미 마음속으로 이연과 혼인하리라 다짐했다. 특별히 애틋하게 사모하는 감정이 생긴 것은 아니었지만 자신에게 꿈이 뭐냐고 묻던 그때부터 서서히 마음이 열렸고, 혼인을 하게 된다면 그처럼 여인의 꿈도 소중히 여겨주는 이와 하고 싶었다.

"어느 댁 도련님이신데요."

설희가 북받치는 감정을 추스르며 겨우 물었다.

"대대로 명망 있는 가문은 아니지만 도성 내에서 거부로 알려진 양반집 장손으로 김무원이라는 성균관 유생이다."

설희는 생각지도 못한 이름에 그만 정신이 아득해지는 것 같았다.

"거, 거절할 수는 없나요?"

설희가 묻자 잠시 윤 대감이 말이 없었다. 그때였다. 갑자기 문밖에 그의 큰아들 설중이 다급한 목소리가 들려왔다.

"아버지, 잠시 들어가도 되겠습니까?"

"그, 그래."

설중은 조금 상기된 표정으로 들어왔다.

"아버지, 얘기 들었습니다. 김 생원 집에서 혼담을 제 안했다고요? 잘됐습니다. 하늘이 무너져도 솟아날 구멍 이 있다더니."

윤 대감이 설희의 눈치를 보며 헛기침을 했지만 그는 알아채지 못하고 여전히 들뜬 목소리로 말했다.

"설희야, 너도 잘 생각했다. 도성 내에 그만한 거부는 없지. 게다가 김 생원은 어린 나이에 성균관에 합격한 영민한 인재라고 하더라. 우리 집과 혼인을 한다면 호랑 이에게 날개를 달아주는 격이 될 거야."

눈치 없는 설중에게 설희가 냉랭하게 대답했다.

"큰오라버니, 저는 그분과 혼인하기 싫습니다."

정적이 흘렀다.

"다른 방법을 찾아보도록 하자."

윤 대감이 고심에 찬 표정으로 말했다.

"너, 그 도령과 혼인하기 싫다고?"

설중이 그녀를 똑바로 응시했다.

"네, 하기 싫습니다."

그는 이해하기 힘들다는 듯 다시 물었다.

"왜, 어째서 싫다는 거냐?

"저는 그분과 혼인하고 싶은 마음이 없습니다."

그러자 설중이 코웃음을 쳤다.

"뭐라? 혼인하고 싶은 마음이 없어? 우리 형제 중에 혼인하고 싶은 이와 식을 올린 이가 있더냐? 거기다가 넌 늦둥이 막내딸이라고 아버지가 그렇게 애지중지 아끼며 키워왔는데 어찌 배은망덕하게 그런 말을 해? 지금 집이 어떻게 될지도 모르는데 혼인하기 싫다니? 너는 이제까지 네가 받은 게 정당하게 다 네 것이라고 생각하는 거냐."

"어허! 이놈! 어디서 큰소리야."

윤 대감이 화를 냈지만 설희보다 열 살은 더 많은 큰오라비가 더욱 거세게 그녀를 몰아붙이며 말을 이었다.

"아버지! 언제까지 끼고 도실 겁니까? 철이 없어도 유분수지. 어떻게 저 먹이고 키워준 아버지가 위기에 처했는데 저 혼자 저렇게 지 목소리 내면서 당당할 수가 있어요. 네가 그렇게 잘났으면 당장 나가서 혼자 살아봐. 혼자 살아보라고!"

설희의 눈에서 눈물이 흘렀다. 분했다. 어쩌면 맞는 얘기였기에 더 분했다. 여인의 몸으로 태어나 마음대로 할 수 있는 것이 없고, 그저 정해주는 대로 이치에 따르며 유순하게 살아가는 것을 미덕으로 알고 살아왔다. 그녀는 스스로가 혼자서 살 수 없는 온실 속 화초라는 사실을 깨달으며 말할 수 없는 슬픔을 느꼈다.

"설희야! 얘야!"

설희는 꾸벅 절을 하고 사랑채를 나왔다. 윤 대감이 그녀를 붙잡으려고 했지만 소용없었다. 방으로 돌아온 설희는 처음으로 자신의 방을 유심히 둘러보았다. 장 속에 들어 있는 예쁘고 고운 옷들, 화려한 경대와 반분대, 그 안에 들어 있는 값비싼 노리개와 패물들. 설중의 말이 떠올랐다.

"이제까지 네가 받은 것들이 정당하게 다 네 것이라고 생각하는 거냐……."

설희는 장옷 하나를 꺼내 밖으로 나왔다. 어느새 벚꽃은 지고, 하늘에 구름이 어둑어둑하게 몰려와 하나둘 빗방울을 뿌리기 시작했다. 그렇게 비가 오기 시작한 길을 얼마나 걸었을까. 비 때문에 옷이 축 젖은 데다가 밤이 되면서 제법 날도 쌀쌀해졌다. 장옷을 잡고 있는 그녀의 손이 덜덜 떨렸다. 여기가 어딘지조차 모르겠다. 설희는 무작정 비를 피해 어느 커다란 나무 밑으로 들어갔다.

'이제 어디로 가야 하나.'

설희가 비틀거리다가 나무 기둥에 기대는데 비에 젖은 장옷이 머리끝에 걸렸다. 그때 마침 구걸을 마치고 죽소로 돌아가던 거지 한 무리가 그녀를 알아보았다. 암만 봐도 양반집 규수의 옷차림인데 여종도 없이 비에 홀

딱 젖은 꼴이 이상했다.

"야, 야. 저, 저기 있는 저 아가씨 말이여. 어디서 본 사람 같지 않어?"

"어, 어디서 본 것 같다. 어디더라…… 어디더라…… 아! 얼마 전에 이연 도련님 찾아왔던 아가씨 아니여. 그날 먹을 것도 잔뜩 싸가지고 와서 우리도 나눠주고 했잖여!"

거지 하나가 용케도 설희를 기억해냈다. 거지 무리는 그녀의 방문을 두고 이연 도령의 색시 될 사람이 찾아왔다며 자기들끼리 반가워했던 터라 처량한 행색의 설희를 보고 지나칠 수가 없어 다가갔다.

"저, 저기. 아가씨, 호, 혹시 얼마 전에 죽소에 오셨던 아가씨 맞으셔요?"

거지 하나가 설희에게 말을 걸자 그녀가 경계하며 뒷걸음질 쳤다.

"아, 저희는 나쁜 뜻으로 그러는 것이 아니고……."

설희가 도망치려고 하자 그중 하나가 다급하게 말했다.

"이연 도련님, 도련님 있는 데로 모셔드릴게요."

그녀가 걸음을 멈추고 거지를 쳐다보았다.

"무슨 사정이 있으신가 본데 여기서 이러고 계시지 말고 저희랑 진료소로 가세요. 날도 어두워지는데 혼자 여기서 계속 이러고 계시면 큰일 나요."

그의 말이 옳았다. 이제 밤이 되고 있는데 양반집 규수가 혼자서 그것도 비오는 밤에 길거리를 헤매다가 무슨 봉변이 생길지 모르는 일이었다.

"…… 부탁드리겠소."

설희의 말에 거지들은 앞장서서 그녀를 안내했다. 한참을 걸어 죽소에 들어서자 어느새 깜깜한 밤이었다. 거지 중 하나가 진료소에 도착하자마자 문을 열고 연을 찾았다.

"도련님! 계세요? 손님이 왔어요."

무슨 반가운 소식을 가지고 온 양 잔뜩 들뜬 목소리에 연이 어리둥절한 얼굴로 나왔다. 그런데 이게 누군가. 지난번에는 흙탕물을 뒤집어쓰고 있더니, 오늘은 비에 흠뻑 젖어 물에 빠진 생쥐 꼴을 한 설희가 서 있었다.

"아가씨! 대체 어찌 된 일입니까? 일단 이쪽으로 들어오십시오."

연은 그녀를 자신의 방으로 데리고 들어갔다.

"이걸로 좀 닦으십시오."

물기를 닦을 수건을 건네자 설희가 그것을 받아 얼굴을 닦았다.

"가, 가, 감사합니다."

그녀는 추위에 오들오들 떨면서 대답했다. 이가 딱딱 부딪쳤다.

"무슨 일이 있으셨습니까? 당장 윤 대감님께 기별을 보내……."

"기별하실 거 없습니다."

연이 설희의 눈을 바라보았다. 슬픔과 체념을 가득 담은 눈동자였다.

"하지만 걱정하실……."

"부탁드립니다."

연은 어쩔 수 없이 자리에서 일어나 벽에 걸려 있던 옷을 하나 내주었다.

"제가 입는 옷입니다. 사내 옷이라 생각지 말고 갈아입으십시오. 젖은 옷을 계속 입고 계시는 것보다 나을 겁니다. 곧 요기할 거리를 올리라 할 테니 잠시 쉬고 계십시오."

연은 자리를 비켜준 뒤 일꾼을 시켜 부엌에서 환자들을 위해 끓인 죽을 차려 내게 했다. 연의 조수로 시시콜콜한 일을 돕는 정 서방이 물었다.

"도련님, 요즘 집에도 못 가시는데 방까지 내주면 어쩌시려고요? 오늘은 진료실에 사람이 꽉 차서 도련님 주무실 곳도 마땅치 않은데……."

그때 상을 차리고 들어간 일꾼이 진료실로 뛰어왔다.

"도련님! 아가씨가 혼절하셨습니다!"

별안간 무슨 일인가. 연이 방으로 들어가니 옷을 갈아 입은 설희가 바닥에 그대로 쓰러져 있는 것이 보였다. 연은 이불을 펴서 그녀를 눕히고 이마에 손을 얹어보았 다. 열이 펄펄 끓었고 식은땀이 흐르고 있었다.

"정 서방, 방에 불 좀 지피고 찬물과 수건 하나 가져오게."

연은 찬물에 수건을 적셔 이마에 얹었다.

"아버지…… 아버지…… 혼인하기 싫습니다…… 싫어 요…….."

설희가 헛소리를 하며 앓자, 그제야 연은 그녀가 왜 비 에 젖은 몰골로 이곳까지 왔는지 대강 짐작이 됐다. 연 은 그녀가 가여웠다. 자신 또한 여인의 삶을 살고 있었 더라면 지금쯤 정략결혼을 했을지도 모르는 일이었다.

"여인의 삶에 꿈이란 없는 건가……."

연이 탄식하며 방을 나왔다.

"도련님, 어찌 된 일입니까? 아가씨는 괜찮으십니까?"

정 서방이 와서 물었다.

"너무 힘드셨던 모양이야. 아가씨께는 내 직접 탕약을 올릴 테니 자네는 진료실 환자들을 돌봐주게."

연은 열을 내려주는 약재를 손수 손질해 약탕기에 넣

156

고 처마 아래에 불을 피웠다. 약을 달이며 설희의 이마 위에 놓인 수건을 갈아주기를 수차례. 자정이 넘어서야 겨우 약 한 사발을 내려 들어가는데, 그새 열이 조금 떨어졌는지 훨씬 편안해 보였다.

"다행입니다."

연은 약사발을 곁에 내려놓고 조그맣게 안도의 한숨을 쉬었다. 그런 연의 마음을 아는지 모르는지 설희는 곤하게 자고 있을 뿐이었다. 연은 그녀를 차마 깨우지 못하고 벽에 잠시 기댔다. 하루 종일 힘들게 진료를 보고도 제대로 쉬지 못한 탓에 점점 눈꺼풀이 무거워졌다.

새벽녘, 설희가 게슴츠레 눈을 떴다. 이마에 얹혀 있는 수건과 소반 위에 놓인 탕약. 그녀를 간호하던 연은 벽에 기대 잠든 모양인지 미동도 없었다. 설희는 자리에서 일어나 그 옆에 기대앉았다. 쌔근쌔근 잠든 얼굴을 가만히 들여다보니 참으로 아기 송아지처럼 순하게 생겼다. 그러다가 연의 손에 눈이 갔다. 약재를 다듬고 탕약을 달이는 힘든 일을 하는 탓에 거칠고 시커멓기까지 한 작은 손.

'그렇지 않아도 고단한 분께 내가 폐를 끼치는구나.'

설희는 아직 쌀쌀한 새벽녘이라 이불도 없이 웅크린 연의 모습이 안타까워 이불을 함께 나누어 덮었다. 기운이 다 빠져서인지 금세 졸음이 쏟아졌다. 깜박, 그녀가 눈을 감았다.

"네 이놈!"

별안간 들이닥친 불호령 같은 목소리에 두 사람이 깜짝 놀라 잠에서 깼다. 벼락이라도 친 것인지 머리카락이 쭈뼛 섰다. 그런데 이게 누구인가. 눈앞에서 윤 대감과 그의 큰아들이 씩씩거리고 있었다. 그들은 밤새 설희를 찾다가 새벽녘에야 겨우 한 행인의 제보를 받고 거지들이 양반집 규수를 데리고 죽소로 들어가는 것을 목격했다는 말에 그곳을 찾아온 것이었다.

"네가 감히 우리 딸과 밤을 같이 보내다니!"

윤 대감이 연의 멱살을 잡아 올리니 몸집이 작은 연이 그의 손에 매달려 숨을 컥컥거렸다.

"아버지! 지금 뭐하시는 겁니까?"

설희가 놀라서 말리자 큰오라비가 그녀를 바닥으로 떠밀었다.

"양반집 규수가 체면도 없이 외간 남자와 밤을 보냈으니 너도 응당 그 책임이 있다."

윤 대감과 설희의 오라비는 화가 단단히 나서 붉으락푸르락했다. 윤 대감은 연을 바닥에 내팽개치듯 던졌다. 연은 겨우 몸을 일으켰다. 오해를 해도 너무한 오해였다. 당장 해명을 해야 했지만 똑같이 맞선다면 오히려 화만 더 부추길 것 같아 연은 우선 무릎을 꿇었다.

"대감 나리, 오해십니다. 어제 설희 아가씨께서 비를 맞고 찾아오셔서 혼절하셨기에 제가 밤새 아가씨를 치료했습니다. 피곤하여 잠시 눈을 붙이긴 하였으나, 정말 아무 일도 없었습니다. 믿어주십시오."

연의 말에 윤 대감은 이를 뿌드득 갈았다.

"이 대감의 장손이라 들었다. 네가 진정 선비라면 양심은 있을 게야. 한 이불을 덮었으면서 뭐가 어째?"

"아버지, 정말 아무 일도 없었습니다. 도련님은 단지 아픈 저를 옆에서 치료해주셨을 뿐인데 어찌 이러십니까?"

설희가 옆에서 그를 말리자 설중이 손짓하여 뒤에 서 있던 장정들을 불렀다. 그들은 그녀를 억지로 가마에 태웠다.

"아버지! 아버지! 오해십니다! 그분은 아무 잘못이 없습니다!"

설희가 울면서 해명했지만 장정들의 힘을 어찌할 수가 없었다. 주위에는 어느새 구경 나온 거지들이 기웃거리며 자기들끼리 쑥덕거렸다.

"나는 네가 우리 딸과 무슨 일이 있었는지 전혀 궁금하지 않다. 왜냐하면 그것과 상관없이 이미 우리 딸의 혼삿

길이 막혀버렸거든. 남 얘기 좋아하는 사람들이 알면 아주 신이 나서 떠들어댈 이야기지. 너는 이번 일에 대한 대가를 치러야 할 것이다. 그리고 내 딸도 그렇겠지."

윤 대감의 목소리가 떨렸다. 애지중지하던 딸아이의 평판은 이제 땅에 떨어지리라. 애초에 시집을 가라고 윽박지른 탓에 이 사단이 벌어졌다고 생각하니 마음이 쓰라렸다. 그러나 이제 어쩌랴.

"제가 어떻게 하면 좋겠습니까?"

연의 말에 설중이 그녀를 노려보았다. 10만 냥이 오가는 거래가 이 녀석 때문에 깨졌다고 생각하니 화가 머리 꼭대기까지 치솟았다.

"어떻게 하면 좋겠느냐고? 그걸 말이라고 하느냐? 설희는 혼담이 오가는 중이었다. 그런데 네놈 덕에 그게 모두 깨지고 말았어. 이제 저 아이는 사대부가에 시집가기 글렀다는 소리지. 네놈이 설희를 책임지지 않는다면 우리 집안의 명예를 위해서라도 설희는 머리를 깎아 비구니로 만들어야 할 게다!"

머릿속이 텅 비는 듯했다. 단 하루, 그녀를 밤새 돌보았을 뿐인데 정조가 더럽혀졌다는 이유로 설희 아가씨가 비구니가 되어야 한다니. 그녀를 도와줄 방법은 혼인하는 방법밖에 없는데, 어찌 그런단 말인가. 연은 두 손을 땅에 털썩 짚으며 고개를 떨어뜨렸다. 그때였다.

"혼인시키면 되겠습니다."

카랑카랑한 노인의 목소리가 등 뒤에서 들렸다. 모든 시선이 그에게 돌아갔다. 하얀 도포를 입고 흰 수염을 쓸어내리는 노인은 연의 조부 이 대감이었다.

"내 이 지긋지긋한 진료소에서 너를 데려가려고 왔는데 뜻밖의 소식을 듣는구나."

이 대감이 그녀를 내려다보며 가만히 웃었다.

"이 대감님……."

윤 대감이 잠시 멈칫거렸다. 호조 참판이라는 고위 관직을 가지고 있었지만, 명문가 출신에 전의감 제조를 지내고 그 재산과 인맥만으로도 조선에서 내로라하는 이 대감의 권세에 함부로 대들 수 없었다.

"윤 참판 대감님의 사정은 들었습니다. 큰아드님이 투자하신 건이 잘 풀리지 않아 곤란한 처지에 놓인 것으로 알고 있소만, 내 다른 혼담 조건과 비교하여 서운치 않을 정도로 도와드리겠습니다."

윤 대감과 설중이 무슨 대답을 해야 할지 몰라 머뭇거렸다.

"사흘 안에 납채(納采 : 남자 측에서 여자 측에 혼인이 결정되었음을 알리는 절차)에 필요한 걸 준비하여 보내겠습니다. 그리해도 되겠습니까?"

"할아버지! 안 됩니다."

연이 이 대감에게 애원하듯이 말했다. 이대로 혼사가 결정되는 것을 보고만 있을 수는 없었다. 윤 대감과 설 중의 얼굴은 흙빛으로 바뀌었다. 이 대감은 연을 향해 담담하게 말했다.

"너로 인해 양반집 규수가 비구니가 되는 걸 보고만 있을 테냐."

"하, 하지만⋯⋯."

"그렇다면 내 뜻에 따르도록 해라. 너 역시 저 댁 아가 씨와 결코 다른 입장이 아니니까."

이 대감의 말에 그녀의 말문이 턱 막혔다. 그의 말뜻은 분명했다. 연 또한 가문의 명예와 영달을 위해 정해주는 짝과 혼례를 올려야 하며, 그 정해진 운명의 굴레를 벗 어날 수 없다는 말이었다. 이 대감은 허망한 표정을 짓 고 있는 손자를 보며 혀를 끌끌 차더니 윤 대감을 달래 듯 말했다.

"괘념치 마십시오. 이 철없는 놈도 가정을 꾸리고 살 다 보면 생각이 달라지겠지요."

그 뒤, 이 대감 역시 데리고 온 몸종들에게 눈짓을 했 다. 그러자 몸종들이 달려들어 연을 잡아 설희와 마찬가지로 억지로 가마에 태웠다. 연은 그녀처럼 울거나 소리를 지르지 않았다. 어차피 할아버지에게 그것이 통하지 않는다는 것을 잘 알고 있었다. 그는 자신과 어머니에게 다정한 분이었으나 문중의 가주다운 고집이 있었고, 그것을 벗어나면 철저히 잘라버리는 강단도 대단했다. 이 대감은 연이 가마에 오르는 모습을 보고 윤 대감에게 인사했다.

"그럼 또 뵙겠습니다, 사돈."

*

연의 어머니 최씨 부인은 혼담 이야기를 듣고 난데없이 무슨 소리인가 하여 별채로 향했다. 입구에는 이 대감이 부리는 몸종 둘이 출입을 감시하고 있었는데, 혹시라도 연이 도망칠까 우려하여 붙여놓은 것이 확실했다. 최씨 부인은 하늘이 무너지는 듯했다. 뜰을 지나 허겁지겁 신발을 벗고 방문을 여니 며칠 동안 밖에서 생활해 핼쑥해진 연이 망연자실 앉아 있었다.

"연아, 어떻게 된 일이냐?"

최씨 부인이 그녀의 손을 잡았다.

"어머니, 이제 다 끝났습니다."

연이 눈물을 흘리자 최씨 부인이 연을 부둥켜안았다.

"미안하다, 미안해. 못난 어미가 너를 너무 힘들게 하는구나. 내 욕심 때문에 널 힘들게 했어."

"아니에요, 제가 이제까지 하고 싶은 걸 다 누리면서 살아왔는데 이제 와서 후회할 게 뭐가 있겠습니까?"

두 사람이 끌어안고 울기를 한참, 문득 밖에서 몸종이 와서 조심스럽게 말했다. 울음소리가 들리는지라 몇 번이나 망설였지만 바깥에서 손님이 하도 뵙기를 청하니 어쩌랴.

"저, 저, 마님."

"으, 웅. 무슨 일이니? 별일 아니면 나중에 얘기하면 좋겠구나."

"그게…… 자꾸 늙은 중 하나가 마님 뵙기를 청합니다. 행색은 거지 중에 상거지 같아 보이는데 은약사의 주지라 합니다. 어찌할까요? 내쫓을까요?"

몸종의 말에 오랜 기억 하나가 떠올랐다. 은약사 주지라면 연을 가졌을 때 만난 노승이 틀림없었다.

"별채 안뜰로 모시고 사람들 물리도록 해라. 내 따로 만나 뵐 테니."

그녀는 연에게 대강의 자초지종을 설명하고 손을 끌고 밖으로 나갔다. 그러자 누더기를 걸친 노승이 안뜰로 걸어 들어왔다. 그의 얼굴을 살펴보니 20년 전 시주를 구하던 이가 분명했다. 최씨 부인은 노승을 보자마자 눈물이 솟았다.

어느 날 갑자기 나타나 절망에 빠져 있던 그녀를 구원해준 이가 바로 그였다. 회임을 한 후로 은약사를 수소문했지만, 인근에는 아무리 찾아도 찾을 수 없어 포기했던 게 20년 전이었다. 그런데 오늘 또 이 곤경 속에 만나게 되니 어찌 반갑지 않을까.

"스님, 안녕하셨습니까?"

최씨 부인이 합장하며 그에게 인사했다.

"금과 옥으로 빚은 귀한 보물을 드렸는데 벌써 잃어버리게 생겼습니다. 허허!"

그녀는 노승의 도력이 범상치 않음을 느끼며 무릎을 꿇었다. 어쩔 수 없는 불가항력 앞에 섰을 때 비로소 신비로운 힘에 기대게 되는 게 인간의 본성일까. 연은 그런 어머니의 모습이 낯설고 당황스러웠지만 아랑곳하지 않았다. 최씨 부인은 마지막 희망을 가지고 매달리는 사람처럼 노승의 누더기 법복을 붙잡았다. 연은 그 곁에 나란히 무릎을 꿇었다.

"스님, 어미가 못나서 자식이 위기에 처했습니다. 불쌍히 여기시고 길을 알려주십시오. 제발 부탁드립니다. 어떻게 해야 좋습니까? 말씀 좀 해주십시오."

"평소 덕을 쌓고 선을 행하며 많은 이들을 구제했는데, 어찌 그 끝이 낭떠러지로 이어지겠습니까. 비록 얽히고 얽힌 인연이 풀리지 못해 서로가 곤경에 처했지만 반드시 그 실타래는 풀리게 될 겁니다. 제가 천기를 누설하여 미래를 보여드릴 수는 없사오나, 그 실타래를 푸는 길을 알려드리겠습니다."

"그것이 무엇입니까? 스님?"

최씨 부인이 간절하게 물었다.

"은약사가 있는 월악산 기슭에는 신묘한 약초가 자라고 있습니다. 그를 취하면 남자는 여자로, 여자는 남자로 변하게 되지요."

"약초라고요?"

그녀가 놀랐다. 잠자코 듣고 있던 연이 한숨을 쉬며 노승에게 되물었다.

"스님, 그런 약초는 듣지도 보지도 못했습니다. 과연 그게 말이 됩니까? 정말 그게 가능합니까?"

오랫동안 의술을 공부하며 온갖 약초를 직접 보고 만져온 연은 그의 말이 도통 믿기지 않았다. 노승은 미소를 지었다.

"바람을 볼 수 있어서 바람이 있다는 걸 압니까?"

연은 대답을 못했다. 그러자 노승이 다시 말했다.

"물을 손에 쥘 수 있어서 물이 있다는 걸 압니까?"

그녀는 역시 대답을 하지 못했다.

"세상에는 내가 알 수 없는 신비로운 것들이 하늘의 별만큼이나 무수히 많습니다. 의심에 갇히지 말고 마음을 열어 원하는 바를 구하십시오. 그러면 결국 그것을 얻게 됩니다."

그의 말이 연의 가슴에 와 박혔다. 머리로는 말이 안 된다고 생각하면서도 그의 말은 이상한 꿈을 품게 했다.

"기적이라는 게 정말 있다는 말입니까."

노승은 목탁을 두드리더니 곧 사라졌다. 최씨 부인은 그가 떠난 곳을 향해 오랫동안 허리를 숙여 합장했다. 그녀는 연의 손을 꼭 붙잡았다.

"연아, 한 달 뒤에 과거 시험이 열린다. 우선 정혼만 하고 혼인은 미루자꾸나. 당장 있을 과거 시험 준비를 위해 외가로 수학을 떠난다고 핑계를 대면 네 할아버지도 별수 없으실 게야. 너는 수학을 떠나는 그 길로 월악산을 찾아가도록 해라. 이게 우리가 살 마지막 방도다."

"하지만 어머니……."

연은 말을 흐렸다. 자신의 손을 잡은 어머니의 따뜻한 체온이 느껴졌기 때문이다. 그 고운 얼굴의 주름과 희끗

희끗해진 머리가 보였다. 그녀는 어머니의 마지막 애원을 모른 척할 수 없어 눈물을 삼키며 대답했다.

"…… 네, 어머니."

*

연은 윤 대감의 사랑채 방문을 조심스럽게 열었다. 그는 입에 장죽을 물고서 영 심기가 불편한 얼굴로 연을 쳐다봤다.

"그래, 나를 보자고 한 이유가 뭔가? 혼인을 못 하겠다고 빌려고 온 거라면 돌아가게."

"혼인하겠습니다."

윤 대감은 예상치 못한 말에 피우고 있던 장죽을 내려놓았다.

"할아버지께도 그리 말씀드렸습니다."

그는 이제야 일이 순리대로 풀린다는 생각에 흡족해졌다. 다소 외양이 남자답지 못하고 부실해 보이긴 해도, 윤 대감은 그가 사윗감으로 썩 싫지 않았다. 게다가 이 대감이 오늘 납채를 보내며 10만 냥을 함께 보내왔다. 암만 재력이 든든하다 해도 그 큰돈을 급하게 구하기란 쉽지 않았을 터, 딸 가진 아버지 입장에서 왠지 모

168

르게 조금 억울하긴 했지만 그 정도 성의를 보였으면 됐다 싶었다.

"이제야 정신을 좀 차렸나 보군. 그래, 잘 생각했네."

"그런데 드릴 말씀이 있습니다."

연이 진지한 얼굴로 말했다.

"한 달 뒤에 있는 과거 시험에 급제하여 떳떳하게 설희 아가씨를 맞고 싶습니다. 혼인은 그때까지 미뤄주실 수 있으시겠습니까. 할아버지의 승낙은 이미 받았습니다. 대감님께서 허락만 해주신다면……."

그는 잠시 생각에 잠기더니 고개를 끄떡였다.

"좋네, 입신양명하는 것도 장부의 일 중 하나니, 혼인 날은 과거 시험 이후로 미루도록 하지."

어차피 10만 냥을 받았으니 그쪽에서도 손해날 짓을 할 리는 만무했다. 그때였다.

"아버지! 아버지!"

제 방에 갇혀 있던 설희가 어떻게 몸종들을 뿌리쳤는지 방 안으로 뛰어 들어왔다. 연이 아버지를 뵈러 왔다는 얘기를 들었기 때문이다.

"이연 도련님은 아무 죄가 없으니 그대로 돌려보내주십시오."

윤 대감이 이연의 눈치를 살피며 호통을 쳤다.

"너, 어딜 함부로 들어오는 게냐!"

"부탁입니다, 아버지. 저분은 어려운 자들에게 의술을 펼치길 소원하는 분인데 어찌 저로 하여 저분의 인생을 옭아매려 하십니까. 저는 저분의 짐이 되기 싫습니다."

그녀의 말에 연은 마음이 뭉클했다. 설희는 진심으로 연을 걱정하고 있었다. 사내로 변하게 된다면, 사내의 연심을 품게 된다면 어쩌면 그때는 정말 그녀를 연모하게 될지도 모르겠다는 생각이 스쳤다.

"아가씨, 저는 오늘 혼인을 하겠다고 말씀드리기 위해 왔습니다."

설희가 놀란 눈을 하고 뚫어져라 연을 응시했다.

"과거 시험이 한 달 뒤에 있습니다. 시험 후 혼인을 하기로 대감마님과 약조를 했습니다. 저는 이제 한 달 동안 수원에 있는 외가에서 수학을 할 예정입니다. 그간 아가씨께서도 몸 건강히 지내십시오."

연이 씁쓸하게 웃었다. 설희의 뺨을 타고 눈물이 떨어졌다. 그 역시 그날 이후로 얼마나 고초를 겪었으랴. 어쩌면 현실과 타협한 결과일지도 모른다는 생각에 마음이 송곳으로 뚫리는 것처럼 아팠다.

"죄송합니다, 도련님. 죄송합니다."

설희가 치맛자락을 움켜쥐고 그대로 무릎을 꿇었다.

"밖에 아무도 없느냐! 어서 아가씨 모시고 가거라."

윤 대감이 몸종을 부르니 밖에서 여자 둘이 들어와 양 팔을 잡아 끌어낼 모양이었다. 연은 아서라는 듯 먼저 일어섰다.

"아가씨, 미안해하지 마십시오. 저야말로 아가씨께 송 구할 따름입니다."

연은 제대로 눈도 마주치지 못하고 고개를 숙였다. 같 은 여자라는 사실을 숨기고 앞으로 어찌 될지도 모르면 서 혼인을 약속하다니, 그저 진심으로 미안할 뿐이었다.

"대감님, 저는 이만 가보겠습니다. 다시 뵐 날까지 강 녕하십시오."

연은 절을 하고 도망치듯 밖으로 나왔다. 그 모습을 본 언년이는 얼른 무원의 집으로 향했다. 그러나 이미 두 사람의 혼인이 결정된 마당에 이런 소식이 무슨 소용이 겠는가. 무원은 모든 일이 수포로 돌아갔다는 소식에 쓴 입맛을 다셨다. 하지만 아직도 포기하지 않은 이는 외숙 부 지홍이었다. 그는 김씨 부인과 무원을 자신의 사랑채 로 불렀다.

"내가 붙여놓은 감시꾼 말로는 이연, 그 아이가 한 달 동안 과거 시험을 준비하기 위해 수학을 하러 떠난다고 하더구나."

강씨 부인이 언짢은 표정으로 말했다.

"호조 참판 댁 딸과의 혼담은 이제 끝난 게 아닙니까. 그 아이가 수학을 떠나든 어쩌든 다 무슨 소용이에요? 이미 일은 몽땅 그르쳤는데."

지홍은 아니라는 듯 고개를 저으며 입가에 섬뜩한 미소를 지었다. 독기를 품은 그의 두 눈이 빛났다.

"너는 이 대감 집 안주인 자리를 어쩌면 그렇게 쉽게 포기하느냐?"

"다른 방법이 있소?"

"장손이라고 해봐야 이연 그 아이 하나뿐이다."

무원은 지홍의 말에 소름이 끼쳤다. 아무리 절친한 사이라도 필요가 없어지면 가차 없이 버렸고, 때로는 죄 없는 자까지 숙청해서 원하는 것을 거머쥐었다. 지금 외숙부의 머릿속에 든 생각은 더 생각해볼 여지도 없었다.

"이경태 대감, 그 늙은이를 옥죄일 게 돈밖에 없는 건 아니야. 그는 유학자라 아마도 가문의 대를 잇지 못한다면 그 또한 수치라고 생각할 사람이다. 이런 방법까지 쓰고 싶진 않았지만 말이다. 만약 이연이 없어진다면 그에게 가장 필요한 사람은……."

지홍이 무원을 쳐다보며 씩 웃었다.

"너겠지."

무원이 마른 침을 삼켰다.

"어쩌실 생각입니까?"

"연이 그 아이는 수원에 있는 외가로 수학을 떠났다가 화적패를 만나 죽을 운명이다."

무원의 눈동자가 잠시 떨렸다. 지홍은 그의 나약함을 꿰뚫어보듯 말을 이었다.

"이 일은 무원이 네가 직접 맡도록 해라. 닭을 놓쳤으면 쥐라도 잡아야 할 게 아니냐. 제 밥그릇 정도는 건사해야지. 언제까지 입에 떠먹여줄 수는 없다."

무섭고 끔찍한 일을 강요하는 그의 모습은 냉담했다. 그러나 이날 이때까지 호의호식한 게 다 누구 덕인가. 지홍은 혼인도 하지 않고 여동생과 두 조카를 거두었다. 그의 말은 가장이 내리는 엄명이나 다름없었다.

"오라버니, 그 일은 제가……."

김씨 부인이 나서려 하자 무원이 말을 잘랐다.

"제가 하겠습니다."

지홍은 합죽선을 휠휠 부치며 비틀린 얼굴로 알 듯 말 듯한 미소를 지었다.

"그래, 그래야 이 대감의 장손답지."

*

　연은 백현과 동문수학하던 서원 근처의 연못가에 이르렀다. 시간은 이미 유시. 연은 잘 다녀오겠노라며 할아버지와 어머니께 절하던 순간을 떠올렸다. 두 어깨가 떨어질 만큼 무겁고 복잡한 감정이 자신을 짓눌렀다.

　"남자로 살아간다⋯⋯."

　여태 여자로 살아온 적이 없기에 이 문제를 진지하게 생각해본 적은 없었다. 어쩌면 당연히 자신이 남자라고 생각하며 살아온 것이 아닐까. 남자가 되고, 혼인을 한다는 것은 어떤 걸까. 정말 남자로 변하면 그저 남자처럼 생각하고 행동하게 되는 걸까. 그녀는 불안하고 두려워졌다. 거짓말에 대한 죄책감과 걱정이 더해져 손까지 덜덜 떨렸다. 연은 바로 곁에 백현이 다가온 줄도 모르고 앞으로의 일에 대해 골몰했다.

　"연아!"

　백현이 가까이 와서 부르자 비로소 정신이 들었다.

　"아, 혀, 형님! 오셨습니까?"

　연이 겨우 웃었다. 어쩌면 마지막일지도 모른다는 생각에 외가로 수학을 떠나노라 서찰을 보냈는데 이처럼 한달음에 달려오다니.

"내 수업을 마치고 오느라 늦었다. 그나저나 나 때문에 늦게 출발하게 된 거 아니냐?"

"아, 괜찮습니다. 어차피 하루 만에 다 가지 못하는 걸요."

"그런데 이게 어떻게 된 일이냐? 이번 과거를 보고 호조 참판 댁 아가씨와 혼인한다니? 금시초문이로구나."

백현이 뜻밖의 일이라는 듯 물었다.

"어쩌다 보니 그렇게 되었습니다."

연이 기운 없는 목소리로 대답했다. 분명 호조 참판 댁 설희 아가씨라면 그 배경도 배경이지만 재색을 갖추었기에 사대부가의 젊은 선비들이라면 혼처 자리로 마다할 이가 없었다. 그럼에도 이처럼 얼굴빛이 어두운 이유는 단순히 정략적으로 하는 혼인이기 때문일까. 아니면 이 대감의 엄명으로 진료소 문을 닫아서일까. 백현은 이러저러한 이유를 생각하다 더 캐묻지 않기로 했다.

"가기 전에 형님 얼굴 한번 보고 싶어서 뵙자 하였습니다."

연은 늘 형제처럼 의지하던 그에게 기대어 모든 일을 다 털어버리고 싶었지만 비밀을 꾹 삼키고 빙긋 웃었다.

"녀석, 겨우 한 달 수학하러 가면서 뭘 그렇게 다시 못 볼 사람처럼 굴어? 네가 과거에 떨어질 리도 없을 테고, 드디어 같이 선추를 하고 다닐 수 있겠구나. 그나저나 너 혼자 외가까지 갈 수 있겠느냐? 몸종 하나 데리고 가지 않고."

"별달리 짐도 없고 외가에 가면 시중 들 이가 또 있는데요, 뭘……."

수학을 핑계로 은약사로 몰래 떠나야 하는 연의 거짓말에 백현은 그런가 하고 고개를 끄덕였다.

'그래, 조금 있으면 나보다 먼저 장가를 갈 녀석인데. 녀석도 사내다. 장부가 좀 먼 길이라고 혼자 다니지도 못해서야.'

그가 연의 어깨를 두드렸다.

"그래, 그럼 조심히 다녀오너라."

"네, 형님. 얼굴 봤으니 그만 가보겠습니다."

짧은 작별 인사를 나누고 백현이 돌아서는 찰나 연이 다시 그를 불렀다.

"형님."

"응?"

백현이 뒤돌아보았다.

"만약에 무슨 일이 생기더라도 형님은 제가, 제가 다른 사람이 아니라 이연이라고, 형님이 아는 이연이라고 기억해주셔야 합니다."

"뭐라고?"

그가 의아한 표정을 지으며 되물었다.

"아, 아닙니다. 형님, 그럼 가보겠습니다."

연이 달아나듯 정자를 빠져나가자 백현은 어안이 벙벙한 표정으로 그 뒷모습을 바라봤다.

"싱겁기는……."

백현은 픽 웃었다.

멀리 연못가에 서 있는 수양버들의 가지가 바람에 흔들렸다. 누군가 그 사이에서 함께 웃고 있었다. 두 사람을 따라 움직이는 무원의 눈빛. 그도 연이 혼자 길을 나설 줄은 몰랐다.

"너무 쉽게 됐군."

그는 복면을 올려 쓰고 수하들에게 말했다.

"숲 속으로 들어갈 때까지 뒤를 쫓는다."

연이 혼자 길을 나선 지 반 식경이 지나자, 어느새 해가 져 주위가 어두워졌다. 앞으로 두 식경 정도만 더 걸으면 쉴 만한 객주가 나올 터, 그곳에서 밤을 지내고 다음 날은 월악산으로 향해야 한다. 연은 고개를 들어 자신을 둘러싼 숲 속 오솔길을 둘러보았다. 우마차나 사람들의 왕래가 잦은 곳이라 들었건만 해가 진 이후로는 지나는 이도 없고 왠지 얼른 빠져나가고 싶다는 생각만 들었다. 등골이 오싹해지는 그때였다.

"게 서라!"

연이 놀라서 돌아보았다. 그런데 이게 누군가. 아까 작별한 백현이 숨을 헐떡이며 그녀의 손목을 낚아챘다.

"혀, 형님. 여, 여기까지 저를 쫓아오신 겁니까?"

연의 두 눈이 휘둥그레졌다. 그는 거친 숨을 몰아쉬면서 잠시 허리를 숙였다가 일어났다.

"너, 너! 무슨 일 있는 거지?"

"형님……."

"그래, 아무리 생각해도 너한테 무슨 일이 있는 게 아니고서야, 네가 그런 말을 할 리가 없다. 말해봐라, 무슨 일이냐? 내가, 내가 도와줄 테니 말해봐, 어서."

그의 말에 참아왔던 모든 것이 무너지는 것 같았다. 울컥 눈물이 터졌다. 먼발치에서 그 모습을 지켜보던 무원은 갑작스러운 상황에 멈칫했다. 백현이 다시 돌아올 줄이야. 날은 지고 두 사람은 필시 객주로 향할 텐데, 이래서야 오늘 밤에는 일을 치르기 어렵다. 내일 훤한 낮에 동행이라도 붙으면 미행이 더욱 어려워질 텐데, 어찌 이 기회를 놓치랴.

"어찌할까요?"

수하의 물음에 무원은 사냥감을 노리는 매처럼 두 사람을 응시했다.

"이연은 죽이고, 저자는 살려줘라."

수하들이 고개를 끄덕였다. 남은 것은 무원의 신호뿐이었다. 그가 허리춤의 칼을 뽑자 나무 뒤에 숨어 있던 수하들이 일제히 두 사람을 향해 뛰어나갔다.

"누, 누구시오!"

갑작스러운 괴한들의 등장에 놀란 연과 백현이 주춤거렸다. 백현은 괴한들을 재빨리 살펴보았다. 복장이나 들고 있는 칼로 봐서는 화적패가 아니었다. 돈을 노리는 것이 아니라는 생각이 스쳤다. 백현은 연의 손목을 잡았다.

'칼을 든 자가 한둘도 아니고 넷이다. 숫자가 너무 많아.'

그는 도망치는 것 외에 도리가 없다는 생각이 들었다. 괴한들이 빙 둘러싼 가운데 복면을 쓴 한 남자가 천천히 다가왔다. 백현이 그를 노려보았다.

'저자가 우두머리인가.'

무원이 그에게 칼을 겨누었다. 그런데 이상했다. 어찌하여 칼등이 아래로 향해 있는 것인가.

'어째서 칼등이…… 나를 죽일 생각이 없다는 건가? 그렇다면……'

그러나 계속해서 머리를 굴릴 시간이 없었다. 그대로 있다가는 꼼짝없이 죽을 목숨이었다. 그는 세차게 연을 이끌며 소리쳤다.

"뛰어!"

두 사람은 그대로 풀숲으로 뛰어들어 미친 듯이 달리기 시작했다. 무원과 그 수하들도 뒤를 쫓았다. 이미 컴컴해지는 숲 속에서 먹잇감을 뒤쫓기란 어려운 일이었다. 백현과 연은 이리저리 구르고 엎어지며 계속해서 달리다가 겨우 풀숲에 몸을 숨겼다.

"저들이 누구입니까!"

연이 백현에게 물었다.

"나야말로 궁금하구나."

그가 숨을 헐떡였다. 숲 속은 바닥부터 어둠이 차오르기 시작했다. 백현은 나뭇잎이 바스락거리는 소리에 귀를 기울이며 연을 끌어안았다. 무원의 수하들은 뿔뿔이 흩어져 숲 속을 뒤졌다. 바스락바스락. 멀어지는 소리에 겨우 한숨을 돌리는 찰나!

"찾았군."

백현의 목에 겨눠지는 서늘한 칼날. 무원이 싸늘하게 두 사람을 내려다보았다. 두려움에 질려 있는 연의 얼굴이 달빛을 받은 수풀 속에서 또렷하게 보였다. 백현은 이대로 당할 수 없다는 생각에 옆에 있던 돌멩이 하나를 움켜쥐었다. 그는 있는 힘을 다해 무원의 오른쪽 정강이를 후려쳤다. 무원은 예상치 못한 공격에 휘청거렸다. 백현이 그때를 놓치지 않고 그의 얼굴을 퍽 때렸다. 무원이 칼을 놓치자 어둠 속에서 엎치락뒤치락 몸싸움이 일어났다.

그때 무언가 백현의 손에 잡혔다. 몸싸움 중에 녀석의 옷 안쪽 호주머니에서 떨어진 물건이었다. 그는 그것을 얼른 손에 쥐었다. 순간 퍽, 무원의 발이 그를 걷어찼다.

"으으……."

백현이 고꾸라지자 무원이 거친 숨을 몰아쉬며 땅에 떨어뜨린 칼을 주워 들었다.

"저쪽이다!"

수하들이 달려오는 소리가 들렸다. 연이 백현을 부축해 일으켰다.

"형님! 어서 일어나십시오."

두 사람이 다시 수풀을 헤치고 달아나자 무원과 그 수하들이 득달같이 쫓아왔다. 멀리 보이는 달빛, 컴컴한 숲을 빠져나가는 통로를 향해 두 사람은 사력을 다해 달렸다. 환한 빛줄기가 비치는 숲의 끄트머리에서 두 사람은 후들거리며 멈춰 섰다. 그들을 기다리는 것은 낭떠러지뿐! 아래에 흐르는 거센 강물 소리만 들리는데, 뛰어내릴 엄두가 나지 않았다.

"혀, 형님!"

연이 백현의 얼굴을 쳐다보았다. 뒤에서는 무원과 그 수하들이 쫓아와 입구를 막고 천천히 포위망을 좁혀왔다.

"당신들은 누구시오! 대체 왜 이러는 것이오!"

연의 말에 무원은 눈 하나 까딱하지 않고 계속해서 다가왔다. 오랫동안 자신의 족쇄가 되어왔던 이복동생을 죽이고 이제 그는 서자에서 명문가의 장손으로 거듭나려고 한다. 무원은 겁에 질린 사슴 같은 커다란 눈망울로 그를 응시하는 연을 향해 한 발짝 한 발짝 다가갔다.

'반쪽의 같은 피가 흐른다고 하여 형제라고 할 수 있을까. 너는 동생이라고 하기엔 좀 남달랐어.'

"이제 곧 끝난다."

무원이 연을 향해 칼을 겨누었다.

'이번에는 칼등이 아니야. 아까와는 달라. 죽이려는 거다.'

백현이 그의 칼을 보고 직감했다. 그는 연의 손목을 잡았다.

"혀, 형님……."

연은 두려운 표정을 지었다. 그러나 백현은 용감했다. 그는 연을 끌어안은 뒤 절벽 아래로 몸을 날렸다.

"이런 제길!"

무원은 절벽을 향해 달려가 아래를 내려다봤다. 풍덩, 큰 물결이 일렁이는 강은 세차게 흘렀다. 그의 주먹이 부르르 떨렸다.

"…… 송……백현."

무원은 흐르는 강물을 보며 백현의 이름을 불렀다. 그까지 해치려던 것은 아니었는데 이런 선택을 할 줄이야. 머리가 멍해졌다.

"혹시 모르니 인근에 사람을 풀어 수색하겠습니다. 나리께서는 사람들에게 발각되기 전에 어서 돌아가시지요."

옆에서 수하 하나가 무원에게 다가와 말했다. 그는 칼에 의지해 비틀거리며 겨우 일어난 뒤 복면을 벗었다. 등 뒤에서 절벽을 지나는 강바람 소리가 윙윙거리며 계속 메아리쳤다. 무원은 초점 없는 눈빛으로 컴컴한 숲 속으로 걸어 들어가며 중얼거렸다.

"어서 가자, 저 소리가 들리지 않는 곳으로. 어서……."

무원이 떠난 뒤, 절벽 아래로 바람 소리만이 고요한 정적을 깨우고 있었다. 그때 물가로 검은 그림자 하나가 힘겹게 걸어 나왔다.

"하아! 하아!"

백현은 거친 숨을 내쉬며 정신을 잃은 연을 강가로 둘

러메고 걸어 나왔다. 온몸이 강물에 젖은 데다가 차가운 밤공기 때문에 몸이 얼어붙을 것 같았다. 연을 바닥에 눕히고 보니 다행히 숨을 쉬고 있었다.

"연아! 연아! 정신 차려라."

백현이 그녀를 안아 일으켜 깨우려 했지만 연은 눈을 뜨지 않았다.

'이대로 계속 있을 순 없어. 아까 그놈들이 포기하지 않고 수색할지도 몰라. 객주에 가는 건 오히려 위험하다. 산속에서 조용히 날이 밝기를 기다려야 해.'

백현은 연을 업고 숲 속으로 들어갔다. 우거진 참나무 가지 사이로 무작정 달빛을 쫓아가자 작은 동굴 입구가 나타났다. 가까이 가보니 불을 피운 흔적도 보였다. 동굴 안에는 깔고 잘 만한 거적과 짚, 부싯돌과 땔감으로 쓸 만한 나뭇가지도 굴러다녔다. 아마도 나무꾼이나 심마니들이 쉬어 가는 곳이리라.

그는 거적에 연을 눕히고 부싯돌로 불을 피웠다. 이런 일을 해본 적이 없어 한참을 씨름하다 겨우 불을 피우고 보니 추위에 오래 있어서인지 연의 입술이 파랗게 변해 있었다.

"안 되겠다. 젖은 옷을 벗는 게 낫겠어."

백현은 연의 옷고름을 풀었다. 도포를 벗기고 속저고

리를 여미는데 이게 무슨 일인가. 하얗고 고운 살결 위에 도드라지게 솟아오른 쇄골 뼈, 그 아래 꽁꽁 동여맨 가슴. 이는 여인의 몸이 아닌가.

"이게 대체 무슨……."

백현은 화들짝 놀라 황급히 저고리를 덮었다. 얼굴이 화끈 달아올랐다. 그는 연을 다시 살펴보았다. 작은 체구에 계란형의 동그란 얼굴, 긴 속눈썹.

'여자였다니! 그렇게 오랜 세월을 함께 보내왔는데!'

백현은 연과 보낸 수많은 날들을 떠올렸다. 어릴 때 강가에 헤엄치러 가자면 물을 무서워한다며 냉큼 집으로 달아나던 모습. 사내치고 힘도 못 쓰고 변성기도 오지 않아 내시감이라고 동무들이 놀리는 날에는 축 처져서 돌아가던 일. 이제야 그 각각의 조각들이 하나의 그림으로 완성되었다.

"그런데 왜……."

백현은 소문으로 들었던 연의 가정사를 기억해냈다. 그녀의 부친이 소실을 두었고 그 오라비와 이복형제들이 이 대감의 집에서 살았다고 했다. 그러나 연이 태어나자마자 집에 불을 지르고 재산을 훔쳐 달아났고, 그 이후로 이 대감이 수소문을 하였으나 찾을 길이 없어 죽었는지 살았는지 생사조차도 알 수 없다고 했다.

'장손으로 키우기 위해서인가. 하지만 이 대감님 성품에 이렇게까지 하셨을 리가 없다.'

백현은 고개를 저었다. 연과 그녀의 어머니가 이 대감을 속이고 있는 것이 분명했다.

'하지만 혼인을 앞두고 대체 언제까지 속이려고 했던 거지? 아까 한 말들은 무슨 뜻일까? 혹 스스로 목숨을 끊으려 했거나 멀리 숨어버리려 했던 건가!'

그의 생각은 꼬리에 꼬리를 물었다. 그런데 그때, 가만히 감겨 있던 연의 눈꺼풀이 떨렸다.

"아아……."

연이 신음 소리를 내며 깨어났다. 그녀의 시야에 어두컴컴한 동굴 저편에 앉은 백현의 얼굴이 들어왔다. 그의 얼굴은 무거워 보였다. 그녀는 겨우 몸을 일으켰다. 그런데 이게 무슨 일인가. 도포가 벗겨져 있고 속저고리의 고름은 대충 묶여 있었다. 분명 백현이 옷을 벗기려고 한 것이 틀림없었다.

"오, 옷이……."

"어떻게 된 거냐?"

백현의 물음에 연은 심장이 쪼그라들었다. 뭐라고 대답해야 할지 혼란스러웠다. 그녀는 애써 모르는 척하며 말했다.

"그, 그러게요. 그 괴한들, 화적패였나. 이게 어찌 된 일인지……."

연이 옷매무새를 가다듬으며 일어났다. 그녀는 마음이 급했다. 말리기 위해 널어놓은 도포를 걷으려 하자 백현이 그녀의 손목을 잡았다.

"너 여자라는 거, 언제까지 숨기려고 했어?"

그가 연의 손을 끌어 앉혔다. 그녀는 그 손을 뿌리쳤다.

"이, 이러지 마십시오."

"혼인까지 앞둔 놈이 대체 어쩌려고 이러는 거야? 네가 여자라는 게 밝혀지면 이 대감님이 가만 계실 것 같으냐? 이제까지 남자 행세를 했다는 게 밝혀지면 무슨 일이 생길지…… 나는, 나는 네가 여자인 줄도 모르고 너를 동생처럼 생각하면서 지냈는데."

백현의 말에 연이 발끈해서 일어섰다. 눈물이 그렁그렁했다.

"동생처럼 지내왔는데 여인이라서 배신감을 느끼십니까? 단지 여인이라서요? 왜 저를 이연으로 바라봐주지 못합니까? 형님이 아는 이연으로 봐달라 말씀드렸는데 왜 그렇게 못 하십니까? 남자요? 그래요, 남자. 저도 남자가 되고 싶습니다. 여자라는 게 밝혀지면 무슨 일이 벌어질지 누구보다 잘 알고 있기에 저도 남자가 되고 싶단 말입니다."

연의 눈에서 굵은 눈물이 뺨을 타고 뚝뚝 떨어졌다.

"월악산으로 가려 합니다. 그곳의 은약사라는 절의 주
지 스님께서 남자를 여자로, 여자를 남자로 바꿔주는 약
초를 구할 수 있다고 하셨습니다. 어쩌면 허황된 꿈일지
도 모르지요. 그렇게 되면, 그렇게 되면 형님께서 제 어
머니 살 길을 좀 마련해주십시오."

일이 잘못되면 돌아오지 않겠다는 말이었다. 백현은
자리에서 일어나 그녀의 어깨를 잡고 흔들었다.

"네가 제정신이냐! 그게 할 소리야!"

"네, 제정신이 아닙니다. 제정신이 아니기에 그런 기적
을 믿고 있는 것입니다. 형님, 제가 여자라는 사실이 밝
혀지면 저도 죽고 어머니도 죽습니다. 이제 와서 돌아갈
수는 없습니다. 이미 너무 멀리 와버렸단 말입니다."

"하지만 너 혼자 이대로 보낼 수는 없다. 정 가겠다면
나하고 같이 가자."

"마지막으로 부탁드립니다. 제가 돌아오지 못하면 저희
어머니는 과부가 됩니다. 자식도 없이 할아버지 댁에 머
무를 수 없을 것이고 친척들은 어머니께 열녀문 운운하
며 자살을 강요할지도 모릅니다. 그때가 되면 형님께서
저희 어머니 살 길을 좀 찾아주십시오. 부탁드립니다."

백현은 연의 간곡한 눈빛에 더 이상 어찌할 도리가 없음을 알았다. 그녀는 이미 결심을 굳힌 듯했다.

"그래, 알았다."

어느새 긴 밤이 지나고 멀리 동이 트고 있었다. 두 사람은 차비를 하고 동굴을 나왔다. 여전히 밖은 쌀쌀했다. 숲을 빠져나오자 일찍 나온 상인들이 우마차에 짐을 싣고 지나가고 있었다. 어제 그 괴한들을 걱정할 필요는 없어 보였다.

"그럼, 그만 가보겠습니다."

연이 머뭇거리다가 인사했다.

"그래."

백현도 그녀를 대하는 게 낯설었다. 그러나 그녀는 어제도, 오늘도 이연이었다. 여자라고 해서 그녀와 함께했던 지난날은 사라지지 않으리라. 백현은 주저하지 않고 연을 붙잡았다.

"나는, 나는 너를 이연으로 보겠다. 여자, 남자 그런 것으로 구분 짓지 않고 너를 그저 이연이라는 한 사람으로 바라볼 테니 너도, 너도 절대 포기하지 말거라. 이연이라는 네 삶을 포기하면 안 된다. 알겠느냐? 꼭 다시 만나야 한다. 꼭 다시 만나야 해."

모든 사람이 다 돌아서더라도 변함없이 맞아줄 사람

은 정녕 그뿐이리. 연은 고개를 끄덕이며 다시 돌아오리
라 다짐했다.

*

　백현은 집으로 돌아와 간밤의 일을 곰곰이 되짚어보
았다. 연의 비밀도 충격이었지만, 자신과 연을 죽이려
한 그 괴한들의 습격 또한 잊을 수 없었다.
　'화적패였을까. 아니, 그러기엔 복장이나 칼이 너무 좋
아 보였어.'
　백현은 어젯밤 일을 떠올리다 문득 괴한의 호주머니
에서 낚아챈 물건이 생각나 도포 호주머니를 뒤졌다. 그
속에서 나온 것은 어디선가 본 듯한 비단 주머니였다.
　"설마……."
　주머니 속에서 노리개가 나왔다. 비취로 만든 향갑 노
리개, 틀림없이 무원이 보여준 그 노리개였다.
　'무원이 어제 그 괴한일 리가…….'
　그는 고개를 흔들었다. 말도 안 되는 일이었다. 무원은
자신이나 연과 원한 관계도 아닌데 어찌 그럴 리가.
　'그래, 노리개야 똑같은 모양일 수도 있어. 하지만 이
정도 고급품은 청나라에서 수입된 몇 안 되는 희귀품이

분명하다. 방물장수를 통하면 이 노리개의 주인을 찾을 수 있을지도 몰라.'

백현은 곧장 선추를 샀던 방물장수의 가게를 찾았다. 아직 오후가 되지 않아 가게 안은 손님이 없어 한산했다.

"이보시오, 주인장."

그가 물건을 정리하고 있던 가게 주인을 불렀다. 주인도 백현을 알아보고 살갑게 다가왔다.

"아이고, 도련님. 지난번에도 오셨지요? 이번에는 어떤 게 필요하신지요?"

"물건을 사려는 건 아니고. 이 노리개 말이오, 이 노리개의 주인을 찾고 싶어서 그런데 혹시 본 적이 있소?"

백현이 노리개를 조심스럽게 꺼내 보였다. 가게 주인은 이리저리 살펴보고 안에 든 사향 냄새를 맡더니 턱을 긁적거렸다.

"이건 시장에서 진열해놓고 팔 만한 물건이 아닙니다."

"그게 무슨 말이오?"

"비취와 사향이 최상품이고 세공한 모양새도 청나라 장인의 솜씨입니다. 이 정도 물건은 매우 귀하기 때문에 특별히 주문을 받아 구하는 게 아니라면 저 역시 구경하기 힘듭니다. 그러니 기억을 못할 리 없는데, 이건 처음 보는군요."

"그럼, 이런 노리개는 어디서 구할 수 있는 거요?"

가게 주인은 노리개를 다시 뒤집어서 살펴보더니 그에게 노리개를 넘겼다.

"이런 고급 장신구만 취급하는 집이 도성 내 한 군데 있지요."

"그게 어디요?"

"이 골목 끝에 사대부가 마나님들이 들락거리는 집이 하나 있습죠. 옷을 비롯해 가채와 장신구, 화장품 등 여자들이 쓸 만한 온갖 물건을 파는데, 다른 집보다 곱절은 비쌉니다. 그 정도로 귀한 물건만 취급하지요. 이 정도 노리개라면 그 집에서나 취급할 만합니다."

"고맙소."

백현은 곧장 가게를 나와 시장 골목이 끝나는 집을 향해 걸었다. 가게 주인의 말대로 겉에 이렇다 할 표식은 없었지만 솟을대문이나 높고 화려한 집의 외양으로 보아 그가 말한 곳이 틀림없었다.

"이리 오너라."

백현이 부르는 소리에 안에서 덩치 큰 머슴 하나가 나왔다. 그는 뜻밖의 남자 손님에 의아한 표정이었다.

"따라 오십시오."

그를 따라 안채로 들어가니 정원에는 온갖 종류의 꽃

나무가 가득했고 색색의 비단이 반쯤 열린 문틈으로 언뜻언뜻 보였다. 머슴은 작은 방 안으로 그를 안내했다. 백현이 좌우를 두리번거리며 가게 주인을 기다리는데 한 노파가 문을 열고 들어왔다. 얼굴은 주름이 자글자글한데 어찌나 화려하게 치장했는지 요란스러운 분 냄새가 풍겨왔다.

"호호호, 남자분이 오시는 일은 흔치 않은데. 아유, 너무 미남이시다. 그나저나 여기는 무슨 일로 오셨나요?"

백현은 품에서 노리개를 꺼내 보여주었다.

"이 노리개의 주인을 찾고 있소. 혹시 본 적이 있는 물건이오?"

호들갑스럽던 노파가 입을 다물고 고개를 갸우뚱했다.

"어머, 꽤 좋은 물건이네요. 하지만 근래에 이런 건 본 적이 없지 싶은데?"

"최상품 장신구를 취급하는 곳은 이곳뿐이라 들었소. 한 번 더 봐주시오. 정녕 본 적이 없소?"

백현이 다시 노리개를 내밀었으나 노파는 고개를 저었다.

"확실히 본 적이 없어요. 이 정도로 좋은 물건이면 내가 기억하고 있거든요. 호호호."

"…… 알겠소."

백현이 잔뜩 실망해서 일어나려고 하자 노파가 미안한 얼굴로 말했다.

　"이런 얘기가 도움이 되려나 모르겠지만, 청에서 들어오는 장신구 중에 최상품은 대부분은 저희 손을 거치지요. 아마 이 물건은 직접 청에서 보낸 게 아닐까 싶은데……."

　"직접 보낸 물건이라고요?"

　"이 바닥은 유행이라는 게 중요하답니다. 좋은 물건을 누가 먼저 갖느냐를 놓고 투기가 심하지요. 그래서 어떤 마님들은 청나라를 오가는 보따리상을 통해 직접 장신구를 받아 쓸 정도예요. 하지만 교역 길이 워낙 험하다 보니 개인적으로 상단과 끈이 없으면 그조차도 어렵지요. 실제 최상품은 우리가 거의 독점하다시피 하니 그렇게 물건을 구하는 마님은 손에 꼽을 정도고요."

　노파가 눈을 가늘게 뜨고 웃었다. 그 마님이 누군지 말해줄 수도 있다는 얼굴이었다.

　"그게 누구요?"

　그녀는 맨입으로는 말하기 곤란하다는 듯 빙그레 웃었다. 백현이 품에서 돈을 꺼내 내밀었다.

　"자, 뜸들이지 말고 어서 말해보시오."

　노파는 돈을 세어보더니 만족한 듯 붉은 입꼬리가 히

죽 올라갔다.

"흐음, 근래에 이 정도 최상품 노리개를 개인적으로 구할 만한 마님은 딱 한 분이지요. 김씨 부인이라는 과부로, 그 둘째 아들이 청나라에서 유학을 하고 있나 보더라고요. 그 아들하고 안면이 있는 상인을 통해 귀한 물품을 들여온다는데, 과부가 누구한테 잘 보이려는 건지. 암만 그 오라비가 고리대금업으로 돈을 많이 벌었다지만."

"양반이 사채업을 한단 말이오?"

백현이 반문하자 그녀는 보기보다 순진한 선비구나 싶어 다시 히죽 웃었다.

"김지홍, 겉으로는 양반 행세를 하면서 바지 사장을 됐지만 뒤에서는 돈놀이를 하는 자입니다. 사채업자도 보통 사채업자가 아니에요. 시전 상인들 피를 쪽쪽 빨아 먹는 악덕 사채업자지요. 요즘에는 그 생질이 과거 시험에 합격하여 생원입네 하고 다니는 모양이던데."

생원이라는 말에 백현의 귀가 번쩍 뜨였다.

"생원? 그자의 이름이 뭐요?"

그녀가 기억을 더듬는 듯 아리송하게 대답했다.

"늙으니 기억이 가물가물해서. 김……문원? 김……무은?"

노파가 백현의 눈치를 살폈다. 그는 믿을 수 없다는 표정으로 중얼거렸다.

"김무원……."

기다리던 답이었다. 그녀는 천연덕스럽게 깔깔 웃었다.

"아, 맞다! 김무원! 김무원이에요. 호호호."

백현은 노리개를 꽉 쥐었다.

'직접 물어봐야 해. 어째서 그가!'

"또 필요하신 일 있으시면 찾아주세요. 여긴 그저 장신구만 파는 집이 아니랍니다. 온갖 소문이 들어오고 나가다 보니 손님 사정에 따라 이런저런 심부름도 하지요."

노파는 창을 열어 힘없이 나가는 백현의 뒷모습을 놓치지 않고 내다봤다. 그녀의 곁으로 한 젊은 여인이 다가와 경망스럽게 물었다.

"언니, 저 젊은 도령한테 반하기라도 했소? 뭘 그리 빤히 보는 거요?"

노파는 들릴 듯 말 듯 작은 목소리로 혼자 중얼거렸다.

"김무원을 찾는 도령이라……. 어쩌면 동생의 복수를 할 기회가 생길지도 모르겠어."

뜻밖의 만남

　우수수, 나뭇잎이 바람에 흔들리는 소리가 해가 지는 굴참나무 숲을 가득 메웠다. 그 뒤로 여름을 향해 달리는 풀벌레의 애타는 울음소리. 연은 도포 자락으로 이마에 흐르는 땀을 닦았다.

　"갈림길이 나오면 왼쪽으로 가라 했는데, 이 길이 아닌가."

　날은 점점 어두워지는데 은약사가 도통 나오지 않자 연은 슬슬 불안해졌다. 산 아래에서 만난 나무꾼이 일러준 길이 분명 맞는데, 어찌 된 일인지.

　'이 산에는 밤이 되면 도깨비가 나타난다는 소문이 있

으니께, 해가 저물면 절대로 혼자 숲 속에서 돌아댕기면 안 되는구먼유.'

나무꾼의 말이 떠올랐다. 그러나 몇 날 며칠을 걸어 겨우 여기까지 찾아왔는데 도로 내려갈 수는 없었다. 연은 세차게 고개를 흔들고 다시 봇짐을 힘주어 멨다.

"도깨비는 무슨 도깨비! 호랑이도 안 무섭다!"

그녀는 씩씩하게 소리쳤다. 그러나 돌아오는 것은 어둠 속의 메아리뿐. 갑자기 등골이 오싹해졌다. 해는 점점 저물어 어스레해지고, 외진 숲 속으로 산짐승 울음소리가 울려 퍼졌다. 연은 점점 무서워졌다.

"느, 느, 늑대인가. 설마 호, 호랑이는 아니겠지."

그녀는 굵다란 나무 막대기를 하나 주웠다. 분명 숲을 벗어났을 시간이었지만 날이 어두워지면서 어느 길로 왔는지도 잘 모를 지경이 되었다.

"여, 여기가 아닌데……."

막대기를 앞세워 헤매기를 한참. 하늘이 도운 것일까, 저편에 다 쓰러져가는 오두막이 보였다. 그 옆에는 이끼가 잔뜩 낀 돌미륵도 하나 서 있었다. 그러나 아무리 봐도 그것이 은약사로 보이지는 않았다. 오두막은 수행승이 잠시 머무르는 암자 같았다.

"아무도 살지 않는 곳인가?"

연은 오두막으로 다가갔다. 오랫동안 사람이 살지 않아 돌담은 반쯤 허물어졌고, 문의 창호지는 구멍이 휑하게 뚫려 있었다. 게다가 천장은 반쯤 하늘이 보일 정도니 지붕이 있다고 해야 할지 없다고 해야 할지. 방문을 열고 안을 들여다보니 하룻밤 쉬어 가기에도 딱할 정도였다. 쥐가 파먹은 오래된 서랍장과 이가 나간 등잔, 작은 기름병만이 바닥에 굴러다닐 뿐이었다. 한숨부터 나왔지만 연은 그래도 웃었다.

"이게 어디야. 이 밤에 그럭저럭 쉬어 갈 곳을 찾은 것만 해도 천만다행이지."

그러나 완전히 어둠으로 뒤덮이면 그때는 이 폐가 같은 오두막에서 혼자 얼마나 무서울지. 그 전에 어둠을 밝힐 무언가를 찾아야 했다. 연은 바닥의 등잔과 기름병을 흔들어봤다.

"텅 비었어. 불을 붙이려면 기름이 필요한데, 이 산중에서 어떻게 구한담?"

연은 밖으로 나와 주위를 둘러봤다. 지척에 나뭇가지는 널렸지만 방 안에서 모닥불을 피울 용기가 나지 않았다. 그때 갑자기 알싸한 냄새가 코를 찔렀다. 그녀는 숨을 크게 들이쉬었다.

"하아, 이 냄새는……."

냄새를 따라가니 돌미륵 옆에 소나무가 서 있었다.

"송진이구나. 여기에 불을 붙이면 되겠어."

연은 이가 깨진 등잔을 가져와 심에 송진을 잔뜩 묻히고 남는 건 기름병에 담았다. 그런 그녀를 향해 인자하게 미소 짓는 돌미륵. 어쩌면 이 또한 노승이 말한 수많은 신비로운 일들 중 하나일지도 모른다.

"오늘 밤을 쉬어 갈 수 있게 해주셔서 감사합니다."

연은 돌미륵에 합장했다. 그런 그녀의 마음에 감복이라도 한 것일까. 비록 이가 나간 등잔이지만 송진이 타닥거리며 제법 푸른 불길을 내뿜었다.

"정말 다행이다."

연은 환하게 밝아진 방 안을 둘러보며 미소 지었다. 사대부가 여식을 이런 쓰러져가는 오두막에 홀로 데려다 놓는다면 졸도를 수십 번 하고도 남겠지만, 그녀에게는 큰 문제가 아니었다. 죽소에서의 경험이 이처럼 그녀를 강하게 만들었으리라.

"하아……."

연은 한숨을 쉬며 흙벽에 기댔다. 고개를 들어보니 숭숭 뚫린 천장의 구멍으로 어느새 까만 밤하늘이 보였다. 금방이라도 쏟아질 것 같은 별이 은하수를 이루면서 그 가운데 별똥별 하나가 획 하고 떨어졌다. 그녀는 눈을 감았다.

"저 별똥별에게 소원을 빌면 이루어질까."

어머니와 백현의 얼굴이 스쳤다. 또다시 눈물이 흘렀다. 연은 울지 않으려고 도포 자락으로 눈을 비볐다.

"그래, 울지 말자. 안 울 거야, 안 울어."

그녀는 다짐하듯 하늘을 올려다봤다. 그러자 푸르스름한 빛줄기 하나가 눈에 들어왔다. 저게 뭘까. 천장에 가로놓인 나무 기둥 위에 뭔가가 반짝였다.

"저게 뭐지?"

연은 손이 닿지 않는 천장을 향해 팔을 휘저었다. 아무리 뻗어도 키가 모자랐다. 그녀는 옆에 있는 서랍장을 발판 삼아 발끝을 추켜세웠다. 무언가를 손으로 집은 순간 서랍장이 중심을 잃고 삐걱거리면서 연은 그만 우당탕하고 바닥에 굴렀다.

"아이고, 아파라."

이마에 혹이 생긴 듯 아팠다. 이 물건이 뭐기에 기어코 거기를 올라갔나 싶었다. 쥐고 있던 손을 펼치는데, 이게 뭔가.

"나무 피리잖아?"

연이 실망한 듯 말했다. 이런 볼품없고 낡아빠진 나무 피리가 빛난 것은 그저 달빛을 받아서일까. 그녀는 호기심 어린 눈으로 피리를 잡았다. 죽소의 거지들에게 피리 부는 것을 어깨 너머로 배우기는 했지만 양반 체면에 머쓱해서 좀처럼 마음 놓고 불 기회가 없었다. 하지만 오늘은 쳐다보는 사람 하나 없는데 무슨 대수인가. 그녀는 피리를 입가에 갖다 대고 바람을 후 불었다. 피리리리리리, 신비로운 소리가 고요한 밤 온 숲에 맑게 퍼졌다.

"좋은 소리구나."

그녀는 피리 소리를 음미하며 눈을 감았다. 마음이 평화로워졌다. 온종일 걷느라 지친 몸도 그 평온함 속에서 녹아내렸다. 연은 깊은 잠에 빠져들며 스르르 피리를 놓았다. 그런데 갑자기 무슨 일인가! 피리가 빛나면서 푸르스름한 기운이 새어 나왔다. 마치 봇물이라도 터진 듯 사방에 광채가 뿜어져 나오는 순간 젊은 남자가 연의 곁에 나타났다. 그는 키가 6척이 넘고, 옥색 도포를 입었으며, 이 세상 사람처럼 보이지 않는 신비롭고 아름다운 얼굴을 했는데, 그 역시 긴 잠에 빠진 듯 눈을 뜨지 못했다.

*

백현과 연이 낭떠러지로 몸을 던진 뒤 무원은 병가를 내고 성균관 출석을 하지 않았다. 그는 대낮부터 혼자

술을 마셨다. 맨 정신으로 가만히 있기가 힘들었다. 그런 그를 못마땅하게 여기는 사람은 역시 지홍이었다. 아들처럼 키워온 생질은 명석했지만 그처럼 독하지는 못했다.

지홍은 괴로운 무원의 속내를 짐작이라도 하고 있는 듯 그의 사랑채 방문을 열고 들어갔다. 무원은 술에 잔뜩 취해 자리에서 일어날 수도 없었다. 지홍은 호통을 치지 않았다. 젊은 시절, 그 역시 방황하고 좌절했다. 그는 술상의 맞은편에 앉아 빈 잔에 술을 따라주었다.

"무원아, 넌 꼭 내 젊었을 때 같구나. 아마 힘들겠지, 나 역시 그랬으니까. 그러나 시간이 지나면서 깨달은 게 하나 있다. 힘이 주인인 이 세상에서 혼자 바른길을 걸으려고 한다면 그 종이 되는 길밖에 없다는 거지."

지홍은 자신의 잔에도 술을 따라 한 잔 털어 넣었다.

"누구든 결코 바닥에 떨어지고 싶어 하지 않아. 그 전에 밟고, 찍고, 눌러서 올라가지. 그걸 바닥까지 떨어져서 알게 된다면 바보 천치라고 할 밖에. 아래를 내려다볼 필요는 없다. 넌 결국 꼭대기로 올라가게 될 테니까."

지홍이 번뜩이는 눈으로 웃었다. 이미 그는 무원이 다시는 예전으로 돌아가지 못한다는 것을 알았다. 이번 일을 치른 이상, 그 역시 지홍과 같은 길을 걷게 되리라. 그는 무원의 어깨를 가볍게 두드리며 자리에서 일어났다.

"수고했다."

지홍이 떠난 뒤 무원은 반쯤 열린 창을 오래도록 응시했다. 자귀나무 꽃이 바람에 새털처럼 흔들렸다.

"꼭대기에 올라가게 될 거라고요."

그가 킥킥 웃었다. 지홍의 말이 옳았다. 결국 그의 말처럼 밟고, 찍고, 눌러서 꼭대기를 향하는 자신이 또렷하게 보였다. 술을 마시고 괴로워한다고 해도 달라질 것은 없었다. 동생과 동무를 죽인 살인자, 어찌 그 음울한 낙인이 사라진단 말인가.

오후가 훌쩍 지나갈 때까지 그는 미친 사람처럼 웃다가 울다가 했다. 창밖으로 자귀나무의 꽃봉오리가 천천히 오므라들었다. 그때 작은 몸종 하나가 무원의 사랑채 정원으로 뛰어 들어왔다.

"나리, 성균관 동기이신 송 진사 나리께서 찾아오셨습니다. 드시라 할까요?"

그는 잘못 들었나 싶어 다시 물었다.

"누가 찾아왔다고?"

"송백현 진사 나리께서 찾아오셨다고요."

"송……백현?"

무원은 헛웃음이 나왔다. 죽은 사람이 살아서 돌아왔

다는데 어찌 곧이곧대로 들리겠는가. 그때 밖에 서 있던 백현이 막무가내로 사랑채 정원 문을 지나 들어왔다. 무원은 제 눈을 의심했다.

'죽지 않았단 말인가!'

그는 백현의 무탈함에 안도했지만 한편 연의 생사를 생각하니 눈앞이 캄캄했다. 어쩌면 그 역시 멀쩡하게 살아 있을지도 모른다. 게다가 이처럼 득달같이 달려온 것은 무슨 이유에서인가.

'뭔가 알고 온 건가?'

무원은 초조한 얼굴로 백현을 쳐다봤다. 그는 허허 웃으며 방 안을 한 바퀴 돌았다.

"대낮부터 술을 마시느라 수업도 나오지 않았다? 자네답지 않군."

"어쩐 일인가."

백현의 눈동자는 마치 모든 것을 다 알고 있는 사람처럼 날카로웠다. 자리에 앉은 백현은 무언가 보여줄 것이 있다는 듯 품에 손을 넣었다.

"이거, 자네 노리개 아닌가?"

백현이 향갑 노리개를 내밀었다. 무원은 정신이 번쩍 들었다. 저 노리개가 어떻게 백현의 손에 들어가게 된 것인지는 생각해볼 필요도 없었다.

"내 노리개와 비슷하게 생겼군."

"자네 물건이 아니라 그저 비슷한 노리개라는 건가?"

백현은 지홍의 말이 거짓임을 단박에 눈치챘다. 행동 거지는 그럴싸해 보였지만 놀라서 동공이 훅 커지는 것은 의지로 가능한 일이 아니었다. 그러나 무원이 딱 잡아떼는 이상 더 죄를 추궁할 수는 없었다. 그때 무원의 오른쪽 다리가 눈에 들어왔다.

'분명 오른쪽 정강이를 돌로 강하게 후려쳤으니 그 자리에 상처가 생겼을 거야.'

"자네 물건인지 아닌지는 확인해보면 알겠지."

백현이 무원을 향해 달려들어 팔을 꺾어 누르고 바지자락을 풀었다. 무원은 급히 백현을 밀쳐냈지만 시퍼렇게 멍이 든 정강이를 감추지는 못했다.

"…… 자네가 맞았어."

이제 범인이 누구인지는 명확해졌다. 백현은 노리개를 도로 품 안에 넣고 자리에서 일어났다.

"왜 그랬나?"

그의 질문에 무원은 어금니를 깨물었다. 그러나 여기서 죄를 시인할 수는 없었다. 고작 노리개 하나로 그에게 죄를 물을 수 없음은 자명했다. 향갑 노리개만 해도 외숙부에게 부탁한다면 내일이라도 당장 비슷한 물건을 도성 내에 풀 수 있으리라. 아니라고 우기면 어찌할 도리가 없었다.

"지금 무슨 소리를 하는 건가?"

무원이 태연한 얼굴로 백현을 올려다보았다.

"끝까지 아니라고 할 참인가? 사람을 죽이려 하고선 그처럼 뻔뻔하다니, 하늘이 두렵지도 않은가?"

"사람을 죽이려 하다니? 당최 무슨 소린지 모르겠군. 생사람 잡지 말게."

무원은 개다리소반 위에 놓인 잔에 술을 부었다. 백현이 술병을 낚아챘다.

"뭐하는 건가?"

무원이 노여운 목소리로 말했다. 백현은 그의 머리 위에 술을 콸콸 쏟아부었다. 술은 머리와 뺨을 따라 뚝뚝 떨어졌다. 무원은 어이가 없다는 표정으로 얼굴을 닦았다.

"악행을 저지르는 사람보다 더 악한 사람이 누구인지 아는가?"

백현이 술병을 내려놓고 그를 노려봤다.

"악행을 저지르고도 그렇지 않은 것처럼 위선의 가면을 쓰고 있는 자일세. 오늘 보니 자네가 그러하군."

백현은 방문을 열고 나가버렸다. 아마도 마지막까지 무원에게 희망을 품었던 것이리라. 그러나 이제 그것은 별로 중요한 일이 아니었다.

"밟고, 찍고, 누른다."

무원은 혼자 중얼거리더니 따라놓은 술을 마셨다. 취기가 올라왔지만 이제 뭘 해야 할지는 확실했다. 그는 자신의 사랑채로 수하들을 불렀다.

"송백현을 감시해라. 이연의 행방을 알고 있을 테니."

마치 지홍의 눈동자가 그러하듯 그의 눈동자도 번뜩였다.

*

굴참나무 사이로 아침햇살이 비치고 산새들의 지저귀는 소리가 들려왔다. 연은 길게 하품을 하며 잠에서 깨어났다.

"하암……."

순간 연은 이상한 느낌이 들어 고개를 들어보니 제 어깨에 낯선 남자가 고개를 기대고 있었다.

"꺄아아아아악!"

그녀는 남자를 밀치고 벌떡 일어나 옆에 두었던 막대기를 두 손에 쥐었다. 어젯밤에 잠들 때까지 아무도 없었는데 이 남자는 누구인가. 부스스한 얼굴을 한 그는 눈을 비비며 연을 쳐다보았다.

"뭐야, 시끄럽게!"

"누, 누, 누, 누구시오!"

연은 또 화적패를 만난 것인가 해서 말을 더듬었다. 그런데 남자의 복색을 보니 도포를 입은 모습이 화적패는 아닌 것 같았다. 키가 크고 부리부리한 눈매, 이상하게 낯설지 않았다. 그는 연을 한번 훑어보더니 발치에 놓인 갓을 머리에 쓰고는 말을 더듬는 그녀를 흉내 냈다.

"소, 소, 소, 소원 당첨을 감축드리오."

"무슨 소리요. 다, 당신은 누구요."

남자는 도포를 탈탈 털더니 뒷짐을 지고 연을 이리저리 훑어보며 한 발짝 한 발짝 다가왔다.

"다가오지 마시오!"

연이 막대기를 휘둘렀지만 그는 시큰둥한 표정만 지을 뿐이었다. 오히려 그가 나뭇가지를 한 손으로 획 잡아채기까지 했다. 연은 어떻게든 이 마지막 무기를 빼앗기지 않으려고 안간힘을 썼다.

"이거 놓으시오!"

그는 연의 당황한 얼굴이 재미있는지 활짝 웃었다.

"이번에는 완전 솜털이 보송보송한 게 애기구먼. 그런데 우리가 구면이던가? 어디서 본 것 같기도 한데……."

"이거 놓으란 말이오!"

연이 다시 작대기를 흔들었다.

"하긴 구면일 리가 없지. 지난번에 봉인이 풀린 후로는 한 12년쯤 피리 속에 있었으니까."

그는 귀찮다는 듯 막대기를 툭 놔버렸다. 그 바람에 막대기를 도로 빼앗으려던 연이 제 힘에 못 이겨 그대로 나자빠졌다.

"으악!"

연은 벽에 쿵 하고 머리를 찧었다. 남자는 재미있는지 킥킥거렸다. 연이 화가 나서 노려보는데 남자는 웃음을 참으며 어깨를 으쓱할 뿐이었다.

"네가 방금 놓으라며? 쏘아보기는."

연이 괴로운 표정으로 머리를 문질렀다. 뒤통수에 혹이 하나 생긴 듯 무척 아팠다. 남자가 연을 향해 손을 내밀었다. 잡고 일어나라는 뜻이었다.

"쳇!"

연은 내민 손이 부끄럽도록 일부러 잡지 않았다. 그는 멋쩍은 표정으로 손을 도로 가져갔다.

"내가 별로 마음에 안 드는 눈치지만, 어찌 됐든 내 소개를 하지. 나는 이 월악산의 산신이자 도깨비인 망량이라 한다. 뭐, 구구절절한 얘기는 생략하고, 네가 어젯밤 피리를 불어 봉인에 갇혀 있던 나를 깨웠으니 너의 가장 간절한 소원을 하나 들어주도록 하마. 기회는 한 번뿐이니 잘 생각해서 말하도록. 어떤 소원을 빌고 싶으냐? 어마어마한 부자가 될 수도 있고 세상에서 가장 아름다운 여인을 얻을 수도 있다. 원하는 것은 무엇이든 말해도 좋다."

망량이 자랑스럽게 말을 마쳤다. 방금 전까지 자신을 경계하던 연의 눈동자가 누그러지면서 얼굴이 사뭇 진지해졌다.

'그래, 애송이. 무슨 소원이냐? 내 이제까지 두 명의 인간을 만났지만 그들은 모두 사리사욕에 눈이 멀어 결국 제 무덤을 파고 나락으로 떨어졌다. 귀왕은 인간의 소원을 통해 나에게 가르침을 주려 하였으나 나는 여전히 그 답을 찾지 못했지. 너라고 다를 게 있을까?'

망량이 쓴웃음을 짓는 순간 연이 혀를 끌끌 찼다.

"쯧쯧, 광질(狂疾 : 정신병)이 있구나. 가족들이 산에 갖다 버린 모양인데 어쩌다가……."

망량은 생각지도 못한 말에 뒤통수를 한 대 맞은 듯했다. 연은 봇짐을 메고 나갈 채비를 하며 안쓰럽게 말했다.

"내가 그래도 사람 살리는 업을 하는 의원인데 환자를 내팽개칠 수는 없지. 이 산중에 혼자 있다간 무슨 일이 생길지 모르니 나랑 같이 가자. 내가 지금 이 산에 있는 은약사라는 절을 찾는 중인데, 내 볼일이 끝나면 네 가족도 꼭 찾아줄 테니까."

"이, 이봐. 난 광질 환자가 아니라 도깨비라고 도깨비!"

연은 망량을 보며 "나 참, 허허" 하고 웃었다. 계속 도깨비라고 주장하는 그가 우스웠다.

"대낮에 돌아다니는 도깨비가 어디 있어?"

망량은 기분이 팍 상했다. 밤톨만 한 녀석이 무엄하기 짝이 없었다. 생각 같아선 볼기라도 치고 싶었지만 그래도 어쩌랴. 이제 이놈 소원을 들어줘야 하는 것을.

"도깨비는 낮에 힘을 쓰지 못하기 때문에 이처럼 사람의 외양을 하는 데도 대단한 공력을 필요로 한다고. 그래서 당장 변신도 못 하고 소원을 못 들어주지만 밤이 되면 다 할 수 있다고. 그, 그러니까……."

망량이 진진하게 말하는데도 연은 헤실헤실 웃을 뿐이었다. 씨도 안 먹히는 눈치였다.

"알았어, 알았어. 네가 도깨비다 이거지? 나는 이연이야. 이제부터 나하고 같이 은약사로 갈 거니까 너도 얼른 짐 싸. 어제 보니까 이 산이 산세가 꽤 험하던데 네가 잘 따라올 수 있을지 모르겠다. 올라가다가 힘들면 말하고. 응?"

마치 어린애 달래듯 조곤조곤 말하는 연을 보고 망량은 기가 딱 막혔다. 월악산의 산신이자 도깨비로 수백년을 살았건만 이런 애송이는 처음 보았다. 모름지기 남자들은 대개 돈과 권력, 여자에 환장을 하는지라 이번에도 쉽게 일이 끝나겠거니 했다. 그런데 이게 웬 광질 환자 노릇인가. 산길을 열심히 올라가는 연을 좇는데 절로 한숨만 푹 나왔다. 게다가 이 녀석은 당최 길도 모르는 눈치였다.

"이봐, 은약사는 이쪽 방향이 아니야."

연이 뒤돌아보자 망량이 오른편으로 손가락질을 했다.

"저쪽이래."

"그걸 네가 어떻게 알아? 여기에 와본 적이 있어?"

연이 눈을 동그랗게 뜨고 물었다.

"쟤가 저쪽이라고 알려주더라고."

망량이 굴참나무 가지에 높이 올라앉아 지저귀는 종달새를 가리켰다. 연은 종달새와 그를 번갈아 쳐다보더니 혀를 끌끌 찼다.

"어휴, 사지 멀쩡하고 얼굴도 훤하게 생겼구먼 어쩌다가 몹쓸 병에 걸려서 저리 되었을까. 쯧쯧……."

망량은 분통이 터졌다.

"야, 애송이. 저쪽이라니까 그러네. 내기 걸어도 좋아,

정말이야."

연이 시큰둥하게 돌아봤다. 못 미더운 표정이 역력했다. 망량은 오기가 발동해 큰 결심을 한 사람처럼 손가락 두 개를 치켜세웠다.

"와, 진짜! 내기 걸자, 걸어. 내가 저쪽 아니면 소원 두 개 들어준다."

연은 고개를 절레절레 흔들었다.

"아, 왜! 두 개 들어준다니까."

망량이 소리를 빽빽 질렀지만 그녀는 돌아보지 않았다. 두 사람이 은약사를 발견한 것은 정오가 다 되었을 무렵이었다. 망량은 절 입구에 도착하자 잔뜩 짜증이 난 듯 투덜거리며 산문(山門 : 절로 들어가는 입구에 세워진 문)을 올려다보았다.

"아, 그러게 내가 가자는 데로 왔으면 진작 도착했을 걸. 하여튼 의심은 많아가지고 말이야. 그나저나 월악산 산신인 내 허락도 없이 절을 세우다니 배짱 좋은 이곳 땡중은 누구야?"

망량이 절 입구에 서서 구시렁거리자 연이 재촉하는 얼굴로 그를 돌아봤다.

"왜 그러고 섰어? 괜찮으니까 어서 따라 들어와."

망량은 어쩔 수 없이 끌려가는 모양으로 맥없이 첫번

째 문을 향해 걸어 들어갔다.

"애송이, 네가 뭘 모르는 모양이니 하는 말인데 절의 산문은 세 개로 나눠진다고. 그 첫째는 일주문一柱門, 일주문은 부처를 만나기 전 마음을 정갈히 하기 위한 문인데, 이건 뭐 그렇다 치고."

그는 일주문을 지나 걸음을 멈추고 다음 문을 쳐다봤다. 이번에는 네 명의 험상궂은 장수들이 좌우로 늘어서 있었다.

"둘째는 천왕문天王門. 악귀를 쫓는 사천왕이 지키고 있지. 나는 악귀는 아니지만 인간도 아니라서 이 문을 통과하자면 어마어마한 공력이 필요하다 이거야. 이게 문제거든, 문제. 부처라면서 자비심이 없어요. 응? 도깨비가 얼마나 성격이 순해빠졌는데, 도깨비들이 못 들어간다니까. 나니까 들어가는 거지, 이거 다른 애들은 못 들어가요."

망량은 떨떠름한 표정을 하고 있는 연을 쳐다보더니 '네가 내 속을 알겠냐'는 듯이 고개를 흔들었다. 그는 두 번째 문을 지나자 또 멈췄다.

"마지막, 불이문不二門. 이건 불전으로 연결되는 문인데, 이 문 너머부터는 부처의 땅이라는 소리거든. 이게 뭔 소리냐면 이 절에 있는 이상 나는 부처의 율법에 따라야 하고, 내 본래의 능력은 전혀 사용할 수 없다 이건데. 아, 정말 말이 되냐? 내 산인데, 내 집에서 방구도 마음 편하게 못 뀐다는 게, 아니 이게 말이 되냐고?"

"뭐라고? 무슨 소리야?"

연이 당최 무슨 말인지 모르겠다는 얼굴로 묻자 망량이 볼멘소리로 대꾸했다.

"무슨 소리긴! 이 눈치 없는 양반아. 내가 자네 때문에 고생한다는 소리지."

망량이 투덜거리는 그때 긴 종소리가 울리고 소박한 불전(佛殿 : 절의 중심 건물)에서 노승과 그 휘하의 승려 세 명과 시중드는 동자승이 밖으로 걸어 나왔다. 연은 얼른 뛰어가 노승을 향해 합장했다.

"안녕하셨습니까, 스님. 이연이라 합니다. 지난번에 큰 가르침을 받고 스님이 말씀하신 약초를 구하기 위해 찾아왔습니다."

연의 인사에 노승도 온화한 미소를 띠며 합장했다. 그는 연의 곁에 선 망량을 물끄러미 쳐다보더니 허허 웃었다.

"소원을 이루려고 온 이와 소원을 들어주어야 하는 이라."

연이 고개를 갸우뚱하자 노승이 요사채(寮舍 : 절의 승려들이 거주하는 곳)를 가리키며 말했다.

"그 신묘한 약초의 꽃을 먹어야 효험을 보는데 그 꽃은 보름달이 뜨는 밤에 핍니다. 앞으로 보름까지 스무 날이 남았으니 이곳에서 지내며 몸과 마음을 깨끗이 정화하도록 하십시오."

"감사합니다. 이 은혜를 어떻게 갚아야 할지……."

"허허, 그렇다면 부탁을 하나 드려도 되겠습니까?"

연이 고개를 끄덕이자 노승이 빙그레 미소를 지었다.

"월악산 아랫마을에 중병에 걸린 환자가 있습니다. 인근 의원들이 진맥을 해봤지만 그 원인을 몰라 치료를 하지 못한다고 하니 내일 날이 밝거든 가서 좀 봐주시겠습니까?"

"제 미천한 의술로 도움이 될지는 모르겠지만 찾아가 보겠습니다."

연이 겸손하게 대답했다. 노승은 합장을 한 뒤 수행승들을 데리고 불전으로 들어갔다. 남은 동자승이 초롱초롱한 눈으로 두 사람을 쳐다봤다.

"내가 아는 녀석하고 비슷하게 생겼구나. 동글동글한 게 겉보기엔 참 귀여운데 말이지."

망량이 청의동자를 떠올리며 동자승의 민머리를 손바닥으로 문지르자 그가 화를 내며 손을 휘저었다.

"무례하오! 이러지 마시오!"

동자승이 불퉁한 얼굴로 소리를 지르자 연이 황급히 망량의 손등을 때렸다.

"죄송합니다. 이자가 광질 환자라 그러니 이해하십시오."

"누구보고 자꾸 광질이래!"

동자승은 그가 못마땅했지만 화를 삭이며 말했다.

"나는 동자승 해온이라 하오. 방을 안내해드릴 테니 이리 오시오."

해온이 입을 삐죽거리며 요사채 앞으로 걸어가더니 방문을 열었다.

"왼쪽 방은 이연 도련님이 쓰시고 오른쪽 방은 광질 환자가 쓰시오."

"야! 이 꼬맹이까지! 광질 아니라니까 그러네!"

망량이 씩씩거리며 해온에게 달려드니 두 사람이 한편 잡으려 하고, 한편 도망가며 절 마당을 뛰어다녔다. 새로 온 두 식객 덕에 오랜만에 조용한 산사가 시끌시끌 했다. 어느새 월악산의 해는 뉘엿뉘엿 넘어가고 있었다.

연은 밥값이라도 할 양으로 하얀 무명 저고리와 바지로 환복을 하고 주고(廚庫 : 공양을 마련하는 부엌)로 향했다. 주고에서는 공양주(供養主 : 공양을 준비하는 승려)를 비롯한 여러 사람이 저녁 준비를 위해 아궁이에 불을 떼고 나물을 손질하고 있었다.

"저도 돕겠습니다."

연은 스님들 사이에서 허드렛일을 자청하며 싹싹하게 일손을 거들었다. 구슬땀을 흘리며 가마솥에서 폭폭 끓는 국을 휘젓는데, 어디선가 흥얼거리는 노랫소리가 들려왔다. 연이 문 밖을 빼꼼이 내다보니 요사채 마루에 앉아 귀를 후비는 망량이 보였다. 어찌나 얄미운지.

"어딜 가든 사람이라면 응당 제 먹는 값은 해야 하는 거야."

연이 당장 달려가 그를 타이르듯 말했다.

"내 산에서, 내가 좀 공으로 먹고 자고 하면 어때서? 그리고 내가 너보다 나이가 몇백 년은 너끈하게 더 먹었을 텐데, 이제 보니 말꼬리가 짧다?"

"병을 치료해주고 가족도 찾아주려고 데려왔건만 이런 식으로 행동하면 쫓아내는 수밖에 없어."

연의 눈빛이 매섭게 변했다. 소원 들어주는 게 이렇게 힘들 줄이야. 그는 구시렁거리며 마지못해 일어났다.

"아, 그 눈 돌아가겠네. 알았어, 알았다고. 장작이라도 패면 될 거 아냐. 이 귀왕 영감탱이. 말이 좋아 인생의 의미를 찾는 거지, 결국은 생고생을 시키겠다는 거였네."

망량은 장작 패는 그루터기에 나무토막을 세워놓고

도끼를 집어 들었다.

"게으름 피우지 말고 똑바로 해."

연이 잔소리를 하자 망량이 "피!" 하고 싫은 표정을 지었다. 하지만 씨름을 좋아하는 도깨비답게 힘은 장사라 굵은 나무토막도 탁탁 마치 무 썰듯 했다.

"좋아, 그렇게만 하라고."

연은 흡족한 얼굴로 주고로 돌아갔다. 망량은 도끼질을 하며 혼자 탄식했다.

"내 참 살다 살다 별일을 다 한다, 다 해."

나무 피리에 갇혀 인간의 소원을 두 번이나 들어줬건만 그들에게서 가르침을 얻지 못했기 때문일까. 12년쯤 흘렀다는 것은 알겠으나 올해가 정확히 몇 년인지도 모르겠다. 귀왕에게 억겁의 세월도 찰나에 불과하니 이 지긋지긋한 벌은 언제 끝날지 기약도 없다. 그는 장작 패기를 마치자 그루터기에 앉아 하늘을 바라봤다. 답답한 마음에 가슴을 쿵쿵 치는데 마침 노승이 불전을 나와 승당(僧堂 : 승려들이 좌선하는 곳)으로 가려다 그를 발견하고 다가왔다.

"이곳까지 들어온 것을 보니 네 공력이 여간내기가 아니구나."

노승이 재미있다는 얼굴로 말했다. 망량이 그를 쳐다

봤다. 처음 봤을 때부터 인간이 꽤 대범한 공력을 가졌구나 생각했는데 가까이에서 보니 실로 대단했다. 이 정도면 전생, 그 전전생부터 도를 쌓아왔으리라.

"영감님 공력이야말로 장난이 아니시구려."

"벌을 받고 있으니 말썽을 부려서는 안 될 게야."

망량은 뒤통수를 한 대 얻어맞은 듯했다. 그의 마음을 꿰뚫을 정도면 감히 대적할 적수가 아니었다. 노승은 뒷짐을 지고 승당을 향해 사라졌다. 망량은 손에 쥔 도끼를 그루터기에 꽂았다.

"뭐야, 땡중인 줄 알았더니. 여기까지 와서 훈계나 듣고. 어휴, 뒷골 당겨. 어서 저 애송이 소원이 뭔지 알아내 빨리 뜨던가 해야지. 체면이 말이 아니구먼."

*

날이 밝자 연은 노승의 부탁을 들어주기 위해 하산 준비를 했다. 병자의 상태에 따라 다르기는 하겠으나 만약 오늘 중으로 다녀오자면 아침 일찍부터 서둘러야 했다. 그런데 문을 열고 나서다 보니 어제 함께 온 망량이 떠올랐다.

"그 양반도 데리고 갈까?"

연이 망량의 방문 앞에서 문을 두들기며 부르는데 통 기척이 없었다.

"아침부터 어딜 갔나?"

이상하다 싶어 돌아서는데 문득 기묘한 휘파람 소리가 들려왔다. 마음을 끄는 신비로운 소리를 저도 모르게 쫓으니 산과 인접한 종각鐘閣이 나왔다. 그곳에 망량이 서 있었다.

"망……."

연은 그를 부르려다가 말을 흐렸다. 난생처음 보는 광경이었다. 병풍처럼 둘러쳐진 아름다운 수목과 종각 가운데 걸린 커다란 목어木魚, 그 곁에서 그를 둘러싼 수많은 산새들. 망량의 기이한 휘파람에 산새들이 화답하듯 지저귀며 그의 어깨와 팔에 올라앉아 부리를 문질렀다.

'지, 진짜 도깨비인가.'

연은 넋이 나가 멍하니 그 광경을 쳐다보다가 고개를 도리도리 저었다. 망량이 도깨비라니, 그럴 리가. 그녀는 자신의 볼을 꼬집었다.

"의원이 광질 환자의 망상에 동화되면 어쩌겠다는 거야. 분명 새 모이를 줬든가 했겠지."

연이 다가가자 산새들이 숲 속으로 푸드덕 하고 날아갔다.

"이런, 너 때문에 새들이 날아가버렸잖아."

망량이 옷을 털며 퉁명스럽게 말했다.

"뭐야? 뭐, 할 말이라도 있어?"

"주지 스님이 말씀하신 병자를 진맥하러 지금 월악산 아랫마을에 갈 건데 혹시 너도 같이 갈래? 가족들을 찾을지도 모르고……."

망량은 별 관심 없다는 표정으로 입맛을 쩝쩝 다셨다.

"찾을 가족이 있어야 찾지. 뭐, 그래도 가자, 가. 어차피 네 소원 들어주기 전에는 너하고 같이 다녀야 할 테니까."

흔쾌히 나선 것은 아니지만 망량도 대충 차비를 하고 연을 따라 절 밖으로 나왔다. 망량은 영 찌뿌둥하다는 얼굴로 기지개를 켰다.

"으, 역시 저길 나오니까 살 것 같네. 아, 참! 애송이, 어제 보니까 산도 잘 못 타던데 원래 산이라는 게 내려갈 때가 더 힘든 법이야. 괜히 신경 쓰이게 하지 말고 내가 내려가는 거 쫓아서 잘 따라오라고."

"나 참, 누가 누굴 걱정하는 건지."

연이 어이없다는 표정을 지었다.

"너 진짜 후회한다."

망량의 경고에 웃고 말았는데, 아뿔싸! 연은 한 시진도 못 가 다리가 달달 떨려왔다. 힘이 다 빠진 연은 맥없이 그 자리에 주저앉고 말았다. 망량이 꼴좋다는 표정으로 손을 내밀었다.

"그러게 뭐랬어. 사내자식이 부실해가지고, 이것도 하나 못 내려오냐? 자, 이 손 잡아."

연이 머뭇거리자 망량이 그를 커다란 손으로 번쩍 안았다.

"뭐, 뭐, 뭐하는 거야."

연이 얼굴이 빨개져 버둥거리자 망량은 그녀를 내려놓으며 별스럽다는 투로 말했다.

"남자끼리 내외하나? 좀 안았다고 뭔 호들갑이야."

"아, 앞으로는 내 몸에 손대지 마."

"이건 뭐 도와줘도……."

망량이 구시렁거리며 저만치 앞서 갔다. 연은 괜히 기분이 이상해서 갓끈을 고쳐 매는 시늉을 했다. 망량은 말없이 걷다가 우연히 생각난 듯 슬쩍 물었다.

"그나저나 어제 들어보니 무슨 약초를 구하러 왔다고 하던데 누가 아프기라도 한 거야?"

어서 연의 소원을 알아야 일이 풀릴 것 같아 던진 질문이었다.

"그건 아니고……."

"그럼? 네가 먹으려고? 그 약초가 무슨 효험이 있기에

224

그렇게 스무 날이나 기다려가면서 구하려는 건데?"

망량의 말에 그녀는 생각에 잠기더니 더 이상 말을 하지 않았다.

'그 약초를 구하기 위해 이 험한 월악산까지 찾아온 걸 보면 뭔가 중요한 약초 같은데? 중이 제 머리 못 깎듯이 제 몸이 어디 안 좋은 건가? 몸에 손도 대지 말라는 걸 보면 뭔가 좀 의심스러워. 그래, 이 녀석의 소원은 그 약초와 관계가 있을지도 모르겠군. 아, 그러고 보니 처음 절 문간에서 주지 스님이 보름달에 꽃이 피는 약초라고 했지. 어디서 들은 것 같은데, 그게 무슨 약초였더라…….'

망량은 기억날 듯 말 듯 하는 머리를 부여잡고 연의 속내를 점쳐보았다. 그러나 당최 짐작도 가지 않았다. 그는 이연의 비밀이 뭔지 궁금해졌다.

'무슨 사연인지 몰라도 저렇게 입을 다물어서야…….기회를 봐서 또 물어봐야지. 지금은 계속 캐물어도 별 소용이 없겠어.'

대화가 뚝 끊어진 채 한 식경쯤 걷는데 멀리 월악산 아랫마을의 입구가 보이기 시작했다. 연은 혹 망량의 광질이 호전될 만한 단서를 찾을까 해서 물었다.

"저기, 너 혹시 이 마을에 와본 적 있어?"

"12년 전쯤 왔었지."

연의 입에서 한숨이 폭 나왔다. 12년 전이라, 이래서야 답이 없다. 일단 주지 스님의 부탁부터 해결하는 게 빠르겠다.

"그새 마을이 제법 커졌군. 시장 골목도 생기고."

망량은 마을 대로에 선 상점을 둘러보며 눈썹을 살짝 치켜올렸다.

"주지 스님께서 병자의 집이 이곳이라 적어주셨는데……."

연은 도포 소매에서 꼬깃꼬깃 접은 종이 한 장을 꺼냈다. 망량이 스윽 다가와 종이에 적힌 문구를 읽었다.

"포목점 장손 오성환이라."

"앗, 저기! 포목점이다."

연이 상점 골목 가운데 걸린 간판을 가리켰다. 그 순간 가게 입구에서 한 젊은 남자가 뛰어나왔다.

"으아아악!"

남자는 입에 거품을 물고 두 눈이 뒤집힌 채로 몸에 경련을 일으키며 바닥으로 고꾸라졌다. 포목점에서 일하는 하인들과 그 인근 가게의 주인, 손님들이 모두 그를 빙 둘러쌌다. 하지만 어느 누구 하나 그 괴기스러운 모습에 섣불리 접근하지 못하고 우왕좌왕할 뿐이었다.

"비, 비키시오. 내가 의원이오."

연이 사람들을 비집고 들어가 남자를 진맥했다. 맥이

무척 빨랐다. 그녀는 포목점 하인에게 손을 내밀었다.

"어서 얇은 나무 막대나 붓을 가져오시오."

하인이 장부 정리를 하는 데 쓰던 얇은 붓 하나를 얼른 건넸다. 그녀는 그 붓을 남자의 입에 재갈을 물리듯 물리고 모로 눕혔다. 그러자 남자의 입에서 거품과 함께 토사물이 흘러나왔다. 연은 숫자를 세며 남자의 발작 시간을 쟀다. 예순까지 세자 그의 발작이 조금 진정되는 것처럼 보였다. 그런데 갑자기 남자가 입을 벌렸다.

"으으……."

남자는 입에 물고 있던 붓을 뱉어내더니 뭐라고 중얼거리기 시작했다.

"이 남자를 죽이겠다. 내가 이 남자를 꼭 죽이고야 말겠어. 으으……."

사람들은 두 손으로 입을 가리고 수군거리기 시작했다. 그 틈에 망량은 안타까운 듯 혀를 찼다.

"귀신이 붙었군."

그때 사람들 틈바구니에서 노부인과 그 시종들이 나타났다.

"성환아, 성환아. 이게 대체 어찌 된 일이냐? 어제부터 좀 괜찮다 했더니. 아이고, 그러게 가게는 왜 나와서. 자, 어서 집으로 옮기게, 어서."

노부인은 울면서 그를 끌어안더니 몸종을 시켜 부축하게 했다.

"도와주셔서 감사합니다."

연은 감사의 인사를 올리는 노부인을 향해 멋쩍어하며 말했다.

"아닙니다. 아드님이 바로 포목점 오성환 씨였군요. 저는 은약사의 주지 스님의 부탁을 받고 아드님을 뵈러 왔습니다. 제가 댁에 가서 좀 더 자세히 살펴봐도 괜찮겠습니까?"

"물론이지요. 인근의 의원이란 의원은 다 모셔다 진료를 하였으나 소용이 없었습니다. 달포 전에 은약사에 공양을 드리며 아들이 낫기를 기도했지요. 주지 스님께서 곧 귀인이 찾아갈 거라 하셨는데 의원님이 바로 그 귀인인가 봅니다. 어서, 어서 저희 집으로 가시지요."

노부인은 기대를 가득 담은 눈으로 재촉했다.

"일행이 있는데 함께 가도 되겠습니까?"

"물론입니다."

연이 망량을 돌아보자 그는 귀찮은 일에 휘말렸다는 듯 인상을 찌푸렸다.

"알았어. 가, 가자고."

두 사람이 노부인의 집으로 향하는데 집이 참말 좋았

다. 마을의 동편에 위치한 제법 큰 기와집에 반은 포목점에 진열하는 수많은 옷과 옷감을 보관해놓은 창고이고, 반은 일반 가옥이라 규모나 장식으로 봐서는 비록 중인이긴 하여도 어지간한 양반 못지않게 부유해 보였다. 노부인은 그들을 아들이 있는 사랑채로 안내했다. 남자는 자는 것처럼 눈을 감고 반듯하게 누워 있었다.

"그럼, 진맥을 해보겠습니다."

연이 숨을 한번 들이쉬고 남자의 손을 잡아 진맥했다.

"이상하군, 이런 맥은 처음 짚어보는데."

맥은 강해졌다 약해졌다 불규칙적으로 반복하며 도통 남자의 맥인지 여자의 맥인지조차 알 수가 없었다. 연이 수많은 환자를 보았어도 이런 적은 없어 당최 어떻게 된 일인지 고개를 갸우뚱하는데 남자가 눈을 떴다. 그는 고개를 옆으로 돌려 방 안의 세 사람을 훑어보더니 그녀를 비웃었다.

"네가 나를 치료할 성싶으냐? 이 남자는 결국 내 손에 죽게 될 것이다."

섬뜩한 여자의 목소리! 어떻게 남자의 입에서 저런 목소리가 나온단 말인가! 두렵고 무서운 마음에 연의 손이 떨렸다.

"이, 이게 어떻게……."

뒤에서 팔짱을 끼고 앉아 조용히 지켜보던 망량이 말했다.

"함께 도망가기로 했는데 남자가 나타나지 않아 혼자 목을 맸군."

그 말에 눈치만 살피던 노부인이 소스라치게 놀랐다. 그녀는 이 낯선 남자가 뭔가 알았음을 직감했다. 숨기고 싶지만 어쩌랴. 그녀는 두 손을 모으고 눈물을 흘렸다.

"제가, 제가 못 가게 막았습니다. 하지만 그 아이가 자살할 줄은 몰랐어요."

망량이 딱하다는 표정을 지었다.

"사랑하는 연인을 억지로 갈라놓다니. 지금 그 여인은 구천을 헤매는 원귀가 되어 남자를 데려가려 합니다."

"사, 살려주십시오. 제발, 우리 아들 좀 살려주세요. 정말 이렇게 될 줄은 몰랐습니다. 저도 그 아이가 어떻게 되길 바란 건 아니에요. 정말입니다."

그녀가 망량의 옷소매를 잡고 매달렸다. 연은 어떻게 해야 할지 몰라 당황한 표정으로 그를 쳐다봤다. 광질 환자의 헛소리가 곧이곧대로 받아들여진 것인지, 정말 그가 무당이라도 되는 것인지 구분이 안 됐다.

"내 참 이제 하다 하다 별일을 다 하네. 귀찮은 건 아주 질색인데 거, 아주머니는 완전 땡잡은 줄 아시오."

망량이 성가시다는 듯한 표정으로 말을 이었다.

"내가 이 여인의 원혼을 떼어내 귀왕의 곁으로 보낼 건데, 앞으로 아주머니께서는 백 일 동안 제를 아주 호사스럽게 지내주시오. 이 여인의 원혼을 달래고 아주머니가 지은 업을 갚는 길이니 돈 아끼지 말고 상다리가 부러지도록, 아시겠소? 만약 단 하루라도 거르게 되면 귀왕을 만나야 할 여인의 원혼이 다시 이 양반 몸으로 돌아오게 될 거요."

"명심하겠습니다."

노부인이 고개를 끄덕이며 맹세했다. 그는 방의 창문을 열었다.

"뭐하는 거야?"

연이 물었다.

"해가 졌는지 보려고. 밤에만 공력을 쓸 수 있다고 했잖아."

정말 도깨비라도 된다는 말인가. 그녀는 황당해서 입을 뻐끔거렸다. 창밖의 해는 서쪽 산자락 끄트머리에 걸려 곧 넘어갈 듯 말 듯했다.

"저 해가 떨어지면 그땐 너도 네 갈 길을 가라고."

망량이 남자를 향해 말했다. 그는 두려운 듯 소리를 지르며 누운 채로 두 팔을 휘저었다.

"넌 누구냐! 너, 넌 사람이 아니구나! 나한테 무슨 짓을 하려는 거야! 으아악!"

남자가 여인의 목소리로 울부짖었다. 발작에 가까운 몸부림을 치자 노부인과 연은 어쩔 줄 몰라 허둥거렸다. 그때 망량이 담담하게 대답했다.

"그 정도 괴롭혔으면 됐잖아. 이 남자가 작정하고 널 버린 게 아닌데 이처럼 목숨까지 해치려 하다니. 그러고도 은애했다고 말할 테냐. 설령 이 남자의 목숨을 취한다 해도 어차피 너는 악귀가 되어 영원히 구천을 떠돌게 될 거라고. 그러니 이제 그만 한을 풀고 네가 가야 할 길을 가는 게 좋을 거야."

마침내 해가 산 뒤로 완전히 모습을 감추자 그는 크게 숨을 들이쉬고 남자의 손을 잡았다.

"이거 놔라! 어서 떨어져! 나를 해치면 너도 가만두지 않을 테다! 이거 놓으라고!"

그러나 망량은 그 손을 놓지 않고 진언을 외우기 시작했다.

아이금강삼등방편我以金剛三等方便

신승금강반월풍륜身乘金剛半月風輪

단상구방남자광명壇上口放喃字光明

소여무명소적지신燒汝無明所積之身

역칙천상공중지하亦勅天上空中地下

소유일체작제장난所有一切作諸障難

불선심자개래호궤不善心者皆來胡跪

청아소설가지법음聽我所說加持法音

사제포악패역지심捨諸暴惡悖逆之心

어불법중함기신심於佛法中咸起信心

옹호도량 역호시주 강복소재擁護道場 亦護施主 降福消災

내가 이제 금강 같은 세 가지 방편을 쓰되

몸을 금강같이 하고, 마음을 허공과 같이 하여

단위의 입으로는 남자의 광명을 쏟아내어

무명 쌓여 이루어진 너의 몸을 태우리라

또한 천상, 허공, 땅속 모든 세계 명령 내려

있는바 모든 장애 어려움을 없애리니

착하지 않은 자여, 모두 와서 무릎 꿇고

나의 설한 가지 법음 모두 함께 들으라

사납고 악하고도 거슬리는 나쁜 마음 모두 던지고

불법 가운데서 모두 함께 신심을 일깨워

  도량을 품어 안고 보호하며, 시주 또한 보호하여 재난
없애고 복을 주리라.

남자는 온몸을 비틀며 괴성을 지르고, 발로 걷어차고, 욕을 하며 악다구니를 했다. 그러나 망량은 진언을 멈추지 않았다.

옴 소마니 소마니 훔 하리한나 하리한나 훔 하리한나 바나야 훔 아나야혹 바아밤 바아라 훔 바탁 옴 소마니 소마니 훔 하리한나 하리한나 훔 하리한나 바나야 훔 아나야혹 바아밤 바아라 훔 바탁 옴 소마니 소마니 훔 하리한나 하리한나 훔 하리한나 바나야 훔 아나야혹 바아밤 바아라 훔 바탁.

망량이 진언을 마치자 남자가 축 늘어져 꼼짝도 하지 않았다. 망량은 그의 몸을 일으켜 등을 세게 후려쳤다.
"우욱!"
남자가 토하면서 붉은 연기 한 다발을 뱉어냈다.
"드디어 나왔군. 그만 귀왕에게 가거라."
망량이 허공을 가르니 연기는 잠시 소용돌이치더니 사라져버렸다.
"이제 눈을 떠보시오."
그의 말에 남자의 손가락이 움찔했다. 그가 게슴츠레 눈을 뜨자 노부인이 달려가 손을 잡았다. 남자는 갈라진 목소리로 겨우 말했다.

"…… 어머니."

노부인은 오열을 하며 그를 끌어안았다.

"애야, 성환아. 정신이 드니? 아이고, 우리 아들. 제정신이 돌아왔구나, 돌아왔어."

망량은 바닥을 짚고 간신히 일어났다. 세상이 휘청거렸다.

"으, 공력을 한 번에 너무 썼더니 머리가 핑 도는군."

연이 얼른 일어나 그를 부축했다.

"괘, 괜찮아?"

망량이 힘없이 웃었다.

"너 아직도 내가 광질 환자로 보이냐?"

그녀가 혼란스러운 표정을 지었다.

"됐다, 됐어. 하여튼 인간들은 의심이 많아가지고."

망량은 비틀비틀 문을 열고 밖으로 나갔다. 어느새 해가 져 주위가 캄캄해졌다.

"오늘은 이미 날이 어두워져 은약사로 돌아가시기 어려우실 테니 저희 집 바깥사랑채에서 하루 주무시고 가십시오. 제가 정성껏 음식을 해 올리겠습니다."

포목점 노부인은 아들을 도로 눕혀놓고 두 사람의 발길을 간곡하게 붙잡았다.

"으, 음식요?"

망량의 귀가 번쩍 뜨였다. 그는 앓는 시늉을 하면서 말했다.

"아무래도 아까 힘을 너무 썼나 봐. 내가 뭐, 지금 먹고 싶다는 건 아닌데. 갑자기 돼지고기, 수수팥떡, 메밀묵 생각이 나네."

"아, 네. 돼지고기, 수수팥떡, 메밀묵……."

노부인이 외우려는 듯 고개를 끄덕끄덕했다.

"뭐 꼭 먹고 싶다는 건 아닌데, 왠지 그걸 먹으면 기운을 차릴 것 같아서 말이지요. 에, 또 떠오르는 게 뭐가 있냐 하면……."

연이 그의 옆구리를 꼬집었다.

"밤중에 돼지고기에 떡 같은 걸 어떻게 마련하라고 그러는 거야?"

망량이 그녀의 귀에 대고 속삭였다.

"이 맹추야, 절에서 주구장창 풀떼기만 먹을 텐데 이럴 때 맛난 거 먹는 거지 언제 먹어? 또 좀 얻어먹음 어때서? 이 정도 했으면 됐지. 나중에 딴소리하지 말고 너도 지금 말하라고."

그가 오만가지 음식 종류는 다 읊고 나서야 겨우 바깥 사랑채로 안내를 받으니 연은 낯이 뜨거워 얼굴을 들 수

236

없었다.

"이 방에서 묵으십시오."

노부인이 널찍한 방 한 칸을 내주었다. 연은 방을 따로 주면 좋겠다는 말이 목구멍까지 올라왔지만 망량이 온갖 음식 종류까지 다 읊은 데 보태어 까다롭게 굴 수가 없었다. 노부인이 방에 비단 금침을 깔아주고 온갖 맛깔스러운 음식으로 상을 올리자 망량은 그야말로 신이 나서 먹고 마셨다. 그런데 밥을 다 먹고 배를 두드리다가 문득 연의 얼굴을 들여다보니 그 낯빛이 어두웠다. 오늘 밤 그와 한 방을 쓸 생각에 마음이 영 편치 않은 까닭이었다. 그러나 망량이 그런 사정을 알 턱이 있나.

"더운 밥 먹고 왜 우거지상을 하고 앉았어?"

그가 이상하다는 표정을 지었다.

"아, 아냐. 아무것도."

망량은 다 먹은 상을 밖으로 내놓고 이불 위에 벌렁 누웠다.

"이제 배도 든든하게 채웠고, 잠이나 자볼까? 그런데 너 혹시 코를 곤다거나 이를 간다거나 그렇지는 않지? 나는 맑고 깨끗하게 살아와서 잠버릇 고약한 거 딱 못 참는다. 자, 그럼 불 좀 꺼달라고."

그의 말에 연은 무슨 이유인지 미적거리다가 한참 뒤

에야 등잔의 불을 끄고 구석에 콕 처박히듯 웅크리고 누웠다.

"너 잘 때 몸부림치냐? 왜 그렇게 구석에 딱 붙어서 자려고 그래?"

"아니, 뭐 그냥……."

연은 화제를 돌리려다가 아까 궁금했던 것이 떠올랐다.

"저기 궁금한 게 있는데……."

망량이 자려고 돌아누웠다가 그녀를 쳐다봤다. 어둠 속에서 반쯤 열린 창문 사이로 들어오는 달빛에 연의 망설이는 눈동자가 비쳤다.

"뭐가 궁금한데?"

"아까 그 남자한테 말이야. 뭘 어떻게 한 거야? 난 그 남자, 간질이라고 생각했거든. 정신을 차리기 직전에 환각 상태에서 그런 이상한 말을 하는 게 아닐까 라고 추측했는데, 네가 그 사람의 과거를 맞추는 걸 보고 좀 놀랐어. 아마 나였다면 그 사람을 이렇게 손쉽게 치료하지는 못했을 텐데. 너 대체 어떻게 한 거야?"

"나 참. 내가 도깨비라고 내 입으로 몇 번을 말하는 건지 모르겠네. 일단은 나도 인간세계에 속하는 사람은 아니니 귀신을 알아보는 게 당연한 이치지. 게다가 내가 이 세계에서 쌓은 공력만 해도 수백 년은 되는데, 그깟

원혼 하나 어찌하지 못해서야. 그리고……."

망량이 말을 멈췄다. 이런 말 해봐야 또 안 믿을 텐데 싶었다. 그는 그녀를 홱 돌아봤다. 그러나 여느 때와 다른 표정. 그녀는 그의 말이 재미있다는 듯 배시시 웃고 있었다.

"왜, 왜 그러고 웃어? 또 못 믿겠어?"

망량이 괜히 머쓱해서 물었다.

"아니, 네가 도깨비든 광질 환자든 사실 그건 뭐 중요한 게 아닌 것 같아. 결국 망량, 너라는 건 변함없으니까. 사실 나, 기적 같은 거 믿지 않았거든. 주지 스님이 의심을 버리고 원하는 걸 찾으라고 말씀하셨지만 말도 안 된다고 계속 생각했나 봐. 정말 그런 약초가 있을까 하고 계속 의심했던 거지. 그런데 오늘 네가 이 집 주인 아들을 치료하는 걸 보고 내가 알 수 없는 어떤 신비한 힘이 정말로 있구나 싶더라고. 정말로 희망이 생겼어."

그녀의 커다란 눈망울이 어둠 속에서 반짝반짝 빛났다.

"…… 고마워."

부드러운 목소리에 망량은 저도 모르게 그녀를 바라보다가 눈을 피했다.

'뭐야, 저 자식. 눈이 뭐 저래? 사슴 눈도 아니고. 아, 괜히 기분이 이상하네.'

왜 녀석의 눈을 보고 가슴이 두근거리는 건지 모르겠다. 망량은 고개를 가볍게 흔들었다. 기분이 이상했다.

'뭐, 뭔지 모르겠지만 이제야 기껏 광질 환자가 아니라고 생각하게 됐는데, 기회는 지금이야. 그래, 본래의 목적을 떠올리자. 저 애송이 녀석의 소원, 그 소원이 뭔지 알아내야 해.'

"그런데 네가 구하려는 그 약초, 무슨 약초야?"

망량이 슬그머니 다시 물었다. 그러나 연은 망설이는 눈치였다.

"또 알아? 내가 구해줄 수 있을지도. 너도 아까 나 하는 거 봤잖아? 응?"

연은 좀 머뭇거리다가 한숨 섞인 목소리로 말했다.

"그 약초, 남자를 여자로, 여자를 남자로 바꿔주는 약초야."

믿지 못할 거라 생각하고 뱉은 말이었다. 망량은 두 눈을 깜박거렸다. 노승의 말대로 5백 년에 한 번 월악산에서 그 약초가 자라는 건 사실이었다. 그러나 이 상황이 뭔지 도통 정리가 안 됐다.

"에, 그러니까…… 네가 그 약초를 먹겠다고?"

"…… 응."

순간 망량의 등골이 서늘해졌다.

'이 자식, 뭐야. 지금 여자가 되겠다는 거야? 이거, 이 거 완전 곱상하게 생긴 변태였잖아. 어쩐지 방금 막 내 가 기분이 이상해지고 그런 게 다 내가, 내가 저놈의 색 기에 홀려서…… 으아, 내가 무슨 생각을……'

망량은 심호흡을 한번 했다. 아까 노부인에게 방도 두 개 달라고 할걸 하고 후회가 파도처럼 밀려왔다. 약초고 나발이고 일단 소원을 말하면 잽싸게 들어주고 떠나리라.

"어, 그러니까 여자가 되고 싶다는 거지?"

그는 유도 질문을 했다. 연은 허공에 대고 계집 녀女 자 를 한번 그어보았다. 댕기를 매고, 고운 옷을 입고, 그 아 래에 예쁜 노리개를 차고, 꽃신을 신은 자신의 모습을 그려봤다. 왠지 모르게 나오는 웃음.

"여자? 여자라."

그녀가 아쉬운 표정으로 말했다.

"그래, 나도 한 번쯤은 평범한 여자로 살아봤으면 좋 겠다. 평범한 여자로……"

망량은 손가락을 딱 하고 부딪쳤다. 드디어 소원을 말 했다.

"옴 아비라 훔 캄 스바하."

그는 소원을 들어주는 진언을 외었다.

"응? 방금 뭐라고 왼 거야?"

"네 소원을 들어주는 진언이야."

"그래? 왠지 진짜 효과가 있을 것 같은데?"

연은 농처럼 웃고 등을 돌렸다. 방금 전까지는 신비로운 힘을 믿을 수 있을 것 같네 어쩌네 하더니, 망량은 쓴 입맛을 다셨다.

'뭐, 지금이야 믿든 안 믿든 내일 아침 측간을 다녀오면 알게 되겠지. 아, 어제까지 내 옆에 있던 망량이 진짜 도깨비였구나, 진작 좀 잘할걸 그랬다 하고 생각도 할 거고. 왜 그딴 소원을 빌었나 싶을지도 모르지. 그나저나 이 애송이 녀석 소원이 들어주고 나서 바로 튀어도 될지 모르겠네. 에라, 뭐 이놈의 장돌뱅이 인생 한숨 자고 일어나면 또 딴놈이 봉인을 풀었을지 어떻게 알아?'

그도 등을 돌리고 눈을 감았다. 시간이 흘러 밤이 지나가고 날이 밝아오는데, 사랑채 옆 마당에서 수탉의 울음소리가 길게 늘어졌다. 망량은 부스스 눈을 뜨고 좌우를 살폈다.

"뭐야? 어제 거기잖아."

그가 눈을 비비며 자리에 앉자 연이 수건으로 얼굴을 닦으며 들어왔다.

"일어났어? 어서 씻어. 같이 밥 먹게."

"…… 너, 아무 일 없어?"

망량이 머리에 까치집을 이고 뒷목을 긁적이며 물었다.

"무슨 일?"

"아, 그러니까 거시기, 거시기에 아무 일 없냐고."

무슨 말이냐는 눈빛으로 갸우뚱거리는 그녀를 망량은 아래위로 훑어봤다.

"어, 이상하네? 아무 일이 없을 리가 없는데. 야, 너 잠깐 바지 좀 내려봐. 내가 직접 확인을……."

그가 연의 바지춤을 잡아 내리려 하자 그녀가 놀라서 턱을 퍽 걷어찼다.

"이, 이, 이 미친놈아! 뭐하는 짓이야!"

망량이 바지춤을 부여잡은 채 소리를 꽥 지르니 그 목소리가 사랑채에 울렸다. 그는 얼얼한 턱을 부여잡고 일어나 똑같이 소리를 질렀다.

"아, 왜 때려!"

"내가 내 몸에 손대지 말랬지! 지금 어딜 만져! 만지길!"

"너도 내 취향 아니거든! 이게 지금 나를 뭐로 보고 같은 변태로 만들고 있어!"

망량도 지지 않고 화를 내더니 혼자 씩씩거리며 중얼거리기 시작했다.

"그런데 소원이 왜 안 이루어진 거지? 어제 공력을 너무 써서 그런가? 아, 그래도 그럴 리가 없는데. 야, 너 측

간에 가서 너 거시기, 거시기 한 번 더 있는지 없는지 확
인 좀 해봐. 분명히 거시기가 없어져야 되는데, 혹시 원
래 너무 작아서 있는지 없는지 모르는 건……."

연은 더 이상 참을 수가 없다는 듯 망량의 머리를 콱
쥐어박았다.

"정신 좀 차려!"

그녀가 문을 쾅 닫고 나가자 머리를 손바닥으로 비비
던 망량은 억울한 눈으로 말했다.

"영문을 모르겠네. 뭐가 잘못된 거야."

오랜 기억 속으로

"어머, 또 오셨습니까?"

분칠을 잔뜩 한 노파가 백현을 반갑게 맞았다. 얼마 전 돈을 쥐여주면서 향갑 노리개의 행방을 묻고 돌아간 이 젊은 선비가 다시 방문하기를 얼마나 학수고대했던가.

"오늘은 무슨 일로……."

그가 가까이 오라는 손짓을 했다. 그러자 눈치가 빠른 노파가 조용히 문을 닫고 바싹 다가갔다.

"말씀하십시오."

"내 뒤에 미행이 붙었소. 아마 내가 가면 무슨 얘기를 나눴는지 물어볼 거요. 그저 어머니께 선물할 장신구 몇 가지를 사 갔다고 하시오."

노파가 고개를 끄덕이자 백현은 품에서 또 돈 꾸러미를 꺼내 내밀었다.

"그리고 진짜 부탁은 따로 있소."

노파는 얼른 돈 꾸러미는 받아 셌다. 사실 백현을 기다린 데는 다른 까닭이 있었기에 돈이야 얼마를 주든지 상관이 없었다. 그러나 이 도령이 아직은 그런 사정을 알아도 좋을지는 알 수 없었다. 그녀는 승낙의 뜻으로 가볍게 웃었다.

"호호, 무슨 부탁이든 들어드려야죠."

"김무원, 그리고 그의 어머니인 김씨 부인, 그의 외숙부 김지홍, 이 셋의 초상화가 필요하오."

"초상화요?"

노파가 뜻밖의 질문이라는 듯 되물었다. 그는 손가락으로 "쉿" 하고 목소리를 낮추라는 신호를 보냈다.

"그렇소, 얼굴을 알아볼 수 있도록 그림을 그려주시오. 지난번에 그러지 않았소. 이 가게에서 손님 사정에 따라 심부름도 한다고 말이오. 내 알아보니 이곳에서 장신구를 팔면서 간혹 그림을 그려주는 일도 한다고 들었소. 중요한 일이니 꼭 좀 부탁드리오."

노파는 눈썹을 찡긋하더니 일부러 고민하는 표정을

지었다.

"어디에 쓰실 건지 여쭈어도 되겠습니까?"

"사람을 찾는 데 쓰려 하오. 그대에게 해가 될 일은 없을 게요."

노파는 그 말을 속으로 되뇌어보았다.

'사람을 찾는 일이라. 어쩌면 그자의 과거를 알아낼 수도 있겠군.'

"알았습니다. 며칠 여유를 주십시오. 일이 끝나면 그때 기별 넣겠습니다."

"좋소, 누구에게도 이 일을 발설해서는 안 된다는 걸 명심하시오."

"여부가 있겠습니까. 제가 돈을 배신하는 일은 없습니다. 문제는 그 금액이지요, 호호."

노파의 간드러지는 웃음에 그는 무슨 말인지 알겠다는 듯 고개를 끄덕였다.

"만약 초상화를 받으면 내 오늘 준 돈의 갑절을 드리겠소. 그럼 기별 주시오."

백현이 자리에서 일어나 문을 열고 나갈 채비를 했다. 미행이 붙었다더니 과연 그의 말이 옳았다. 저쪽의 다른 손님방에서 한 남자가 발 너머로 그들을 유심히 지켜보고 있는 게 아닌가.

"어머니 생신 선물로 그 노리개 정말 잘 사신 겁니다. 그만한 상품이 없지요, 호호호."

노파는 일부러 들으라는 듯 큰 소리로 백현을 배웅했다. 그녀는 아무 일도 없다는 듯 콧노래를 부르며 자신의 방으로 들어갔다. 그러자 남자가 비녀와 노리개 따위를 보여주며 재잘거리는 여인의 말을 끊었다.

"이보시오. 방금 저 방으로 들어간 노파와 잠깐 얘기 좀 하고 싶소만."

시중을 들고 있던 여자가 의아한 표정으로 그를 훑어 보더니 노파의 방문을 두드렸다.

"손님 하나가 언니를 보자 하는데, 잠깐 들어가도 되겠소?"

노파가 문을 여니 어느새 남자가 문 앞에 서 있었다. 그의 허리춤에 꽂힌 칼이 아무래도 심상치 않았다.

"무슨 일이신지?"

"방금 나간 그 도령 말이오. 여기서 뭘 하고 간 거요? 혹시 무슨 얘기 나눈 거라도 있소?"

남자가 노파의 눈치를 살피더니 허리춤에서 돈을 꺼내 내밀었다. 주머니가 제법 불룩했다.

"호호호! 무슨 일인지 모르겠지만, 그저 어머니 생신 선물로 드릴 노리개 몇 개를 사 가셨을 뿐이라 이 돈 받기가 손부끄럽네요. 별로 얘기라고 할 것도 없었는데 왜 그러십니까? 무슨 문제라도?"

노파는 시치미를 뚝 떼며 돈을 거절했다. 남자는 의심스럽다는 표정이었지만 그렇다고 달리 어쩔 도리도 없어서 그대로 나가버렸다. 그러자 곁에서 지켜보고 있던 여인이 노파의 옆구리를 쿡 찌르며 물었다.

"언니, 저 돈 왜 안 받았소?"

"이년아, 좋다고 다 받아먹으면 탈 나. 그나저나 너 그림쟁이 고 씨 불러다가 일 좀 해야겠다."

"무슨 일 말이오?"

여자가 번거로운 일은 싫다는 표정을 지었다. 노파는 백현에게 받은 돈을 고스란히 그녀의 손에 쥐여주었다.

"너는 김지홍, 그 집에 물건 팔러 간 시늉을 하고, 고 씨는 방물을 지고 간 짐꾼 행세를 하면 된다."

"그게 다요?"

그녀는 받은 돈을 세더니 입이 벌어져서 물었다.

"그 뒷일은 고 씨에게 따로 이를 테니 내 방으로 오라하고."

"알았소, 내 당장 부르겠소. 조금만 기다리시오."

여자가 자발스럽게 뛰어가자 노파가 제 방 안으로 들어가 서랍장 앞에 앉았다.

"이제야 원을 풀 기회가 왔구나."

노파는 그 안에서 나무로 만든 호패를 꺼냈다. 호패에
밴 검은 핏자국은 너무 오래돼서 마치 원래 있는 무늬
처럼 보였다. 노파는 호패를 한번 문질러보았다. 호패에
적힌 검은 세 글자, 장억수. 착한 녀석은 아니었지만 저
잣거리 왈패들 사이에서 제법 의리 있기로 유명했던 막
냇동생의 이름. 실종된 지 10년이 넘었건만 그녀는 여전
히 그리운 듯 그의 이름을 불렀다.

"억수야, 누나가 너를 죽인 그자에게 꼭 복수를 하고
말 거다. 김지홍, 그자에게 꼭 복수를 하고 말 거야."

＊

연과 망량이 월악산으로 갈 차비를 하고 마당으로 나
오는데 그 집 여종이 부리나케 뛰어나왔다.

"저, 의원님. 주인마님께서 인사하시겠다고 잠시만 기
다리시랍니다."

눈치를 보니 노부인이 허둥지둥 답례품을 준비하는
모양이었다. 뭔가 보답을 받으려는 생각은 없었지만 오
늘 아침까지 잘 얻어먹고 인사도 없이 가는 것은 경우가
아니라는 생각이 들었다. 두 사람은 별수 없이 뒷짐을

지고 노부인이 나오기를 기다렸다. 때마침 마당 한편에 있는 창고 문이 열리면서 새로 지은 고운 옷들이 줄줄이 나오는데, 그런 광경은 또 처음이었다.

"와."

연이 호기심 어린 눈으로 탄식하자 곁에 선 여종이 수줍게 말했다.

"어여쁘지요? 여름이 오기 전에 이 모시옷들을 짓느라 다들 고생을 많이 했지요. 드디어 가게에 팔려고 내놓는 거랍니다."

"…… 정말 곱네요."

연이 연노랑 저고리에 다홍치마를 만져보았다. 바삭바삭 소리가 날 듯 얇고 부드러운 옷이었다. 망량은 넋을 잃은 그녀를 멀거니 쳐다봤다.

'여자가 되고 싶다더니. 아이고, 저, 저, 저거 봐라. 아주 그냥 치마를 둘러쓰겠네.'

그때 노부인이 마당으로 나오다가 고운 옷 한 벌을 만지작거리는 연을 발견하고 불쑥 말했다.

"의원님, 그 옷이 마음에 드십니까?"

그녀의 말에 연은 화들짝 놀라 손을 뗐다. 노부인은 괜찮다는 듯이 고개를 끄덕였다.

"고운 옷을 보면 거기에 적합한 임자를 떠올리는 법이

지요. 혹 정혼자가 있으십니까?"

"아, 아하하! 그, 그렇죠. 저, 정혼자 생각이 나서, 하하……."

연이 당황하며 얼굴을 붉혔다. 망량은 속으로 또 놀랐다.

'뭐야, 여자가 되고 싶다더니! 거기다가 정혼자가 있다고? 여자로 변해서 혼인을 하겠다는 건 정혼자가 남자라는 소린데.'

노부인은 여종을 시켜 옷을 보자기에 싸게 하고 그 안에 몇 개의 댕기와 노리개도 같이 넣어 내밀었다.

"의원님, 나중에 정혼자에게 주십시오. 이 옷은 조금 품이 큰 옷이라 맞지 않으면 수선을 해 줄여 입으면 될 겁니다."

연이 손사래를 쳤지만 그녀는 옷 보따리에 얹어 과일과 떡을 담은 보퉁이까지 쥐여주었다.

"별거 아닌 보답이니 거절하지 마십시오. 주지 스님께도 감사하다 꼭 전해주시고요."

노부인이 이렇게까지 감사를 표하니 연도 어쩔 도리가 없어 망량과 짐을 나누어 들었다.

"너, 좋겠다. 입을 옷도 생기고."

망량이 대문을 나오자마자 놀리듯이 말했다. 연은 어

제 괜히 그 약초 얘기를 했나 싶어 그를 노려보았다.

"아, 알았어. 비밀은 지킬게. 나 그렇게 입 가벼운 남자는 아니야. 그런데 너, 정혼자 있다는 거 진짜냐?"

"싫어, 말 안 해. 넌 말하면 자꾸 놀려대고 엉뚱한 짓만 해서 말해주기 싫어."

연이 뾰로통하게 대답했다.

"뭐? 정말 말 안 할 거야?"

"내가 왜 말해야 되는데?"

"내가 네 사정을 제대로 알아야 뭔 소원이든 들어줄 게 아냐?"

연이 픽 웃었다. 어젯밤 일을 농으로 생각하는 것이 분명했다. 망량은 그녀의 옷 뒷덜미를 쑥 집어 올렸다.

"뭐하는 거야!"

연이 버둥거리니 동그란 얼굴이 댕글댕글 저고리 동정에 걸려 우습기 짝이 없었다. 망량은 재미있는지 킥킥대고 웃었다.

"이거 못 놔!"

두 팔을 내젓지만 망량이 키가 원체 큰 지라 닿지가 않았다. 지나가던 행인들이 입을 가리고 웃는 모습이 보이자 연의 얼굴이 빨개졌다.

"빨리 놔! 사람들이 보잖아!"

"좋아, 이제 바른 대로 말할 생각이 들어?"

"알았어, 알았다고. 말하면 되잖아."

그녀로부터 억지로 다짐을 받고서야 망량은 옷을 놔주었다. 연은 목을 컥컥거렸다.

"치사해. 이건 반칙이라고."

"약속을 지키라고."

연이 옷매무새를 바로잡으며 짜증스럽게 물었다.

"내 정혼자가 왜 궁금한데?"

"내가 어제 진언을 외었는데도 너한테 아무 변화가 없었다는 건 네 소원이 뭔가 잘못됐다는 소리야. 다시 말해 그게 진짜 네 간절한 소원이 아니라는 거지. 난 네 진짜 소원을 들어주기 위해 너에 대해 좀 더 자세히 알아야겠어."

망량의 말에 연은 얼굴을 찌푸렸다.

"뭐? 소원을 진짜 들어주겠다고? 나 참."

"어허! 방금 말해주기로 약속했잖아!"

망량이 다시 연의 목덜미를 잡으려 하자 그녀가 손을 막았다.

"말해줄게, 말해주면 되잖아. 정혼자가 있긴 해. 집에서 억지로 혼인시키려는 정혼자가……."

연은 말을 흐리더니 작은 목소리로 힘없이 대꾸했다.

"그런데 그 사람은 내가 지금 어떤 처지인지 잘 모르고 있어."

망량은 다시 놀란 얼굴로 물었다.

"뭐야, 그러니까 정혼자가 있는데 그 사람은 여자고, 네가 약초를 먹으려는 것도 모른다는 말이야?"

"그래."

그는 골똘히 생각하더니 자신만의 엉뚱한 결론에 도달했다.

"그럼 혼인을 피하기 위해서 그 약초를 먹으려는 거야?"

틀린 추측이었다. 그러나 맞든 틀리든 무슨 상관인가. 어차피 그에게 자신의 비밀을 털어놓을 수는 없었다. 일이 무사히 끝날 때까지 어머니와 백현, 그 둘을 제외하고 그 누구에게도 자신의 정체를 함부로 발설해서는 안 된다.

"그러니까……."

망량은 계속 질문을 하려다가 그녀의 얼굴을 보았다.

"그만해."

시무룩한 표정, 그 커다란 눈에서 금방이라도 눈물이 떨어질 것 같았다. 그녀는 입술을 꾹 다물고 봇짐을 힘주어 메더니 성큼성큼 앞장서서 걸어갔다. 애써 괜찮은

척했지만 뒤에서 보니 소맷자락으로 이따금 얼굴을 쓱쓱 문지르고 있었다.

'우, 우는 거야? 사내새끼가 뭣 좀 물어봤기로서니 눈물이나 흘리고. 여자가 되고 싶다더니 진짜 계집애나 다름없구나.'

망량은 미안한 생각이 들었는지 품을 뒤적여 손수건을 꺼냈다.

"자, 받아. 뭘 그런 걸로 우, 울고 그러냐?"

망량은 눈물을 흘리는 연의 손에 억지로 손수건을 쥐여주었다.

"어서 받아. 너 콧물 나온다."

그녀가 손수건을 받아 얼굴을 닦자 망량이 딴청을 피우며 말했다.

"애도 아니고 콧물이나 흘리고 말이야."

그런데 순간 기분이 이상했다. 언제 이 비슷한 일이 있었던 것 같은데 그게 언제였을까. 도무지 생각이 나지 않았다.

"기시감旣視感인가……."

망량은 뒷목을 쓱쓱 긁고는 웃어넘겨버렸다.

*

　해온은 힘없이 요사채 마루에 앉은 연을 쳐다보며 고
개를 갸우뚱했다. 아무리 생각해도 영문을 모르겠다. 환
자를 잘 치료해서 답례품으로 떡과 과일까지 받아 왔는
데 어째 말도 없고 기운도 없을까? 그는 오후 내내 연의
눈치를 살피다가 망량을 찾았다. 그는 주고에서 수수떡
을 훔쳐 먹다가 놀란 눈으로 그를 쳐다봤다.

　"이, 이거 두, 두 개밖에 안 먹었어."

　해온이 눈으로 수수떡이 담긴 광주리를 살피더니 한
심하다는 표정을 지었다.

　"나 참, 이게 뭡니까? 이게."

　그는 수수떡 중 큰 토막들을 여러 개로 나누어 잘랐다.

　"담부턴 이렇게 개수를 맞추라고요. 안 그러면 바로
들통 나니까."

　그도 공범이 되어 떡 한 조각을 입에 쏙 넣고 오물거렸
다. 망량은 가슴을 쓸어내리며 물었다.

　"뭐야? 놀랐잖아."

　해온이 킥킥 웃었다.

　"의외로 간이 작네요. 그런데 마을에서 무슨 일이 있
었어요? 이연 도련님이 하루 종일 기운이 없는데 혹시

또 무슨 사고 친 건 아니지요?"

망량이 그의 머리를 쥐어박았다.

"쪼그만 게. 내가 뭐 사고 칠 사람으로 보이냐?"

해온은 머리를 문지르며 망량에게 대들었다.

"아, 그래 보이니까 그러지요. 광질 환자 아니면 사고 칠 일이 뭐가 있어요?"

"이게 진짜 보자 보자 하니까."

망량이 해온에게 덤비려는 그때 공양주가 싱글벙글한 얼굴을 하고 주고로 들어왔다.

"해온아, 원주 스님(院主 : 절의 살림살이를 맡은 승려)이 오늘 날씨도 덥고 하니 저녁 예불은 하루 쉬고 계곡으로 목욕 가자고 하시는구나."

"정말요? 와, 신난다."

그는 얼굴에 함박웃음이 걸려 방방 뛰더니 연에게 쫓아갔다. 틀림없이 울적한 이연 도령도 이 소식을 들으면 기분이 풀리리라.

"도련님, 어서 목욕 갈 준비하세요. 오늘 저녁 예불 안 하고 계곡으로 다 같이 목욕 가신대요."

그러나 연의 표정은 별반 달라지지 않았다.

"목욕요? 아닙니다. 저는 됐어요."

"기분 전환도 할 겸 같이 가면 좋잖아, 같이 가."

어느새 망량도 나와서 말을 거들었지만 그녀는 손사
래를 치고 자리를 떠버렸다.

"왜 안 가신다는 거죠?"

해온은 이해를 못하겠다는 얼굴이었다. 망량이 씁쓸하
게 말했다.

"겉모습은 남자라도 속은 그게 아니거든."

"네?"

"그러니까 이게 다 저 녀석이 변…… 아, 아니다. 그런
게 있어, 인마."

그는 대충 얼버무리고 연을 쫓아갔다. 어제 그녀가 울
었던 일이 찜찜했다.

"야, 기분 푸는 데는 목욕이 최고라고. 날도 더운데 이
럴 때 씻으면 좀 좋아? 같이 씻는 게 그러면 우린 계곡
으로 갈 테니까 반대편에 있는 월광폭포에 가면 되겠네.
거기는 선녀들도 목욕을 하러 온다고 할 정도로 경치가
끝내주는데."

"월광폭포……."

연이 풀 죽은 듯이 되뇌었다. 그때 멀리서 해온이 손을
흔들었다.

"지금 계곡으로 출발한다고 차비하고 나오래요!"

"그럼 난 간다."

망량이 승려들과 목욕 차비를 마치고 절 밖으로 사라졌다.

"목욕이라……."

연은 방 안에서 목욕에 쓸 물건 몇 가지를 챙겨 나왔다.

"그래, 기분이 우울할 때는 목욕도 괜찮지. 선녀도 온다는데 오죽 좋겠어?"

터벅터벅 절 문을 나서는데 어느새 날이 저물어 월광이라는 이름에 걸맞게 달이 창창한 밤이 되었다.

한편 망량은 계곡에서 해온과 물놀이 삼매경이라, 서로 물장구를 치고 잠수 내기를 하며 신 나게 놀고 있었다.

"허허, 수박 좀 먹고 노시오."

공양주 스님이 시원한 수박 한 통을 갈라 계곡 바위에 올려놓자 두 사람이 얼른 물가로 뛰쳐나왔다.

"참 달고 좋다!"

망량이 수박을 한입 베어 물며 만족스러운 표정을 지었다. 바로 그때였다. 여러 마리의 종달새가 망량의 머리 위를 지나가는데, 그 지저귀는 소리에 망량의 표정이 순식간에 변했다. 무슨 청천벽력 같은 소리라도 들은 걸까. 그는 손에 들고 있던 수박까지 툭 떨어뜨렸다.

"아까운 수박을 왜 떨어뜨리고 그래요?"

해온이 그를 살피니 눈빛이 요상했다.

"나, 나 먼저 가봐야겠다. 스, 스님들 천천히 목욕하시고 오십시오. 머, 먼저 가보겠습니다."

"아니, 왜 그러십니까? 수박 좀 더 들고 가시지요."

원주 스님이 망량에게 좀 더 있다 가라 권했지만 그는 다급한 얼굴로 부리나케 옷을 입었다.

"다, 다음에요."

반대편으로 쏜살같이 달음박질치는데 숨이 점점 가빠왔다. 그는 헉헉대다가 겨우 숨을 몰아쉬고 휘파람을 불었다.

"어서, 어서, 어서."

뭐가 그리 급한지 그가 안달복달하자 종달새들이 바람처럼 날아왔다. 망량은 종달새 소리에 귀를 기울이더니 알쏭달쏭한 웃음소리를 냈다.

"으흐흐!"

그는 침을 꿀꺽 삼켰다.

"그, 그래. 월광폭포에 선녀가 왔단 말이지. 으흐흐. 선녀가 다 벗고, 흐흐흐. 모, 목욕을 하고 있다고. 으흐흐. 이게 무슨 일이야."

망량은 입을 헤벌리고 슬금슬금 바위틈에 숨어 폭포를 향해 다가갔다. 교교하게 흐르는 달빛 아래에 반딧불이 불을 밝히고 폭포는 그림처럼 흐르는데 그 물 속에 누군가 있었다.

"어디 보자, 어디 보자."

망량이 눈을 부릅뜨고 조금씩 자세를 낮추어 다가갔다. 검고 긴 머리카락이 등을 가렸지만 하얀 피부에 가느다란 허리, 둥그런 엉덩이가 예사롭지 않았다.

"우와."

망량이 입을 떡 벌리고 쳐다보니 여인의 반쯤 잠긴 뒷모습에 정신이 아찔했다.

"그, 그래. 이제 돌아봐. 돌아보라고."

여인이 살며시 돌아서자 망량은 거의 심장이 튀어나올 지경이었다.

"여자는 가슴이 커야……."

기대에 찬 눈을 반짝이며 뚫어져라 쳐다보는데 머리카락에 가려 정작 가슴은 안 보이고 선녀의 비껴 선 얼굴만 드러났다. 맙소사! 망량은 숨이 턱 막혔다. 선녀라고 믿은 그 여인은 이연, 그 변태 녀석이 아닌가. 그는 얼른 돌아섰다.

"뭐, 뭐야. 이, 마, 망할 종달새 녀석들이 눈이 발에 달렸나. 남자, 여자 구분도 못 하고 어디서 거짓 정보를……."

망량은 얼굴이 화끈거리고 심장이 벌떡벌떡했다. 그런데 바위틈에서 난 이 웅얼거리는 소리가 너무 컸던가!

"꺄아악!"

연이 비명을 질렀다. 그녀는 물속으로 몸을 감추고 바위틈을 노려봤다.

"거, 거기 누구요!"

망량은 안절부절못하고 고개만 푹 숙였다. 그런데 아까부터 코에서 뭔가 뜨뜻한 게 흐르는 느낌이 들었다. 이런 상황에 갑자기 왜 콧물이 흐르나 해서 쓱 닦는데 이게 무슨 일인지. 코에서 콸콸 흐르는 것은 다름 아닌 코피 아닌가!

'내, 내가 지금 저, 저놈 벗은 뒷모습을 보고 코피가, 코피가 터진 거야? 이, 이럴 순 없다고. 저 녀석에게 월광폭포로 가보라고 한 게 난데, 내가 코피를 흘리면서 저 녀석 목욕하는 걸 훔쳐보다가 걸리면…… 아, 안 돼.'

머릿속이 깜깜해진다.

'도망쳐야 해!'

그가 주춤거리며 도망치려는 순간 뒤에서 연의 목소리가 들렸다. 겁에 잔뜩 질린 목소리였다.

"귀, 귀신이오! 사람이오!"

망량은 그냥 내빼려다가 울먹이는 목소리에 걸음을 멈췄다. 축 처진 작은 어깨와 울 것 같던 얼굴이 떠올랐다.

'월광폭포로 가라고 등 떠밀어놓고 이게 무슨 짓이

냐?'

그는 손수건을 꺼내 콧구멍을 막고 한숨을 폭 쉬었다.

'그래, 내가 등신이다 등신이야.'

망량은 애써 목소리를 가다듬고 그녀가 잘 들을 수 있도록 크게 말했다.

"찌찍찍, 찍찍."

혼신을 다해 쥐 소리를 흉내 내자 연이 그 소리에 고개를 갸우뚱했다.

"찍찍, 찍찍."

그는 일부러 쥐가 다니는 모양으로 풀을 흔들면서 더욱 열심히 시늉을 했다.

"사, 산쥐구나."

연의 말이 떨어지자마자 망량은 뒤도 돌아보지 않고 산을 타고 내려왔다. 방으로 돌아와 겨우 자리에 눕자 한 10년쯤 고생을 하고 돌아온 듯했다.

"내가 죄를 많이 지어서 이 고생을 하는구나. 이게 다 내 업이다, 업."

그런데 정작 그의 머릿속에는 연의 모습이 떠나지 않았다. 하얀 피부에 검고 긴 머리칼, 날씬한 허리와 둥그런 엉덩이.

"아니야!"

그는 벌떡 일어났다.

"난 그, 그런 취향은 없다고. 그, 그냥 남자새끼가 너무 계집애 같아서, 노, 놀라서 그래."

망량은 스스로에게 변명이라도 하듯 중얼거리더니 또 코피가 터진 것은 아닌지 코를 한번 쓱 닦아보았다. 다행히 코피는 멈췄지만 소맷자락이 온통 피투성이었다.

"이, 이런 건 어서 씻어버리는 게 낫겠어."

그는 개운치 않은 표정으로 주고 옆에 있는 우물가로 뛰어가 윗도리를 벗었다.

"종달새 이놈들, 선녀 같은 소리 하고 앉았네. 눈먼 봉사 같으니라고."

그는 우물에서 물을 퍼 윗도리를 박박 문질러 빨았다. 머리에 연이 떠오를 때마다 옆에 있는 나무 방망이도 부서져라 쳤다.

"밤에는 역시 올빼미, 부엉이 말이나 믿을까. 당최 종달새는 믿을 녀석들이 못 돼."

망량이 구시렁거리는데 마침 목욕을 마치고 돌아오던 연이 그 곁으로 다가왔다.

"어? 여기서 뭐하는 거야? 목욕은?"

그녀의 물음에 망량이 심통이 가득한 볼때기로 일어났다.

'이게 다 네가 너무 곱상하게 생겨서 그런 거잖아!'

목구멍까지 화가 올라왔지만 어쩌랴. 그는 괜히 성질만 버럭 냈다.

"아, 몰라!"

"뭐야, 왜 화를 내고 그래?"

그녀의 핀잔에 뭔가 억울하고 분할 뿐이었다. 그는 대뜸 자신의 굵은 팔뚝을 내보였다.

"애송이, 너. 이런 거 없지?"

윗통을 훌훌 벗고 있었지만 쪼그리고 앉아 있으니 그런가 보다 했는데, 자리에서 일어나 몸을 자랑하니 과연 6척 장신의 떡 벌어진 어깨와 근육으로 다져진 몸에서 사내 냄새가 풀풀 났다. 연이 얼굴을 붉히며 주춤했다.

"뭐, 뭐하는 거야."

"남자가 이 정도는 근육이 있어줘야 그게 남자야. 알겠냐? 마른 멸치?"

그는 이번에는 복근을 자랑했다.

"자자, 만져보라고. 너도 사내라면 이 정도는 돼야 하는 거야."

"저, 저리 치워."

연이 고개를 돌리려고 하자 그가 손목을 확 그러잡았다.

"만져보라니까. 너 같은 마른 멸치도 열심히 힘을 쓰

면 나처럼 될 수가……."

"됐다고!"

연이 그의 손을 홱 뿌리쳤다. 그런데 아차차! 손에 들고 있던 목욕 용품들이 바닥에 와락 떨어졌다. 그중에서도 대나무 통에 넣어둔 조루(팥, 녹두로 만든 가루비누)가 거의 다 쏟아져버렸다.

"이런."

젖은 우물 바닥에 조루가 그대로 녹아내리고 있었다. 두 사람은 서로 통을 주우려고 허리를 숙였다. 콩, 이마가 부딪히는 두 사람. 서로 놀라며 주춤하는데 순간 바닥이 어찌나 미끄러운지!

"어, 어, 어!"

연이 허공에 대고 양팔을 휘두르자 망량이 두 팔을 덥석 잡았다. 그러나 이미 중심이 뒤로 넘어가버리니 어쩌랴! 두 사람은 그대로 훅 엎어졌다.

"으엇!"

등허리가 얼얼해서 가만히 눈을 뜨는데 백지 한 장 차이로 두 입술이 닿을 듯했다.

"헉!"

웬 입김이 이리 뜨거운가. 서로의 눈동자를 쳐다보는데 시간은 멈춘 듯하고 정신은 멍해졌다.

"뭐, 뭐, 뭐야!"

연이 비로소 정신을 차리고 후다닥 일어섰다.

"그, 그러니까 내가 돼, 됐다고 했는데 왜, 왜 그러냐고. 나, 난 피, 피곤해서 머, 머, 먼저 들어갈게. 씻던 거 마, 마저 씻고 자. 흠! 흠!"

더듬더듬 뭐라고 말은 하는데 당최 뭔 소리를 하는 건지. 연이 홍당무처럼 벌개져서 제 방으로 뛰어갔다. 망량은 엉거주춤 일어났다.

"저, 저놈 색기에 내가 홀리는 중인가."

중얼거리는 망량의 코에서 또 뜨뜻한 뭔가가 떨어졌다. 아까 겨우 멈췄나 싶었던 코피가 또 터졌다. 그는 손수건을 꺼내 한쪽 콧구멍에 쑤셔 넣고 하늘을 올려다보았다.

"나 진짜 광질 맞나 보다. 이건 미친 거야, 미친 거."

정신이 멀쩡하지 않은 것은 연 또한 마찬가지였으니, 방 안에 들어와 앉긴 했으나 연방 망량의 벗은 몸과 눈앞까지 다가왔던 그의 얼굴이 어른어른했다.

"나, 난 부, 불경한 생각 따위 하지 않아."

그녀는 고개를 세차게 흔들며 서안 위에 놓인 의학 서적을 펼쳤다. 그러나 글자는 눈에 들어오지 않고 얼굴에 열만 발끈 올랐다. 환자들의 치료를 위해 남자의 벗은 몸을 본 게 한두 번도 아니고, 이제껏 남자들과 공부하고 어울리며 살아왔다. 새삼스럽게 가슴이 왜 두근거리는 건가.

"뭐지? 기분이, 기분이 좀 이상해."

한 번도 여자로 살아보지 못했기 때문일까. 처음으로 이성에게 느끼는 미묘한 감정이 그녀의 가슴을 파고들었다.

*

"그림을 생각보다 빨리 구했군요."

백현의 말에 노파가 빙긋 웃었다. 그녀가 방 한쪽 서랍장에서 작은 두루마리 세 장을 꺼냈다.

"김지흥과 김 생원의 초상화를 그리는 거야 쉬운 일이지만 그 집 안방마님을 뵙는 건 어려웠습니다. 사람 둘을 방물장수로 위장하고 문지기와 여종까지 매수하느라 애를 좀 썼지요."

그는 주머니에서 돈을 꺼냈다.

"고생했군. 지난번에 약속한 금액에 그대의 수고를 생각해 조금 더 얹었네."

노파는 돈을 세더니 흡족한 얼굴로 두루마리 세 장을

건넸다. 두루마리를 펼쳐 얼굴을 확인해보니 그림이 훌륭했다.

"쇤네가 마지막으로 하나 여쭈어도 되겠습니까?"

백현이 그림을 챙겨 넣다가 그녀를 쳐다봤다.

"도련님의 심부름으로 인해 쇤네가 피해를 입지 않으리라 약조해주실는지요?"

그가 허허 웃었다. 오히려 바라던 바였다.

"자네가 내 심부름을 해줬노라고 떠들고 다니지만 않는다면 어떤 피해도 없을걸세. 내가 그림을 어디서 얻었는지 발설할 일은 없을 테니."

둘 다 속셈은 다르지만 어찌 됐든 마음이 놓였다.

"다행이군요. 오늘은 미행이 붙지 않았습니까?"

노파가 농이 섞인 말을 던지자 그도 조용히 웃었다.

"오늘은 미행을 따돌리느라 머리를 좀 썼다네. 아마 여태 성균관에서 수업을 듣는 줄 알걸세. 아무튼 자네 도움은 잊지 않겠네. 혹 또 일이 생기면 그때 찾아오지."

백현이 일어났다.

"살펴 가십시오."

노파는 그가 떠나자마자 문간에 대기하고 있던 작은 여종을 급히 불렀다. 여종이 총총히 달려오자 그녀는 돈을 얼마 쥐여주며 당부했다.

"방금 나간 도령이 어디로 가는지 쫓아야 한다. 눈치가 빠르니 절대 가까이 가거나 의심을 사서는 안 된다. 너는 그저 저 도령이 어디로 가는지만 알아 오면 되느니라."

여종이 야무지게 고개를 끄덕이고는 잽싸게 쫓아 나갔다. 노파는 돈 꾸러미를 흔들어보았다.

"그림을 받을 사람, 그 사람이 김지홍의 과거를 아는 사람이겠지. 과연 그자가 누구려나?"

한편 백현은 한번 따돌린 미행이 또 붙었으리라고는 꿈에도 생각지 못하고 자신의 목적지로 향했다.

'필시 연이의 어머님은 무원이 누구인지, 왜 연이를 해치려는지 아실 거야. 지금으로선 이 초상화만이 유일한 열쇠야.'

그는 이 대감의 집에 도착하자마자 행랑채에 최씨 부인을 뵈어야겠다고 전했다. 몸종으로부터 소식을 전해 들은 최씨 부인은 의아한 생각이 들었다.

'지금 연이가 여기에 없다는 걸 모르진 않을 텐데 무슨 일로 날 찾아온 거지?'

그녀는 곧바로 백현을 방으로 들였다. 그는 공손히 절하고 나서 발 너머 자리에 앉았다.

"나를 찾은 이유가 뭔가? 연이가 없다는 건 잘 알 텐데."

백현은 도포 속에서 작은 두루마리 세 장을 꺼내 내밀었다.

"이자들을 아십니까?"

그녀는 몸종을 시켜 두루마리를 가져오게 한 뒤 풀어 보았다.

"이게 뭔가?"

중얼거리며 첫번째 두루마리를 펼치니 한 젊은 남자의 초상화가 나왔다. 그러나 암만 봐도 모르는 얼굴. 그녀는 두번째 두루마리도 펼쳤다. 순간 그녀는 자신의 눈을 의심했다. 섬뜩한 표정과 그늘진 야욕이 비치는 남자, 세월이 흘렀지만 그는 지흥이 틀림없었다. 그녀는 세번째 두루마리도 펼쳤다.

"아……."

그녀는 자신도 모르게 탄식을 내뱉었다. 크고 검은 눈동자에 붉은 입술과 특유의 붉은 점. 초상화 속의 화려한 여인은 20년 전 도망친 강씨 부인이었다. 최씨 부인은 떨리는 손으로 초상화를 내려놓았다. 숨이 가빠졌다. 백현이 어찌 이들의 두루마리를 가져왔단 말인가.

"개, 개똥이 넌 좀 나가 있어라."

그녀는 예사롭지 않은 감에 몸종부터 물렸다. 문이 닫히고 최씨 부인이 발을 걸었다. 그녀가 그를 정면으로 응시했다.

"이게 어디서 난 건가?"

백현이 단호한 목소리로 대답했다.

"지금 연이가 위험합니다."

"그게…… 무슨 소리인가?"

최씨 부인의 두 눈동자가 불안하게 흔들렸다.

"연이가 떠나던 날 밤, 화적패로 위장한 자들의 습격이 있었습니다. 다행히 위기는 모면했지만 그게 끝이 아니었습니다. 그들이 남긴 단서를 조사하다가 정체가 수상쩍어 뒤를 캤는데, 이자들이 나오더군요. 이들과 무슨 사입니까?"

최씨 부인은 숨이 턱 막혔다.

"습격? 연이를 해치려고 했다고?"

"네."

"연이는? 연이는 무사한가?"

"연이는 무탈하게 떠났지만 자세한 사정은 전혀 모릅니다."

그녀는 간신히 두 팔로 바닥을 짚었다.

"두루마리 족자 속의 여자, 이 여자는…….."

백현이 다음 말을 기다리며 침을 삼켰다.

"돌아가신 이 교수 나리의 후실이었네."

그는 오래전 들은 소문을 떠올렸다.

"집에 불을 지르고 재산을 들고 도망갔다는……."

최씨 부인이 천천히 고개를 끄덕였다.

"죽은 줄 알았던 사람들이 어떻게…… 이게 어떻게 된 일인가……."

"이들 세 사람은 지금 한양에서 버젓이 양반 행세를 하며 살고 있습니다. 지홍이라는 자는 고리대금업으로 모은 재산도 어마어마하고요. 여기 이 젊은 남자는 김 생원으로, 이 집의 장남입니다. 그가 바로 얼마 전 화적 패로 위장하여 연이를 죽이려 한 장본인이지요. 그가 왜 그런 짓을 저질렀는지 혹 아십니까?"

최씨 부인의 얼굴은 새파랗게 질려 있었다. 죽었는지 살았는지 생사조차 알 수 없던 사람들이 어느 날 또다시 자신과 연의 인생을 송두리째 뒤엎으려고 한다. 하필이면 지금!

"이, 이들 오누이는 시아버님께 쌓인 게 많은 사람들이네. 만약 나와 연이가 없었더라면 그들이 이 집의 다음 주인이 되었을 거야. 그래서 연이가 태어나기도 전에 우릴 없애려고까지 했지."

백현은 연을 떠올렸다. 그녀가 남장 여자로 살아올 수밖에 없었던 이유가 가슴에 와 닿았다. 아마 연이 계집이라는 게 밝혀졌더라면 모녀의 운명은 지금과는 달랐으리라.

"그들이 연이를 죽이려 한다면 이유는 하나뿐이야. 다시 돌아오려는 걸세. 그런데 하필 왜 지금……."

최씨 부인은 어찌해야 할지 모르는 얼굴로 중얼거렸다. 백현 역시 해법이 없었다. 관군을 풀자면 연의 행방을 알려야 한다. 외가에 수학하겠다고 떠난 사람이 월악산으로 간 이유를 어떻게 설명할 건가. 게다가 관군을 동원하여 무사히 연을 데리고 온다 해도 약초를 구하지 못하고 돌아오게 된다면 이 모든 일이 다 허탕이다. 신고를 할 수도 없고, 그대로 둘 수도 없으니 어쩌랴.

"김 생원은 연이를 반드시 찾아내 해치려고 할 겁니다. 그들은 연이의 행방을 알아내기 위해 저에게 미행까지 붙였으니까요. 지금으로서는 달리 방도가 없습니다. 제가 직접 월악산으로 가서 연이를 데려오겠습니다."

"자네, 연이가 월악산으로 간 걸 어떻게 아는 건가……."

최씨 부인이 놀란 얼굴로 말했다.

"화적패로부터 연이를 지키려다 우연히 알게 되었습니다. 연이는 제 혈육이나 다름없습니다. 비밀을 지킬 테니 마음 놓으십시오."

"자, 자네가……."

비밀을 다 들킨 그녀의 얼굴은 당혹스러웠다. 그를 어디까지 믿을 수 있을까. 한순간 마음의 갈등이 눈동자를 스쳤다.

"저를 믿어주십시오. 연이가 여인으로 남는다고 하더라도 제가 먼저 등 돌리는 일은 없습니다."

최씨 부인은 단호한 그의 결의를 읽었다.

"위험할지도 모르는 부탁을 하려니 자네에게 면목이 없구먼. 그러나 자네마저 없다면……."

백현은 그녀의 마음을 헤아린다는 듯 고개를 끄덕였다. 이제 그가 향해야 할 목표가 정해졌다. 월악산, 당장 달려가야 할 곳이었다.

*

설희는 가마 속에서 소중하게 가지고 온 비단 꾸러미를 풀어보았다. 책방 주인에게 어렵게 부탁하여 겨우 손에 넣은 과거 시험 족보였다. 그러나 이제 별 소용이 없는 물건일지도 모른다. 그녀는 자신을 딱하게 쳐다보던 이연의 외숙모를 떠올렸다.

"이연 도련님이 외가로 수학을 하러 오신 적이 없다……."

느닷없는 혼인과 과거 시험으로 그 또한 얼마나 애가 탈까. 미안하고 착잡한 심정으로 왔는데, 사람이 없다니. 과거 시험을 치르겠다며 수학을 떠난 사람이 어딜 갔단 말인가.

"설마 도망친 건⋯⋯."

설희는 고개를 저었다. 아무리 생각해도 연이 그럴 사람은 아니었다.

'분명 무슨 일이 있는 게야. 도련님 댁에 들러 무슨 일이 있으신 건 아닌지 여쭤야겠어.'

그녀는 가마의 창문을 열고 말했다.

"언년아, 가마꾼들에게 이연 도련님 댁으로 가자고 해라."

가마는 제 주인의 마음만큼이나 빨리 도착했다. 언년이는 이연의 집에 도착하자마자 대문 앞에서 사람을 불렀다. 설희가 초조한 마음으로 사람이 나오기를 기다리는데 공교롭게도 기다렸다는 듯이 대문이 열렸다.

"그럼, 살펴 가세요."

대문 안에서 누군가 하인의 배웅을 받으며 나왔다. 키가 크고 이목구비가 훤칠한 남자, 어디서 봤는지 낯이 익다. 그때 하인이 언년이에게 물었다.

"누구십니까?"

"윤 참판 나리 댁의 설희 아가씨가 대감마님을 뵈러 오셨소. 어서 안내해주시오."

언년이의 말에 백현은 곁에 선 여인을 돌아보았다.

"이런, 오늘은 대감마님께서 출타 중이셔서 안 계신데. 내일 다시 오십시오."

설희가 그 말을 듣고 언년이에게 눈짓을 했다. 이연의 행방을 물어보라는 뜻이었다.

"그럼 혹시 이연 도련님은 어디 계시오? 아가씨께서 전하실 물건이 있어 그러는데."

행랑채 몸종이 허허 웃었다.

"이연 도련님요? 외가에 가신 걸 모르셨습니까?"

뻔히 아는 걸 왜 묻느냐는 얼굴이었다. 언년이가 골이 난 표정으로 중얼거렸다.

"외가에는 방금 다녀오는 길인데 분명 그곳에는 안 계신다고……."

백현은 가려던 발걸음을 멈추었다.

'설희 아가씨가 연이의 외가댁에 갔단 말인가? 연이를 만나지 못하고 곧바로 이 대감 어르신을 뵈러 왔구나. 왜 연이가 외가에 없는지 묻기 위해 온 게 분명하다. 이 대감 어르신이 이 사실을 알면…… 그렇게 되면 연이 왜 월악산에 갔는지 추궁당하게 될 게 뻔해.'

행랑채 몸종이 난처한 표정을 지었다.

"그럴 리가 있겠습니까. 뭔가 잘못 아셨나 봅니다. 대감마님을 뵈시려면 내일 오전 중에 다시 오십시오."

그가 문을 닫자마자 백현이 설희에게 불쑥 말을 걸었다.

"저, 연이를 찾으시는 겁니까?"

설희가 장옷 사이로 그를 쳐다봤다. 남자와 눈이 마주치자 그제야 그녀도 그가 누구인지 알아차렸다.

'방물장수 가게에서 보았던 분이구나. 이연 도련님이 형님이라 부르던…….'

어쩌면 이 사람은 연의 행방을 알지도 모른다.

"네, 그렇습니다."

백현이 낮은 목소리로 은밀하게 말했다.

"저는 이연과 동문수학한 송백현이라 합니다. 잠시 저와 얘기를 나누실 수 있겠습니까? 연의 행방에 대해 긴히 말씀드릴 게 있습니다."

설희는 그의 말이 수상쩍었으나 긴히 나눌 얘기가 뭔지 호기심이 당겼다. 둘은 사람이 없는 한적한 정자를 찾아 자리를 옮겼다.

"외진 곳으로 모셔 송구하오나, 매우 긴한 얘기입니다. 주위를 물러주십시오."

백현의 요구에 그녀는 언년이도 물렀다. 무슨 얘기를

하려고 이렇게나 뜸을 들이나 싶던 차에 그가 먼저 말문을 열었다.

"오늘 이연 도련님의 외가댁에 다녀오셨습니까?"

"네, 그런데 처음부터 오신 적이 없다 하시더군요. 그래서 필시 무슨 사정이 있지 싶어 이 대감마님께 여쭈러 왔습니다."

백현은 가슴이 철렁 내려앉았다. 그의 예상이 적중했다.

"도련님께서는 지금 이연 도련님이 어디에 계시는지 아십니까?"

그녀의 표정이 매서웠다. 그는 말문이 막혔다. 일단 그녀를 불러오기는 했는데 뭐라고 둘러댈 것인가!

"…… 연이는 지금, 지금……."

"지금 어디에 계시다는 겁니까?"

그녀가 답답하다는 듯이 되물었다.

"말씀드릴 수 없습니다."

설희는 인상을 찌푸리며 노여운 목소리로 말했다.

"지금 무슨 말씀하십니까? 아까 이연 도련님의 행방을 알려주겠다고 해놓고서……. 아무래도 제가 사람을 잘못 본 모양입니다. 돌아가겠습니다."

그녀가 돌아서려고 하자 백현이 다급한 목소리로 말했다.

"연이가 어디 있는지는 말씀드릴 수가 없습니다. 그러나 아가씨와의 혼약도, 과거 시험도 모두 거짓이 아닙니다. 아가씨께서도 연이의 됨됨이는 아실 겁니다. 사정이 있어 그러하니 한 번만 믿어주십시오. 제가 지금 연이의 사정을 낱낱이 다 설명을 드릴 수는 없습니다. 그러나 만약 연이가 왜 외가에 없는지를 이 대감 어르신께 따져 묻는다면 곧 연이가 큰 곤경에 빠지게 될 겁니다."

설희가 웃었다. 교묘한 말장난이 아닌지 의심하는 눈초리였다.

"아까는 행방을 말씀해주겠노라 하고선 어째서 숨기려 하시는지요? 떳떳하다면 어찌 말씀을 못 하십니까?"

그녀의 대꾸에 백현의 말문이 또 막혔다. 설희는 더 들을 가치도 없다는 듯 냉정하게 돌아섰다. 그는 급한 마음에 어쩔 줄 몰라 냅다 손목을 잡았다.

"이게 무슨 짓입니까?"

설희가 화가 잔뜩 난 얼굴로 노려봤다.

"제발, 부탁입니다. 만약 일이 잘못되면 연이의 목숨이 위험해집니다."

백현이 애원하듯 말했다. 그녀는 자신의 손을 잡은 그의 손이 떨리는 것을 느꼈다.

'이 사람, 뭐지…….'

설희가 차갑게 말했다.

"이 손 놓으십시오."

"소, 송구합니다."

그가 손을 놓자 그녀는 가시 돋친 목소리를 거두었다.

"도련님의 목숨이 위험해진다? 좋습니다. 이 대감 어르신께 이 일을 여쭙지 않겠습니다. 그러나 순순히 그 말만 믿고 따를 의향은 없습니다. 도련님께서 돌아오시지 않는다면 저야말로 큰일이니까요. 시집도 못 가보고 비구니가 될 수는 없지 않습니까?"

설희는 단호하게 말했다.

"도련님께서는 이연 도련님의 행방을 알고 계시니 내일 저를 그곳으로 데려다 주십시오."

설희의 생각지도 못한 말에 백현은 소스라치게 놀랐다.

"네? 거기는 멀고 험합니다. 아가씨께서 가실 만한 곳이 아니에요. 게다가 참판 나리께는 뭐라고 하실 작정입니까?"

"이연 도련님의 합격을 기원하기 위해 불공을 드리러 가겠다고 하면 별말씀 없으실 겁니다."

"하, 하지만……."

설희가 그의 말을 잘랐다.

"싫다면 없던 얘기로 하지요. 저 역시 이 대감님께 여쭈면 금방 해결될 일이니 말입니다."

백현은 입이 바짝바짝 말랐다. 고집불통의 이 아가씨를 어떻게 한단 말인가.

"말씀 없으시면 저는 그만 가보겠습니다."

결국 그가 졌다는 듯이 한숨을 뱉었다.

"아, 알겠습니다. 그럼 내일 정오에 출발할 테니 이곳에서 다시 보기로 하시지요."

"내일 뵙겠습니다."

설희가 까딱하고 웃었다. 겉으로는 대담하게 굴었지만 그녀 역시 혼란스러웠다. 이연은 집안 어른들까지 속이며 지금 어디에서 뭘 하는가. 그의 말 못 할 사정은 무엇이며, 만약 비밀을 지키지 못하면 위험에 처한다니.

"아가씨. 무슨 말씀 하신 거예요?"

언년이가 슬금슬금 다가왔다.

"이연 도련님께서 잘 계신 모양이구나. 내가 괜한 걱정을 한 모양이야. 혼례 준비나 부지런히 하면 될 걸. 내일은 혼수로 해 갈 이불감을 보러 가야겠다."

"네? 아, 네."

언년이가 꺼림칙하다는 표정으로 대답했다.

"참 그러고 보니 내일이 네 생일이기도 하구나. 이제까지 네가 내 곁에서 고생 많이 했는데, 이불감 보는 김에 너도 옷 한 벌 지어 입으려무나."

"네?"

갑작스러운 말에 언년이가 놀라서 되물었다.

"놀라기는."

설희가 미소를 지었다.

마음이 물들다

새벽녘, 은약사의 조공(朝供 : 아침 공양) 시간이 다가오자 주고에서 공양을 준비하는 일손이 바빠졌다. 연은 아궁이의 불을 살피며 중얼거렸다.

"불이 왜 이렇게 약하지? 좀 더 불을 떼야……."

그녀가 왼편에 있는 장작더미에 다가가자 망량이 불쑥 아궁이 오른편에 쌓아놓은 장작 몇 개를 건넸다.

"그, 그쪽은 아, 아까 이슬을 맞아서 젖은 거야. 여기 이쪽에 쌓은 걸 넣어야 돼."

어제 일 때문인가. 둘 다 괜히 쑥스럽고 눈을 못 마주치겠다. 사시처럼 둘 다 먼 산만 보며 엉거주춤했다.

"그, 그나저나 이 꼬맹이는 어딜 간 거야?"

망량은 괜히 딴청을 부리며 해온을 찾았다. 그리고 보니 공양 준비를 할 때마다 몰래 하나씩 집어먹다가 혼나는 녀석이 오늘따라 통 뵈질 않았다.

"이 꼬맹이가 아직도 주고에 안 오는 걸 보니 아침 예불도 빼먹은 모양이네. 나중에 얼마나 혼나려고……."

망량은 주고를 나와 해온의 방으로 향했다.

"이봐, 꼬맹아! 일어나! 밥 먹자!"

벌컥 문을 여는데 뜻밖에도 그가 아직도 이불 속에서 꼼짝 않고 누워 있는 게 아닌가.

"으으, 배야……."

앓는 소리를 듣자마자 망량은 뭔가 잘못됐다 싶어 방으로 뛰어 들어갔다. 어린 녀석을 안아 일으켜 보니 온몸이 불덩이였다.

"너 왜 이래?"

"추, 추워요. 너무 추워."

한여름인데도 오들오들 떨면서 식은땀을 흘리고 있는 게 심상치 않았다. 망량은 얼른 연에게 달려갔다.

"큰일 났어!"

주고에 있던 스님들도 다들 그를 쳐다봤다.

"꼬맹이가 아파. 열이 펄펄 끓고 식은땀까지 흘려."

"뭐?"

연은 손을 멈추고 해온에게 달려갔다. 원주 스님과 노승도 따라 들어와 걱정 어린 얼굴로 진맥을 하고 있는 그녀 곁에 앉았다.

"도련님, 우리 해온 스님이 어디가 아픈 겁니까?"

노승이 걱정스럽게 물었다.

"어제 해온 스님이 뭘 잘못 드셨습니까?"

연의 질문에 원주 스님이 뭔가 짚이는 듯한 얼굴로 대답했다.

"실은 어제 공양주를 따라 마을에 시주를 구하러 갔습니다. 어느 잔칫집에서 점심상을 차려주어 잔치 음식을 얻어먹었다고는 들었는데……."

분명 공양주는 연과 함께 주고에서 아침 공양을 준비했으니 탈이 난 사람은 해온 혼자였다. 연은 그의 맥을 한 번 더 짚어보고 옷을 들춰 배를 눌러보았다.

"장염腸炎인 듯합니다."

"장염요?"

"네, 아픈 사람이 해온 스님 혼자인 걸 봐선 다행히 식중독은 아닌 것 같고 장염인가 봅니다. 몸이 약해진 상태에서 소화하기 어려운 음식을 먹게 되면 탈이 나게 되지요. 시간이 지나면 자연적으로 낫는 게 보통이지만 처음에는 열이 펄펄 끓고 계속 설사를 하게 되고 복통이 심하기도 합니다. 오늘 제가 약초를 좀 캐다가 처방할 테니 너무 염려치 마십시오."

원주 스님이 다행이라는 표정을 지었다.

"몸이 약해져 탈이 나다니……."

노승은 누워서 쌕쌕거리는 해온의 뺨을 어루만졌다.

"몸이 낫거든 고기를 사서 따로 먹이도록 해라. 한창 클 나이에 험한 산을 타고 오르내리며 푸성귀만 먹여서야."

"하지만 고기는……."

원주 스님이 노승의 눈치를 보았다. 그는 혀를 끌끌 차며 일어났다.

"쯧쯧, 아직도 멀었구나, 멀었어. 부처상에 대고 백날 절을 한다고 부처가 될 성싶으냐? 불성은 부처상에 있는 게 아니라 내 마음속에 있듯 고기를 금하는 게 중요한 게 아니라 고기의 맛을 쫓는 내 마음을 경계해야 한다."

그제야 원주 스님은 우매함을 깨닫고 합장했다.

"어허, 아픈 사람 눕혀놓고 깨닫긴 뭘 깨닫는단 말이냐?"

노승이 또 꾸짖고 밖으로 나가버렸다. 이래도 욕을 먹고 저래도 욕을 먹는 원주 스님이 울상을 지었다. 연이 빙그레 웃었다.

"그럼 저는 약재를 좀 구해 오겠습니다. 그동안 수건을 물에 적셔 열이 떨어지도록 해주십시오. 혹 정신이 들어서 목이 마르다 하거든 꿀이나 소금을 물에 조금 섞어 주시고요."

원주 스님이 걱정 말라는 듯 고개를 끄덕였다. 연은 요사채를 나오자마자 머리끈부터 단단히 조였다. 큰소리는 쳤으나 혼자 약초를 캐기 위해 산을 탄 적은 없었다.

"흠, 일단 뭐가 필요하려나?"

그녀는 주고에서 호미와 망태로 쓸 만한 바구니를 찾았다. 그때 멀리서 잠자코 지켜보고 있던 망량이 쭈뼛거리며 다가왔다.

"그, 그건 뭐하려고? 약초 캐러 가려고?"

연이 그의 시선을 피하며 대답했다.

"어? 응."

"뭐, 뭐가 필요한데?"

망량이 흘끔거리면서 물었다.

"패랭이꽃, 둥근이질풀 같은 게 필요한데. 갈근도 좀 구해야겠고…… 아, 아냐. 됐어. 말해도 모를 텐데. 내가 너 잡고 지금 무슨 소리 하는 건지. 나 다, 다녀올게."

연은 얼굴을 붉히며 돌아섰다. 같이 말을 섞는 게 왜

이렇게 어색한지, 숨이 막히는 기분이었다.

"나, 나도 알아. 그거 무슨 풀인지. 가, 같이 가."

망량이 손에 들고 있던 바구니를 빼앗아 들었다. 그녀가 그 바구니를 다시 빼앗았다.

"누가, 누가 데리고 간대? 괜히 짐만 되니까 여기 있어. 산을 얼마나 헤집고 다녀야 할지도 모르는데 혹까지 달고 다니면 힘들어. 그, 그러니까 여기, 여기 있으라고."

왠지 마음과 다르게 입에서 제멋대로 퉁명스러운 말이 튀어나왔다.

"뭐? 짐?"

그의 표정이 불퉁하게 바뀌었다.

"누, 누가 너, 너 좋아서 따라간대? 네가 말한 그 약초들은 월악산의 매바위까지 가야 있어. 약해빠진 네가 거, 거길 간다니까 뭔 사고라도 생길까 봐 같이 가자는 거지! 나도 너 별로 안 좋거든!"

묻지도 않은 말에 망량이 혼자 심통을 부리자 연이 처음 듣는 지명에 솔깃했는지 되물었다.

"매바위? 매바위라고 했어?"

망량이 생색을 내는 표정으로 턱을 쳐들고 대꾸했다.

"그래, 매바위! 이 산의 가장 신성한 곳으로 예전에 내가 살았던 곳이지."

"네가 살았다고?"

호기심 어린 눈으로 연이 물었다. 광질인지, 도깨비인지 도통 정체를 알 수 없는 이 남자에 대한 비밀이 풀릴지도 모른다.

"그럼 네가 어서 안내해."

그녀가 밝은 얼굴로 재촉했다.

"가, 가면 안 돼."

"뭐?"

연이 산통이 깨졌다는 듯 물었다. 그는 씁쓸하게 대꾸했다.

"그게…… 지금 거긴 호랑이가 살아. 원래는 내가 이 산의 산신이었지만, 피리에 봉인된 이후로는 호랑이가 매바위를 관장하는 주인이 됐어. 지금의 나는 반쪽 주인인 셈이지."

그녀가 한숨을 쉬었다.

"진짜야!"

"좋아, 알았어. 난 약초를 캐러 가야겠으니까 쫓아오지 마."

그가 쫓아오며 말했다.

"지난번에는 신비로운 힘을 믿을 수 있게 해줘서 고맙다 어쩐다 하더니 결국 다 거짓말이었군. 역시 나를 못 믿는 거야. 아직도 광질 환자로 보는 거지? 그렇지?"

그가 화가 나서 따져 묻자 연이 손에 들고 있던 바구니를 쥐여주었다.

"해온 스님 아픈 거 못 봤어? 약초가 꼭 필요하다고. 이 산의 옛 주인이었다면서 설마 새 주인이 무서워 못 간다는 거야?"

그녀의 말에 망량은 콧김을 씩씩 내뿜었다. 이제 매바위에는 함부로 들어갈 수 없다는 말은 차마 자존심이 상해 못하겠다. 예전에는 이곳 월악산을 호령하던 산신이었는데 어쩌다 이 꼴이 됐는지 생각할수록 분통이 터졌다.

"그래! 가자! 가! 옛 주인이었는데 차라도 한잔 내줄지 어떻게 알아? 가자고!"

망량이 용감하게 매바위로 진격했다. 시간은 어느새 정오를 지나고 있었다. 풀숲에서 눈에 띄는 대로 약초를 캤지만 아직도 바구니에는 갈근과 도라지 몇 뿌리만 들어 있을 뿐이었다. 연이 떨떠름하게 물었다.

"매바위에 간다더니 제대로 가는 거 맞아? 이래서야 저녁 전에 탕약을 끓일 수 있을지 모르겠네."

망량은 숨을 고르더니 저만치 멀리 보이는 바위를 가리켰다.

"저기야, 거의 다 왔어. 이제부터는 조용히 해."

망량이 목소리를 낮추어 말했다. 그는 마치 누군가의 눈치라도 보는 사람처럼 살금살금 풀숲을 헤치고 들어갔다. 연도 따라 들어가며 주위를 둘러봤다.

"와!"

그녀가 기쁨의 외마디를 질렀다. 바위틈에 핀 붉은 패랭이꽃과 소나무 아래 반그늘에 톱니바퀴 모양으로 파릇파릇하게 솟은 둥근이질풀! 종일 눈에 불을 켜고 찾던 약초였다.

"이것 봐! 찾았어! 찾았어!"

저도 모르게 기쁨의 감탄사가 자꾸 터져 나왔다. 망량은 망했다는 표정으로 입에 갖다 대고 있던 손가락을 접었다.

"맹추야. 그렇게 큰 소리를 치면 어떻게 해……."

그러나 연은 너무 기쁜 나머지 그의 말이 제대로 들리지 않았다. 그녀는 정신없이 약초를 캤다. 바로 그때였다. 크와아앙, 하늘을 찢는 엄청난 울음소리! 두 사람은 멈칫했다. 저 멀리 바위 근처에서 들려오는 맹수의 포효 소리는 산중의 적막한 바위 계곡을 타고 쩌렁쩌렁 울려댔다. 연이 약초를 주워 담고 엉거주춤 일어났다.

"지, 진짜…… 호, 호랑이가 있었어."

망량이 그녀의 손목을 덥석 잡았다.

"내 뭐랬어! 어서 뛰어!"

두 사람이 산 아래로 내달리던 그때 목 뒷덜미가 서늘했다. 연이 뒤를 돌아보자 풀숲을 이리저리 빠르게 헤치고 따라오는 엄청난 크기의 시커먼 그림자가 보였다.

"으앗! 따, 따라와!"

연이 비명을 지르자 망량도 흘깃 돌아봤다.

"그냥은 안 보내주려나 보군. 이제 여기는 자기 땅이라 이거지."

그가 연을 더욱 바싹 붙잡으려는 찰나 그녀가 휘청하더니 바닥에 굴렀다.

"아악!"

온통 바위투성이인 계곡 길인데도 짐승처럼 내달리는 망량의 속도를 따라잡지 못한 탓이었다.

"안 되겠다."

망량은 급한 대로 연을 번쩍 들어 안고 달렸다. 호랑이는 이 두 침입자를 곱게 보내줄 생각이 없는 듯 끈덕지게 쫓아 내려왔다. 망량은 미친 듯이 달려 개울가에 다다랐다. 개울은 매바위로 연결되는 바위 계곡과 은약사까지 쭉 내뻗은 굴참나무 숲을 경계로 하는 곳이었다. 그는 가운데 놓인 커다란 돌들을 풀쩍풀쩍 뛰어 개울을 건너 숲으로 들어섰다.

"하아!"

그는 거친 숨을 내쉬며 연을 내려놓고 바위 계곡 쪽을 돌아보았다. 시커먼 호랑이가 두 사람을 한입에 씹어 삼킬 듯 달려와 으르렁댔다. 그러나 호랑이는 개울가를 왔다 갔다 맴돌 뿐 이쪽으로 건너오지는 못했다.

"어, 어떡해. 넘어오는 거 아냐? 어, 어서 도망……."

망량이 놀라서 덜덜거리는 그녀를 향해 웃었다.

"여기서부터는 내 땅이라고, 진정해."

그러나 맹수가 지척에서 왔다 갔다 하는데 진정이 될 리가 있나. 손에 들고 있는 바구니는 덜덜 떨리고 몸은 말을 듣지 않았다. 망량은 미안한 표정으로 호랑이를 향해 어깨를 으쓱했다.

"약초를 좀 구하려고 들어갔을 뿐이야. 다음에 이 은혜는 꼭 갚을게, 약속해."

그런데 정말 알아듣기라도 한 건가! 호랑이는 날카로운 송곳니를 드러내고 으르렁거리더니 이내 바위 계곡 사이로 사라져버렸다.

"가, 갔어!"

연이 바구니를 툭 떨어뜨렸다.

"그러게 내가 아까 뭐랬어? 호랑이 때문에 위험하다고 말릴 때는 무슨 광질 환자 보듯 하더니. 너 바지에 오줌은 안 쌌냐?"

망량이 놀리는데 이제야 살았구나 싶었다.

"나 아깐 정말 죽는 줄 알았다고. 호랑이는 처음 봤단 말이야."

연은 아직도 오금이 저려왔지만 망량은 킥킥 웃었다.

"그만 웃어."

"너 하얗게 질렸어. 겉보기엔 멀쩡한 사내놈이 기백이라곤 발톱의 때만큼도 없고, 정말 속은 영락없는 계집애구나. 변태가 괜히 변태가 아니야."

"너!"

연이 옆구리를 픽 치자 망량이 뒤에서 그녀의 어깨를 덥석 안았다.

"구해줬더니 요게 진짜!"

연이 빠져나오려고 발버둥을 치다가 그만 머리가 굴참나무 기둥에 텅 하고 부딪칠 뻔했다. 망량은 순식간에 나무 기둥을 양손으로 막아섰다. 두 얼굴이 정면으로 맞닥뜨리는 찰나 정적이 흘렀다. 하얗고 고운 얼굴과 붉은 입술, 달콤한 향이 망량의 코앞에서 풍겼다. 두 사람의 눈동자가 커졌다.

"어……."

망량이 당황하는 순간, 픽! 그녀가 배를 가격했다.

"으엇!"

그가 느닷없는 공격에 배를 움켜쥐고 나뒹굴었다.

"뭐, 뭐, 뭐하는 거야!"

연이 씩씩거리며 소리를 질렀다.

"으…… 내가 뭘 했다고 때려."

"내가 내 몸에 손대지 말라고 했잖아!"

그녀는 바구니를 주워 들고 뒤도 돌아보지 않고 걸었다. 왠지 창피당한 사람처럼 양쪽 볼이 후끈했다.

"호랑이를 이렇게 좀 때려보지 그랬냐."

망량이 죽을상을 하고 따라왔다.

"그러게 왜 자꾸 놀려. 처음부터 이건 다 네 탓이야. 알았어?"

"다들 뭐만 하면 내가 잘못했대."

티격태격 굴참나무 숲을 걸어 내려가는데 갑자기 투두둑 머리 위로 물방울이 떨어졌다.

"어? 비 온다."

망량의 말에 연도 위를 올려다봤다. 금방 굵은 빗방울로 변하는 것이 아무래도 소나기인 모양이었다. 두 사람은 커다란 나무 아래로 들어갔다.

"비 그칠 때까지 좀 쉬었다가 가야겠어."

연이 나무에 기대앉자 망량도 곁에 앉았다. 주룩주룩

나뭇가지를 타고 흐르는 빗물, 한여름이 두 사람 사이를 지나가고 있었다. 연이 한동안 말이 없자 망량이 먼저 물었다.

"아까 엎어진 거 괜찮아?"

"어? 응."

아까는 놀라고 다급해서 몰랐는데 얘길 듣고 보니 어쩐지 따끔따끔했다. 무릎을 보니 다 까져서 피가 송송 났다. 망량이 품에서 손수건을 꺼냈다.

"어이구, 맹추야. 응은 뭐가 응이냐. 아픈 줄도 모르고."

그가 직접 수건을 둘러주려는데 연이 움찔했다. 망량은 멋쩍어져서 무릎에 수건을 휙 던졌다.

"직접 매."

"어어······."

연이 손수건을 접어 무릎을 싸맸다. 어색하고 묘한 분위기가 싫었다. 그녀는 화제를 전환할 만한 질문을 던졌다.

"그런데 아까 호랑이가 왜 돌아갔을까? 네 말을 정말 알아듣기라도 했나?"

"같은 산신인데 당연히 알아듣지."

망량이 퉁명스럽게 대꾸했다.

"정말 같은 산신이라면 왜 싸워보지도 못하고 도망쳤

어?"

연이 놀리듯이 물었다.

"낮에는 힘을 제대로 못 쓰니까 같이 싸울 수가 없어. 지는 싸움에는 도망치는 게 낫지. 그런데 너 지금 구해 준 사람한테 따지는 거야?"

"그런 거 아냐. 고, 고마워. 매바위까지 길잡이도 해주고 호랑이한테서 구해주고. 이, 이 손수건도 그렇고."

연이 손사래를 치더니 반쯤 감긴 눈으로 미소 지었다.

"처음 봤을 땐 내가 널 도와주려고 했는데 어찌 된 일인지 계속 내가 도움을 받네."

망량은 침을 꿀꺽 삼키고 고개를 돌렸다. 또 심장이 두근두근했다. 그는 애써 딴청을 피웠다.

"아니, 뭐 고맙다는 사람이 매번 맨입이야!"

"그럼 너도 혹시 바라는 거 있어? 매번 내 소원 들어준다고 하지 말고 네 소원은 뭔지 말해봐. 내가 들어줄 수 있으면 들어줄 테니까."

뜻밖의 질문이었다.

'내 소원?'

망량은 눈을 깜박이더니 그녀를 다시 쳐다봤다.

"네가 소원을 빨리 말하는 거?"

그 말에 연이 하하 웃었다. 진심이었는데 은근히 골이 났다. 녀석은 아직도 내 사정을 이해하지 못하는 모양이다.

"왜 소원을 빨리 말했으면 좋겠는데?"

망량이 나뭇가지를 하나 주워 땅에 그림을 그려가며 차근차근 설명했다.

"여전히 안 믿겠지만 나는 귀왕의 벌을 받아 피리에 갇히게 된 거야. 귀왕은 내 봉인을 풀어주는 사람의 소원을 들어주고 깨달음을 얻어야 한다고 말했고. 이제까지 두 명의 소원을 들어줬지만 아직 깨달음을 얻지 못했는데 세번째로 널 만났어. 그런데 아무리 봐도 변태 같은 네 녀석의 소원을 통해서 깨달음을 얻을 것 같지는 않아. 그럴 바에야 차라리 얼른 소원을 들어주고 다음 사람을 기다리는 게 낫지."

연은 뭐가 우스운지 픔 웃었다.

"그럼, 만약 내 소원이 네 봉인을 풀어주는 거라면 어떻게 되는데?"

망량의 눈이 번쩍 뜨였다.

"뭐?"

"내 소원이 피리의 봉인에서 풀어주는 거라면 어떻게 되는 거냐고?"

또다시 생각지도 못한 질문이었다.

"…… 보, 봉인이 풀리게 되겠지?"

그가 해맑게 웃었다.

"그 소원으로 할 거야? 웅?"

연은 눈썹을 치켜뜨고 고심하는 표정을 지었다.

"음, 너 하는 거 봐서 한번 생각해볼게."

망량은 토라진 사람처럼 팔짱을 끼고 고개를 팩 돌렸다.

"실컷 호랑이한테서 구해줬더니 나 참 더럽고 치사해서……."

"방금 뭐라고? 뭐? 더럽고 어쩐다고?"

그가 이를 뿌드득 갈면서 돌아봤다.

"아니, 아무 말도 안 했어요. 안 했어. 광질이 그쪽으로 전염이 됐나? 막 헛소리도 들리고 그러신가 보네."

연은 킥킥 웃더니 다시 나무에 머리를 기댔다. 두 사람은 울창한 여름 숲을 지나는 소나기를 물끄러미 쳐다봤다. 구름이 지나가고 해가 지면서 풀숲으로 반딧불이 둥실 떠올랐다.

"흐음."

망량이 미소 짓는 그때 툭, 그의 어깨에 기대는 따뜻한 감촉.

"뭐야……."

조그만 녀석이 아침 공양도 제대로 먹지 못하고 온종

일 산을 휘젓고 다녔으니 잠이 들 만도 하다. 투다다, 투다다. 소나기는 이제 절정에 다다른 듯 아까보다 훨씬 거세졌다. 나뭇가지를 타고 흐르는 빗물 한 방울이 톡, 연의 옷 위로 떨어졌다. 나뭇잎 사이로 자꾸만 빗물이 샜다.

"어머니⋯⋯."

연이 잠꼬대처럼 중얼거렸다. 눈가에 맺힌 촉촉한 물기는 눈물인가. 녀석이 왜 혼인을 거부하며 굳이 이 고생을 하는 건지 모르겠지만 왠지 작은 어깨가 측은하고 그 뺨을 한번 어루만지고 싶다.

"아, 내가 또 왜 이러나."

망량이 후 바람을 뱉었다. 안 그래야지 하면서도 자꾸 눈길이 가는 까닭은 무엇인가. 부드러워 보이는 분홍빛 입술과 커다란 눈망울을 덮은 길고 검은 속눈썹. 월광폭포 아래에서 보았던 모습들이 스친다.

"그냥 불쌍해 보여서 그러는 거야. 불쌍해 보여서."

그는 머리 위로 손을 뻗었다. 그러자 굴참나무 가지들이 가볍게 구부러져 위를 감싸듯 변했다. 이제 그녀 위로 똑똑 떨어지던 물방울이 저 먼발치에서 굴러내렸다.

"뭐, 낮이라서 공력을 제대로 못 쓰긴 하지만 이 정도는⋯⋯."

망량이 혼잣말로 중얼거렸다. 여름이 점점 깊어갔다.

*

거울 앞에 선 언년이가 빙그르르 한 바퀴 돌아보았다. 연하늘색 치마에 나비 수가 놓인 하얀 저고리, 짙고 푸른 비단 댕기, 촘촘히 땋은 머리 위에 가볍게 써보는 붉은 장옷. 설희를 볼 때마다 저도 사대부가 여식으로 태어났더라면 얼마나 좋았을까 하고 몰래 상상하곤 했는데, 마치 꿈이 현실로 이루어진 기분이었다.

"내 보기에 옷이 잘 맞는 것 같은데 넌 어떠냐? 마음에 드는 게냐?"

설희의 말에 언년이는 다물어지지 않는 입을 가리며 말했다.

"제, 제가 감히 이런 옷을 입어도 되는지……."

포목점 주인도 이상하다는 표정을 지었다. 여종에게 비단옷을 해주는 주인이라니, 근 10년간 옷감 장사를 했지만 한 번도 본 적이 없었다. 설희가 너그러운 목소리로 말했다.

"내가 이연 도련님과 혼인하게 되면 너를 두고 가련다. 대감마님 댁에도 여종은 많으니 굳이 널 어미하고 떨어지게 하고 싶진 않아. 그간 고생이 많았는데 뭐 하나 변변히 챙겨주지도 못하고…… 혼수 장만하는 김에 네 옷 한 벌 해주려고 했단다."

그제야 포목점 여주인은 무슨 사정인지 알겠다는 듯 고개를 끄덕였다.

"아가씨는 용모도 아름다우시지만 마음도 참으로 고우십니다. 자네, 진짜 복 받았구먼. 복 받았어."

언년이는 그녀의 정보를 무원에게 하나둘 일러바쳤던 게 미안해졌다.

"아, 참! 네 노리개를 주문해뒀는데 깜박할 뻔했구나. 방물장수가 오늘 찾으러 오라고 했는데 시간이 훨씬 지났어. 나는 여기서 혼수로 해 갈 이불 천을 좀 볼 테니 그동안 네가 얼른 다녀오너라."

설희가 노리개 값을 내밀자 언년이의 눈이 휘둥그레졌다.

"노, 노리개까지요?"

"놀라긴, 그리 비싼 건 아니다. 간 김에 오늘 입은 옷과 잘 어울리는지 보고 마음에 안 들면 다른 걸로 바꿔도 좋아. 옷 버릴까 염려되니 가마도 특별히 내주마. 어서 다녀오너라."

"네? 하지만……."

마음 같아서는 당장 가마로 달려가고 싶었지만 어쩐지 망설여졌다.

"이러다 늦겠구나. 어서 다녀오라니까."

설희가 꾸중 섞인 재촉을 했다. 재차 사양하기도 그렇고, 실은 가마 타고 싶은 마음도 굴뚝같았다.

"네. 감사합니다, 아가씨. 얼른 다녀오겠습니다."

설희는 문을 슬쩍 열고 가마꾼들에게 손짓하여 태워 가라는 표시를 했다. 잠시 후 가마가 나가자 그녀는 포목점 주인에게 옷값을 내밀었다.

"돈이 많은데요. 이불 천값까지 함께 주시는 겁니까?"

"이불 천은 안 보아도 되네. 옷 좀 갈아입으려 하니 잠시 좀 나가 있게나."

"네? 옷요?"

아까 새로 산 옷은 여종이 입고 나가서 당장 갈아입을 옷이 없는데 무슨 소리인가. 여주인은 영문을 모르겠다는 표정이었다.

"저 옷 말일세."

설희는 언년이가 벗어놓고 간 옷을 가리켰다. 여주인이 경악했다. 이 지체 높은 아가씨가 여종의 옷을 입겠다니, 별 해괴한 일도 다 있었다.

"돈을 더 넣은 이유는 옷값이 아니라 자네 입막음값이

네. 자네는 옷을 갈아입는 동안 가게 밖을 서성이는 젊은 남자가 없는지 살피고 오게."

여주인은 어안이 벙벙했지만 설희가 시키는 대로 밖으로 뛰어나갔다. 거북이가 목을 내밀 듯 가게 밖을 요리조리 살펴보는데 암만 봐도 수상쩍은 남자는 없었다. 그런데 매일 그 앞에서 떡을 파는 노인이 그 꼴을 보고 물었다.

"거, 누굴 찾는 거요?"

"요 앞에 혹시 서성이는 남자 한 명 없었소?"

"그 양반은 아까 가게에서 나온 가마를 따라가던데."

여주인은 설희에게 그대로 고해바쳤다.

"역시 쫓는 이가 있었군."

그녀는 언년이의 옷으로 갈아입은 뒤 무명 장옷을 쓰고 원래 옷을 챙겨 넣은 보따리를 들었다. 영락없는 여종으로 분한 모습에 여주인은 적잖이 당황한 기색이었다. 설희는 품에서 언문으로 쓴 서찰 하나를 꺼내 건넸다.

"수고했네, 나중에 내 몸종이 돌아오거든 이걸 전해주게."

"네, 네. 살펴 가십시오."

여주인의 배웅을 받으며 가게 밖으로 나온 설희는 저잣거리를 따라 걸었다.

'어제 백현 도련님을 만난 후로 미행이 붙은 걸 눈치 챘다. 그런데 언년이처럼 약삭빠른 계집애가 일언반구도 없으니 그치와 내통하는 게 뻔했다. 내가 호락호락 당하기만 할 순 없지.'

그녀는 백현과 만나기로 한 정자로 향했다. 아버지에게 불공을 드리러 다녀오겠다고 했으니 당분간 찾을 리는 없었다. 언년이 역시 서찰을 받으면 제 주인이 모든 걸 진작 알았다는 사실에 놀라 시킨 대로 순순히 따르리라.

'언년이가 둘러대긴 하겠지만 시간이 지체되면 아버지께서 의심할지도 몰라. 불공을 드리러 가겠다고 한 절에 사람을 보낼지도 모르고. 그 전에 최대한 빨리 이연 도련님을 만나고 돌아와야 해.'

마음이 급한데 저 멀리 말고삐를 한 손에 쥔 백현이 보였다.

"도련님!"

설희가 그를 불렀다.

"아가씨 옷이…… 이게 어떻게 된 일입니까?"

백현이 놀라 물었다.

"요전 날 도련님을 뵌 후로 미행이 붙었습니다. 그자와 여종이 내통하기에 둘을 따돌리다 보니 이렇게 되었습니다."

"미행요? 저를 만난 후로 미행이 붙었단 말입니까?"

"네, 어찌 된 일인지 아십니까?"

백현은 어금니를 깨물었다.

'어제 분명 성균관에서부터 놈들을 따돌렸는데 연의 집 근처에도 잠복을 하는 놈들이 있었나 보다. 하지만 설희에게까지 미행을 붙이다니. 무원 역시 백방으로 연을 찾는 게 아니고서야!'

"연을 해치려는 자들이 있습니다."

"도련님을요?"

"네, 자세한 건 한양을 벗어난 뒤에 차차 말씀드리겠습니다. 뒤를 밟히기라도 하면 큰일이니까요. 그런데……."

백현이 말을 흐렸다. 막상 마음은 급한데 출발 전부터 난처하게 됐다. 설희가 오래 걷기 힘들 거라 생각해 말을 데려왔는데 그녀의 복장이 이래서야. 여종을 말에 태우고 양반이 걷는다면 행인들의 오해를 살 만하고, 그렇다고 사대부가 아가씨를 걷게 하고 자신이 말을 탈 수도 없었다. 둘 다 걷자니 시간이 문제였다. 설희가 잠시 고민하더니 입을 뗐다.

"시간이 촉박하니 저를 앞에 태우고 말을 달리십시오."

"괜찮으시겠습니까?"

백현이 조심스럽게 물었다.

"형수가 물에 빠졌는데 남녀의 도를 따지겠습니까?"*

설희가 맹자의 말을 인용하자 백현이 고개를 끄덕끄덕했다. 당장은 연에게 위험을 알리는 일이 급했다. 그는 말에 올라 설희를 끌어 올렸다.

"남녀가 함께 말을 타는 건 좋지 않습니다. 아가씨께서는 장옷으로 얼굴을 잘 가리십시오."

그녀가 한 손으로 장옷을 단단히 잡고 다른 한 손으로 말의 안장을 붙들었다. 백현은 고삐를 당겼다. 이틀을 꼬박 달려야 하지만 둘이서 말을 탔으니 오래 갈 수는 없으리라. 월악산까지 사흘이 걸린다고 계산하면 중간에 두 번은 쉴 곳이 필요했다.

"오늘은 여주까지 갈 예정입니다. 그곳에는 세곡을 운반하고 물류를 운송하는 강항인 이포나루가 있습니다. 강항 근처에는 객주가 많으니 오늘은 그곳에서 쉬어 가기로 하지요."

"알겠습니다."

설희의 대답이 떨어지자 그는 말에 박차를 가했다.

---

* 순우곤(淳于髡)이 맹자에게 형수가 물에 빠졌을 때 손을 잡아 구해주어야 하냐고 묻자, 맹자가 말하기를 형수를 구해주지 않는 것은 승냥이 같은 짓이라 하며, 형수를 구해주는 것이 권(權)이라 대답함.

*

　망량이 삼베를 힘껏 쥐어짜자 짙은 탕약이 사발에 뚝
뚝 떨어졌다. 연은 사발 그릇을 소반에 담으며 물었다.

　"그러고 보니 너 약초에 대해서 어떻게 알아? 약초의 생
김새나 이름을 알아야 매바위에서 자란다는 걸 알 텐데."

　망량은 이제 지겹다는 듯이 말했다.

　"내가 월악산 산신이라고 몇 번을 말해? 산신이라면
응당 산에 있는 잡초 한 포기까지 알아야 한다고. 자, 어
서 꼬맹이한테 탕약이나 갖다 줘."

　"알았다, 알았어."

　연이 소반에 받쳐 든 탕약 그릇을 들고 주고를 나가자
망량도 물기 묻은 손을 바지에 쓱쓱 닦고 일어났다. 그
런데 이게 뭔가. 바닥에 주머니 하나가 떨어져 있었다.

　"애송이 녀석, 손 씻다가 흘렸나."

　주머니를 열어보니 그 안에 백옥으로 만든 선추 하나
가 나왔다.

　"이건 뭔데 호주머니에 넣고 다니는 거야."

　한편 연은 해온의 방으로 들어갔다. 그는 이불을 돌돌
싸매고 누워 앓는 소리를 했다.

　"도련님, 배가 너무 아파요."

"자, 약 드십시다, 스님. 약을 먹으면 아픈 게 좀 덜할 거예요."

연은 해온을 일으켜 탕약을 마시게 했다. 그는 눈을 질끈 감고 억지로 약을 꿀꺽꿀꺽 넘겼다.

"도련님, 고맙습니다. 저 때문에……."

연은 빈 사발을 건네받은 뒤 축 처진 그를 도로 자리에 눕혔다.

"오늘 저보다 망량 도령이 더 고생을 많이 했습니다. 그가 아니었다면 약초를 못 구했을 거예요. 그러니 앞으로는 광질이라고 놀리면 안 됩니다. 겉으로는 툴툴거려도 속은 다정하고 좋은 사람이거든요."

매번 투닥거리는 두 사람이 어쩐 일인가. 해온은 미소를 짓는 연의 얼굴을 쳐다보며 물었다.

"다정하고 좋은 사람요?"

"네."

연은 망량이 자신을 안고 호랑이를 피해 도망친 일을 떠올렸다. 뭔가 기분이 묘하고 가슴이 뛰었다. 언제부터 그에게 마음이 이토록 기울었을까.

"음! 음!"

그녀는 잡념을 떨치려는 듯 헛기침을 하더니 해온의 이불을 정리했다.

"그럼, 이제 한숨 푹 주무세요."

연은 해온의 방을 나와 주고 정리를 마친 뒤에 제 방으로 들어갔다. 이상하게 자꾸만 망량에 대한 생각이 자신을 쫓아왔다.

"다정하고 좋은 사람이라…… 무슨 쓸데없는 생각인지."

잡념으로 마음이 시끄러울 때는 서책이라도 들여다보는 것이 속 편한 일이리라.

"어제 보던 서책을 어디에 두었더라. 여기 두었던 것 같은데."

연은 서책을 찾느라 서랍장 안을 살피다가 멈칫했다. 포목점 여주인이 준 옷 꾸러미가 보였다. 보따리가 슬쩍 풀어졌는데 그 안에 든 고운 연노랑 저고리가 손짓했다.

"이거……."

그녀는 저도 모르게 꾸러미를 풀어 옷을 꺼냈다. 매끄러운 촉감, 만지면 안 되는데 하면서도 자꾸 손이 갔다.

"곱다."

어느새 손은 저고리를 풀어 방 한쪽에 걸린 작은 거울에 대어보고 있었다. 하지만 상투를 튼 자신과는 통 어울리지 않았다.

"그래, 나는 남자였지."

연이 풀 죽은 얼굴로 옷을 내려놓고는 다시 거울 속을 들여다보았다. 여인으로 태어났지만 사내의 인생을 숙명이라 생각하며 살아온 지 벌써 20년째였다. 고운 옷도 예쁜 노리개도 수놓은 댕기도 이 거울 속의 사내에게는 어울리지 않았다.

"당신도 참 불쌍하오."

연이 거울 속 사내에게 말을 걸었다. 사내의 눈이 고운 노랑 저고리에 머물렀다. 연은 옷을 내려놓고 머리를 풀었다. 검은 머리가 허리 아래까지 떨어져 내렸다. 그녀는 머리를 정갈하게 땋은 뒤에 보자기 속에 같이 들어 있던 댕기를 매고 저고리와 치마를 꺼내 옷을 갈아입었다. 다시 거울 속을 들여다보았다. 그러자 그 안에 어느 반가의 고운 규수 하나가 빙긋 미소를 지었다. 동그랗고 작은 얼굴에 연노랑의 저고리와 다홍치마, 붉은 입술을 한 아리따운 아가씨.

"연아."

연은 거울 속에 앉은 여인의 얼굴을 손가락으로 쓱 만졌다. 그때였다. 누군가의 그림자가 자신의 방 앞에 어른거렸다. 그녀가 놀라는 순간 그림자가 문을 두드렸다.

"이봐, 애송이. 안에 있어? 내가 아까 주고에서 이걸 주워서……."

"어, 어? 아, 지, 지금은……."

연이 우물쭈물하다가 급한 마음에 문고리를 덥석 잡는 순간 그녀의 사정을 알 리가 없는 망량도 지체 없이 문고리를 잡았다.

"지금은 아, 안 돼!"

망량이 문을 열자 연이 필사적으로 문을 못 열도록 안에서 잡아당겼다. 그러자 그가 더욱 힘주어 문을 잡아당겼다.

"안에서 뭐라는 거야. 아, 이거 왜 안 열려? 고장 났나?"

"무, 문 열면 안 돼!"

"뭐?"

망량이 더욱 문을 세게 당기니 연도 힘껏 문고리를 잡아당겼다. 그러나 이 소 같은 괴력을 어찌 당하랴! 쿠당탕, 문이 열리면서 그녀가 문고리를 잡은 채로 딸려 나왔다.

"읍!"

순간 망량의 입술에 부드럽고 물컹한 무언가가 와 닿았다. 뎅뎅뎅, 종 치는 소리와 함께 어디서 나타났는지 모를 아가씨가 코앞에서 그를 쳐다보고 있었다. 선녀와 입맞춤을 하다니 꿈인가 생시인가. 망량은 그대로 엉덩방아를 쿵 찧었다.

"…… 누, 누구세요……."

그가 놀라서 물었다. 울긋불긋 울기 직전의 여인의 얼굴은 어디선가 본 듯했다.

"어, 어디서 봤더라……."

순간 퍽, 주먹이 배를 후려쳤다. 망량은 고꾸라지면서도 이 매운 손맛이 어째 낯익다 싶었다. 그게 어디었더라.

"내, 내가 문 열지 말랬잖아! 이 바보, 멍청이!"

황망하게 욕을 하고 들어가는 여인의 목소리를 듣는 순간 세상에 맙소사!

"서, 설마 방금……."

그는 얼굴이 시뻘겋게 달아올랐다. 가슴속에 절구라도 들었는지 쿵덕쿵덕 방아를 찧어대는데 이게 웬 날벼락인가 싶었다. 망량은 머리가 복잡해서 터질 지경이었다.

"연이 저놈이 필시 미친 게야."

그는 후다닥 제 방으로 들어갔다. 자신의 뛰는 가슴에 손을 올린 망량은 쿵 하고 벽에 머리를 박았다. 생각해보니 별 잘못도 없는데 억울하기도 하고 분하기도 하고 미묘한 감정이 마음을 온통 휘저었다.

"미쳤네, 미쳤어. 여자 옷은 왜 입은 거야? 변태 같은 놈이 드디어 미친 거라고."

망량은 바닥에 드러누워 자신을 진정시키려고 애썼다.

"그래, 진정하자. 나는 문제가 없어. 나는 괜찮다고. 쟤
가! 쟤가! 이상한 거라고."

입으로는 중얼거리는데 자신의 의지와 상관없이 연의
얼굴이 휙 스쳐 갔다.

"아니야, 생각 안 나. 생각 안 난다고."

방금 전 그 입술의 감촉도 생생하게 느껴졌다.

"으아! 생각이 안 나는데, 왜 자꾸 나냐고! 내가 뭐라
는 거지. 몰라, 아 나도 모르겠어. 왜 몰래 여자 옷이나
입고 있는 저런 놈이, 저런 놈이."

그는 눈을 질끈 감고 한숨을 뱉었다.

"저런 놈이 예뻐 보이다니. 저놈 색기에 홀린 게 틀림
없어. 아, 어떻게 해. 눈을 뽑아야 돼. 이건 눈을 뽑아야
된다고! 으, 미쳤어. 미쳤어."

망량은 자신의 눈을 뽑는 시늉을 하면서 바닥을 데굴
데굴 굴렸다. 이불을 푹 뒤집어쓰고 변명 끝에 도달한
결론은 참담했다.

"내가 남자를, 그것도 변태를……."

그러나 아직 온전히 그 사실을 받아들일 용기는 나지
않았다.

"아니야, 그렇지 않아. 이건 절대 있을 수도, 있어서도
안 되는 일이라고."

　백현과 설희는 날이 저물 때까지 종일 말을 타고 달려 여주의 이포나루에 도착했다. 두 사람은 나루터 앞에 도착하자마자 말에서 내려 객주가 몰린 주막 거리로 들어섰다. 온갖 물품이 우마차에 실려 바쁘게 움직였고, 여러 상단과 짐꾼, 호위병들이 오가는 모습이 예사롭지가 않으니 과연 한양의 마포나루, 광나루, 조포나루와 함께 남한강의 4대 나루터로 꼽힐 만했다.

　"나리, 쉴 곳을 찾으시는 게 맞지라? 저희 집으로 오셔유!"

　"어서 오셔유. 방 싸게 드립니다유."

　여기저기서 객주의 호객꾼들이 소리치는데 갑자기 한 소년이 뛰어나와 백현의 소맷자락을 끌었다.

　"어허, 이놈아. 누추한 곳은 가기 어렵다."

　그의 말에 소년이 활짝 웃었다.

　"장사치가 눈치가 없으면 굶어 죽는 법이지라. 여기 나루터가 사람이 월매나 많이 댕기는 곳인데 지가 그런 눈치가 없겠습니까유? 저희 집은 높은 행수님들이나 양반님네들 아니면 방값 내지도 못하는 곳입니다유. 말 타고 가마 타고 오는 분들만 모시니 그런 걱정일랑 하들

마시고 따라만 오세유."

하도 성화라 그가 이끄는 대로 객주 안으로 들어가는데 과연 그 입구부터 호사스러워 여느 주막과 달랐다. 바가지를 쓴다 해도 설희를 생각하면 그편이 낫기에 백현은 말고삐를 소년에게 넘기고 따라 들어갔다.

집은 넓은 마당을 두고 왼편과 오른편으로 나누어지니, 왼편은 상단의 일꾼과 보부상들이 쓰는 곳이요, 오른편은 양반이나 부유한 중인들이 쓰는 곳이라. 곧 서글서글해 보이는 주인이 나와 두 사람을 맞았다.

"도련님은 이쪽으로 뫼시겠습니다. 그 옆에 여종은 저쪽으로 들어가서 방을 달라 하면……."

주인이 설희의 복장을 보고 여종으로 오해하자 백현이 헛기침을 했다.

"가, 같이 있을 사람이오. 허엄! 흠!"

겨우 약관을 조금 넘겼을 듯한 젊은 도령이 벌써부터 여종과 정을 통해 함께 다니다니. 거참, 뉘 댁 도령인지 싶어 주인은 두 사람을 한 번 더 훑어보았다.

"아, 네. 따라오십시오. 저희는 사랑채마다 나뉘어져 있어서 조용히 묵으실 수 있지요."

주인은 한 손에 등을 들고 앞장서 걸어가며 뒤를 흘끗흘끗 보았다.

"워낙 이곳 나루에 사람들 왕래가 많다 보니 이런 손님 저런 손님 많습니다만, 저희는 높으신 분들이 주로 찾아주십니다. 여주에 밤늦게 도착하거나 이곳에 지인이 없는 경우에는 아무리 같은 양반이더라도 식객을 청하기가 뭐하지 않습니까? 모처럼 외지에서 여흥을 즐기시려는 분들도 계시고요."

주인은 말을 하다 말고 설희를 한 번 더 쳐다보았다. 무명 장옷을 쓴 여인이 어딘지 여종치고는 뭔가 달라 보이는데 꼬집어 설명하기도 어렵고 그저 이상하다 싶은 생각만 자꾸 들었다.

'아무래도 수상해. 내일 날 밝으면 관군을 통해 현상금이 걸린 자는 없는지 알아봐야겠군.'

주인은 음흉한 미소를 띠며 방이 두 개 딸린 사랑채로 두 사람을 안내했다.

"자, 여기가 가장 조용한 안쪽 사랑채입니다."

사랑채 안에는 푸른 잎이 무성한 벚나무 두 그루가 있었고, 두 개의 방이 대청마루 하나를 두고 마주했다. 주인은 그 사랑채 안팎으로 불을 밝히고는 곧 식사를 올리겠노라 하고 사라졌다. 마루에 앉은 두 사람은 어색한 침묵을 지켰다. 종일 붙어서 말을 탔건만 어찌 된 노릇인지 막상 말 한마디 건네기가 어려웠다.

"고단하시지요?"

백현이 용기를 내 물었다. 설희가 고개를 끄덕였다.

"네, 실은 이렇게 멀리까지 나와본 적이 없거든요."

"아, 네……."

또 대화가 뚝 끊겨 정적이 흐르는데, 저기서 시종 두 명이 저녁을 한 상 들고 왔다. 그러나 반가의 남녀가 한 방에서 식사를 하는 것은 법도에 어긋나는 일이라.

"이보오, 상을 따로……."

그때 설희가 그의 말을 막으며 말했다.

"같이 드시지요. 괜히 사람들의 이목을 끌어 좋을 게 없습니다."

그러고 보니 내외하는 사이도 아닌데 밥상을 따로 달라 하면 그 또한 의심을 살 만했다. 시종들이 물러가자 두 사람은 안방에 들어가 마주하고 앉았다.

"으흠!"

"험! 험!"

둘 다 괜히 헛기침을 한 뒤에 수저를 들었다. 제 또래의 이성과 함께 밥술을 뜨는 것은 태어나고 처음이니 밥이 코로 들어가는지 입으로 들어가는지도 모르겠고 일각이 10년 같았다. 하지만 배꼽시계는 그런 사정을 봐주는 법이 없는지라 하루 종일 말을 달린 탓에 잔뜩 허기

졌던 백현의 배에서 꾸르륵 소리가 났다.

"밥은 양반이 뜨는데 배 속에는 거지가 들었나 봅니다."

백현이 얼굴을 붉히며 농을 건네자 설희가 피식 웃었다. 둘 사이를 누르고 있던 어색함이 마침내 사라지는 느낌이었다. 이상하게 웃음이 스멀스멀 올라와 한바탕 까르르 웃는데, 어느새 하얀 달이 활짝 열린 창 안으로 쏟아져 들어왔다. 둘은 잠시 그 달을 올려다보았다.

"내일은 어디로 가게 되는지요?"

설희가 먼저 물었다.

"충주로 가야 합니다. 그곳에는 저희 백부님이 계시지요. 아, 지도를 한번 보시겠습니까?"

백현은 품에서 지도를 꺼내 바닥에 펼쳤다.

"그러니까 여기, 여기가 지금 우리가 있는 여주입니다. 그리고 내일은 여기 있는 충주로 향하게 되지요."

"그럼 여기서 이 길을 따라 이렇게 가게 되겠……."

설희가 지도를 따라 손가락을 긋다가 백현의 손에 닿자 멈췄다.

"어……."

그녀가 얼굴을 붉히며 손을 걷었다. 백현은 순간 그녀의 얼굴을 들여다보고 화들짝 놀라서 말을 더듬었다.

"네, 네. 그, 그렇게 가게 될 겁니다. 어험, 험!"

그는 헛기침을 하며 자리에서 일어났다. 얼굴이 뜨끈뜨끈해서 익을 지경이었다.

"저는 그, 그만 나가보겠습니다. 편히 쉬십시오. 내일은 또 충주까지 긴 여정이 될 테니까요."

백현은 지도도 챙기지 않고 황급히 방을 나갔다. 바닥에 펼쳐진 손때 묻은 지도에 찍힌 가위표 하나. 설희는 그 가위표를 물끄러미 쳐다봤다. 옆에는 월악산이라 적혔다.

"월악산, 월악산에 계신 건가."

그녀가 나지막하게 중얼거렸다. 생전 처음 하는 이 여행길의 끝에서 연이 어떤 모습으로 그녀를 기다릴까, 피곤한 중에도 잠이 오지 않는 긴 밤이었다.

*

오후가 다 되도록 연과 망량은 서로를 본체만체했다. 어제의 일 때문이었다.

'혹시 내가 여자라는 걸 눈치챈 건 아니겠지?'

연은 여장을 한 일 때문에 걱정이 돼서 입술이 말랐다. 그러나 뭐라고 말을 꺼내야 좋을지 몰랐다.

"어, 어제 그 옷은 별 뜻 없이 입어본 거야. 내 정혼녀

한테 잘 맞을지 미리 보려고……. 아니, 아니야. 이게 아
니라고."

이래저래 연습을 해봤지만 당최 그럴듯한 변명이 떠오
르지 않았다. 그녀는 머리를 쥐어뜯다가 한숨을 쉬었다.

"그래, 그냥 한번 입어보고 싶었다고 하자. 뭐, 어쩔 거
야."

연은 주먹을 불끈 쥐고 망량이 장작을 패는 텃밭 쪽으
로 향했다.

"내가 요새 힘이 끓어오르다 못해 넘쳐서 잠시 이성을
잃었지만! 난 괜찮아! 나는 멀쩡하다고! 으아아!"

혼자서 괴성을 지르며 미친 듯 장작을 패는 망량. 연은
쭈뼛쭈뼛하다가 모기 같은 목소리로 그를 불렀다.

"저, 망량……."

그녀가 지척까지 온 줄도 모르고 장작을 패던 망량은
놀라서 도끼를 그루터기에 푹 메다꽂았다.

"어억! 뭐, 뭐야."

그의 얼굴이 흡사 불탄 고구마처럼 홱 달아올랐다.

"저기, 어제……."

연이 더듬거리면서 그를 쳐다봤다. 망량은 먼 산을 쳐
다보며 그 눈을 피했다. 도저히 마주 볼 자신이 없었다.
그런데 먼 산에 연이 얼굴이 덩그러니 걸려 있었다. 이

제 멀쩡한 눈까지 멀어버렸나!

"완전 맛이 갔군, 갔어."

망량이 좌절한 사람처럼 중얼거렸다.

"맛이…… 갔다고?"

연이 그에게 되물었다.

"모, 몰라! 됐으니까 돌아가!"

망량은 퉁명스럽게 내뱉고 돌아섰다.

'나는 남자 따위 좋아하지 않는다고! 인정 못 해!'

그는 오늘 종일 갈고 닦았던 마음속 다짐을 떠올렸다.

"나는 그냥 한번 그 옷이 입어보고 싶어서……."

"됐다니까 그러네! 네가 여자 옷을 입든 뭘 하든 내 알
바 아니라고."

망량이 도끼 자루를 쥐고 냉정하게 말했다. 그는 이쪽
을 돌아보지도 않았다.

"알 바가 아니라고?"

"그래, 네가 누구든 뭘 하든 나하고는 상관없어. 이제
까지 그래왔고, 너 역시도 결국 원하는 걸 이루기 위해
소원을 빌게 되겠지. 난 그걸 들어주고 여길 떠나면 끝
나는 거야. 그러니 네가 내 눈치를 볼 건 없다고. 어차피
각자 다른 길을 가게 될 사람이니 말이야."

연은 그 말에 대꾸할 수가 없었다. 그러나 가슴에 구멍

이 뚫린 것 같았다. 왜 이렇게 속상하고 서운한지 모르겠다. 다정하고 좋은 사람이라고 생각했는데, 다 착각이었을 뿐인가.

"그래, 서로 상관도 없는데 내가 괜한 걱정을 했나 봐."

그녀는 눈물이 툭 떨어지는 걸 소매 자락으로 닦고 돌아섰다. 망량은 그게 아닌데 하면서도 그녀를 붙잡지를 못했다. 지금 붙잡으면 또다시 마음이 울렁거릴까 봐 겁이 났다.

"어차피 각자 다른 길을 가게 될 사람……."

연이 혼자 중얼거리며 요사채까지 터벅터벅 걸어가는데 누군가 연의 소맷자락을 잡았다.

"도련님!"

뒤돌아보니 동자승 해온이 혀를 쏙 내밀고 있었다.

"이제 몸은 괜찮으십니까?"

연이 빙그레 웃었다.

"네, 아직 배에서 꾸르륵꾸르륵 소리가 나긴 하는데 도련님께서 주신 약을 먹으니까 많이 좋아졌어요. 그런데 도련님, 왜 이렇게 기운이 없으세요?"

"기운이 없어 보입니까?"

해온은 고사리 같은 작은 손을 그녀의 이마에 대보았다.

"열은 없는데, 혹시 제 장염이 전염된 건 아니지요?"

"아닙니다, 전염된 게 아니니 걱정 마세요. 기운이 없어서 그런 거니 좀 쉬면 괜찮아질 겁니다."

"도련님도 기운이 없다니 고기를 드셔야겠어요. 원주 스님이 이제부터 저는 고기 반찬 해주신대요. 도련님도 나중에 오셔서 같이 드세요."

해온은 벌써부터 고기 반찬에 신이 난 얼굴이었다.

"저는 괜찮습니다. 앞으로는 우리 해온 스님 걱정 안하도록 힘내야겠어요."

연이 그의 손을 꼭 잡았다. 그때 멀리서 원주 스님이 긴 팔을 휘휘 저으며 손짓했다.

"해온아! 잠시 이리 오너라!"

"도련님, 저 그만 가볼게요. 오늘 고기 때문에 마을에서 사냥꾼 아저씨들 온다고 했거든요."

그가 총총 뛰어간 후 연은 요사채 마루에 걸터앉아 하늘을 쳐다봤다. 어제 거울 속에 비치던 자신의 모습이 떠올랐다. 진짜 남자가 되기로 결심했으면서 왜 그 옷을 입어봤을까. 망량의 차가운 말이 귓가에 맴돌았다. 그녀는 방 안으로 들어가 이불을 둘러쓰고 누웠다.

한편 망량은 장작을 정리하고 나오다가 원주 스님과 해온이 웬 사냥꾼 무리와 이야기하는 것을 목격하고 수상쩍은 생각이 들어 그 곁으로 걸어갔다. 덥수룩한 수염

에 화승총을 어깨에 진 사냥꾼 하나가 걸걸한 목소리로
말했다.

"스님이 고기를 산다는 얘기를 듣고 처음에는 긴가민
가했습죠."

"이 동자승에게 먹일 고기입니다. 아직 한참 클 나이
인데 푸성귀만 먹인다고 주지 스님께서 걱정을 하셨지
요. 마을에서 소나 돼지를 잡거든 좀 가져오셔도 되고
사냥을 하거든 그 고기를 주고 가셔도 됩니다. 이 아이
하나 먹을 테니 많이는 필요 없고 때때로 조금씩만 부탁
드리겠습니다."

원주 스님의 말에 사냥꾼은 고개를 끄덕였다.

"주지 스님 말씀이라면 따르다마다요. 앞으로 고기는
책임지고 구해드릴 테니 염려 놓으십시오. 오늘 이 산에
서 사냥을 할 참이었는데 혹 토끼나 꿩을 잡게 되면 내
려오는 길에 들르겠습니다. 원래 목표는 매바위 호랑이
지만 말이지요."

망량의 귀가 번쩍 뜨였다. 그는 한달음에 달려가 잡아
먹을 듯이 물었다.

"방금 뭐라 했소? 매바위의 호랑이를 잡는다고 했소?"

원주 스님이 잔뜩 흥분한 망량을 붙들었다. 사냥꾼은
인상을 쓰면서 그를 밀쳤다.

"나 참! 댁은 뭔데 이러시오?"

"그 호랑이는 이 산의 산신이오! 절대 해치지 마시오!"

"산신? 호랑이가 사람들을 해칠지도 모르는데 무슨 헛소리요?"

그는 어이가 없다는 표정을 짓더니 곁의 동료들에게 가자는 눈짓을 했다.

"주지 스님께서 마음이 좋으시니 절에 별 어중이떠중이들이 다 오나 보네요. 그럼 나중에 또 오겠습니다. 스님."

사냥꾼들이 숙덕거리며 가버리고 난 후부터 망량은 애가 탔다. 비록 매바위의 호랑이가 월악산의 반쪽 산신을 차지한 것은 분하지만, 어차피 그가 피리에 봉인된 마당에 산을 수호할 누군가가 필요했다. 그런데 감히 산신을 해치겠다니 가당키나 한 소린가!

"어찌한다…… 어찌한다……."

망량이 한참 동안 절 마당을 서성이는데 법당 안의 노승이 예불을 마치고 나오다가 그 모습을 보고 다가왔다.

"뭘 그렇게 망설이는 게야?"

노승이 홀홀 웃었다.

"빚을 진 게 있으면 갚아야지."

그의 말에 망량은 매바위 경계에서 호랑이에게 했던

약속을 떠올렸다.

"약초를 좀 구하려고 들어갔을 뿐이야. 다음에 이 은혜는 꼭 갚을게. 약속해."

순간 등골이 오싹했다. 저 영감은 그걸 어떻게 알고 있는 걸까. 의문은 생기지만 당장 그 답을 쫓을 여유는 없었다.

"고, 공력 높은 건 알겠는데, 내 속까지 꿰뚫어보지는 마시오."

그는 더듬더듬 대꾸한 뒤에 절 밖으로 나왔다. 노을이 지는 하늘에는 곧 어둠이 내리리라.

"어디 어중이떠중이 맛 좀 보라지."

망량은 재빠르게 매바위 쪽으로 산을 타고 올라갔다. 노승은 그가 멀리 사라지는 모습을 지켜봤다.

"본래 내 것이었기에 꿰뚫어보지 않아도 아는 걸, 난들 어찌하겠는가."

그는 알 수 없는 말을 중얼거리고 홀홀 웃었다.

*

저녁 공양 시간이 다 되도록 망량이 보이지 않자 공양주가 연에게 물었다.

"망량 처사님은 어디 가셨습니까?"

"저도 잘……. 제가 방에 가서 보고 오겠습니다."

그녀는 주고에서 공양을 준비하던 손을 놓고 일어났다. 한숨만 나왔다. 네가 뭘 하든 내 알 바가 아니라던 찬바람 같은 그의 말이 떠올랐다.

"나쁜 놈! 뭘 하든 알 바가 아닌데 밥까지 챙겨줘야 하나."

저녁 공양 시간이 지나면 따로 식사를 차려 먹지 못하고 끼니를 걸러야 한다. 그녀는 툴툴거리며 망량의 방을 찾았다. 그러나 방은 불이 꺼져 있었다.

"자는 건가?"

연은 그를 부르려다가 주춤했다. 괜히 또 싫은 소리를 들을까 봐 걱정부터 앞선 까닭이다. 그때였다.

"망량 도련님을 찾으십니까?"

뒤를 돌아보니 저녁 공양을 들러 가던 노승과 해온이 그녀를 향해 합장했다.

"네, 저녁 공양 시간 다 되도록 오지 않아서."

난처한 표정을 짓자 노승이 미소를 지었다.

"망량 도련님은 매바위로 갔습니다."

매바위라니, 연은 잘못 들었나 하는 생각에 되물었다.

"매바위요? 망량이 지금 거길 혼자 갔다고요?"

노승이 고개를 끄덕였다. 철렁, 가슴이 내려앉았다. 날은 어두워지는데, 호랑이가 나올지도 모르는 그곳에 무슨 생각으로 갔단 말인가! 그때 노승의 곁에 서 있던 해온이 불쑥 대답했다.

"아까 사냥꾼 아저씨들이 호랑이를 잡겠다고 하니까 안 된다고 화를 막 냈어요. 혹시 그 아저씨들을 말리러 간 건가."

연의 두 눈이 커졌다.

'사냥꾼들을 말리러 가다니. 망량, 어쩌자고 거길 쫓아간 거야.'

이런 밤중에 횃불 하나 들지 않고 사냥꾼들을 쫓아갔다니. 그의 가시 돋친 말에 눈물을 흘린 일은 멀리 사라지고 안절부절 걱정뿐이었다.

'그래, 이대로 있을 순 없어.'

연은 곧 주고에 들어가 횃불 붙이는 데 쓸 물건을 꺼내 왔다.

"망량을 찾으러 가야 해."

매바위로 쫓아간다고 했다가는 스님들이 말릴 것이 분명하다. 그녀는 혼자 몰래 절을 나와 홰에 불을 붙여 들었다. 그와 함께 갔던 길을 곰곰이 되짚으며 산길을 오르다 보니 어디서 본 듯한 풍경이 나왔다. 매바위와 경계를 짓는 개울가, 호랑이가 쫓아왔던 그곳이었다.

"여기서 호랑이한테 미안하다고 빚을 갚겠다고 그랬는데."

그는 정말 호랑이와의 약속을 지키려고 한 걸까.

"…… 망량! 이 바보, 멍청이."

걱정스러운 마음에 눈물이 흘렀다. 연은 목소리를 높여 망량을 불렀다.

"망량! 어디야! 망량!"

손나팔을 하고 그를 한참 부르며 산을 오르는데, 바위에 걸려 넘어지고 날카로운 가시덤불에 손을 베이면서도 어째서인지 전혀 아프지 않았다.

"망량! 어디 있는 거야! 망량!"

연의 외침이 커질수록 산중의 어둠은 점점 깊어졌다. 굴참나무 숲 사이로 반딧불들이 다시 날아올랐다. 숲에는 풀벌레들의 울음소리만 가득한데 여전히 망량은 보이지 않았다.

'어디 있는 거지? 분명 여기가 매바위 쪽인데.'

초조하게 걱정하는 그때 마침 저편에서 이상한 울음소리가 들려왔다. 크르르르! 크아아앙! 틀림없는 호랑이 울음소리였다. 숲 안쪽에서부터 들려오는 무시무시한 울음소리에 연은 하마터면 손에 들고 있던 횃불을 놓

칠 뻔했다. 뒤이어 들려오는 탕, 탕, 탕! 몇 발의 총소리
와 개 짖는 소리. 지척에서 사냥꾼들이 호랑이를 사냥하
고 있었다. 그녀는 굴참나무 숲 사이로 높게 솟은 수풀
을 헤치고 그편을 향해 달려갔다.

"망량!"

풀숲을 헤치며 뛰어 들어가는 순간 맹수의 비명이 들
려왔다. 커다란 바위벽을 뒤로하고 달빛을 받은 호랑이
한 마리가 이를 드러내는데 어찌나 무시무시한지! 그러
나 그를 둘러싼 사냥개들도 보통은 아니었다. 호랑이 앞
에서도 위용이 꺾이지 않는 풍산개 10여 마리가 으르렁
거렸다.

"저쪽이다!"

사냥꾼들이 개 짖는 소리를 따라 수풀을 헤치고 몰려
오는 소리가 났다. 호랑이는 막다른 길에서 수세에 놓여
있었다. 그 뒤에는 어린 새끼 한 마리가 바위틈으로 숨
으려고 발버둥을 쳤다. 호랑이는 제 새끼를 보호하기 위
해 필사적이었다. 연은 두렵고 무서운 마음에 가슴이 뛰
었지만 지금 무엇보다 중요한 것은 망량이었다. 그녀는
용기를 내어 사냥꾼들을 향해 뛰어갔다.

"이보시오!"

갑작스러운 연의 등장에 사냥꾼들이 놀라 고함을 질

렀다.

"누구요!"

"망량! 망량을 못 봤소! 키가 큰 젊은 남자요. 매바위
로 당신들을 쫓아갔다고 했소."

사냥꾼들을 훑어보아도 그 틈에 망량은 없었다. 그들
은 연기가 새어 나오는 화승총을 호랑이 쪽으로 겨누고
대열을 정비했다. 사람 찾는 일에는 전혀 신경을 쓸 겨
를이 없어 보였다.

"미쳤군! 여기까지 사람을 찾으러 혼자 오다니!"

"죽고 싶지 않으면 어서 내려가라고!"

연이 우악스러운 그들의 손에 밀려 바닥에 엎어졌다.

"아아!"

연의 손에 들려 있던 횃불이 바닥에 떨어져버렸다. 이
제 숲을 비추는 것은 오직 달빛과 유유히 떠다니는 반딧
불뿐이었다. 바로 그때, 신비로운 휘파람 소리가 들려왔
다. 휘리리리, 피리리리리.

"이, 이건 망량이 불던 휘파람 소린데……."

연은 사방을 둘러보았다.

'어디 있는 거야! 대체 어디에!'

두리번거리던 그녀가 간절한 마음으로 그를 불렀다.

"망량!"

순간 집채만 한 무언가가 번개처럼 창공을 가르고 지나갔다.

"아악!"

연은 비명을 지르며 몸을 움츠렸다.

'서, 설마……'

고개를 드는 순간 쿵 하고 심장이 멎는 듯했다. 커다란 백호 한 마리가 사냥꾼들의 뒤를 덮친 게 아닌가! 녀석은 순식간에 사냥꾼들을 넘어뜨리고 총을 물어 멀리 던져버렸다. 마치 악귀와 같은 모습으로 날고뛰는데 풍산개들조차 그 앞에서 맥을 못 췄다. 백호는 선두에 서 있던 개 한 마리를 물고 본보기로 바닥에 내팽개쳤다. 개가 바닥에 나뒹굴자 다른 사냥개들이 감히 덤빌 엄두를 내지 못하고 꼬리를 내리고 도망쳤다.

"이런! 대열을 정비해!"

사냥꾼 무리의 대장인 자가 고함을 질렀지만 소용이 없었다. 백호의 놀라운 솜씨에 사냥꾼 일행과 개들이 혼비백산해서 뿔뿔이 흩어졌다. 녀석은 사냥꾼 무리를 끝까지 쫓으려는 듯 산 아래로 몰아 내려갔다.

'가, 갔어!'

이제 숲에 덩그러니 남은 사람은 그녀 하나였다. 그녀는 돌처럼 굳어 매바위 호랑이를 쳐다봤다. 녀석은 그녀를 향해 낮게 으르렁거리며 다가왔다.

"마, 망량……."

연은 저도 모르게 망량을 불렀다. 그러나 그의 모습은
보이지 않았다. 호랑이는 한 발 한 발 그녀를 노려보며
다가왔다. 도망치고 싶었지만 이미 팔다리는 얼어붙어
버렸다.

'이대로 끝인가!'

그때, 크르르르르! 곁에서 울리는 소리! 그녀가 고개
를 돌렸다.

"어…… 어……."

피 묻은 송곳니를 드러낸 백호가 곁에 서 있었다. 그녀
는 숨이 컥 막혔다. 어찌나 바싹 붙어 있는지 녀석이 스
치는데 그 하얗고 뻣뻣한 털이 피부를 훑고 지나갔다.
등골이 오싹했다. 그런데 이게 어찌 된 영문인가. 백호
가 매바위 호랑이로부터 그녀를 비호하겠다는 듯 앞을
막아섰다.

'뭐, 뭐하는 거지. 나, 날 두고 머, 먹잇감 다툼을 하려
는 건가!'

두 호랑이가 서로를 위협하며 신경전을 벌이는데 둘
다 끝내 포기하지 않고 맞섰다. 이대로라면 몸이 갈가리
찢겨 죽어도 이상하지 않으리라. 그런데 끼우! 끼우! 뒤

에서 새끼 호랑이가 구슬피 울었다. 크르르, 매바위 호랑이가 그 소리에 주춤하더니 뒷걸음을 쳤다. 녀석은 이 싸움을 포기할 모양이었다. 매바위 호랑이는 어린 새끼를 입에 물고 바위를 훌쩍 뛰어넘어 사라졌다.

'나, 난 이제 죽는구나!'

연이 덜덜 떨면서 뒷걸음을 쳤다. 백호가 천천히 그녀를 향해 돌아섰다. 날카로운 백호의 두 눈동자가 그녀를 바라보고 있었다. 어디서 봤을까. 그 찰나의 순간 그녀는 두 눈동자가 무척 익숙하다는 것을 깨달았다.

"너, 너······."

백호는 날카로운 송곳니나 발톱을 드러내지 않았다. 마치 전부터 알던 누군가처럼 연을 가만히 응시했다. 그녀의 손이 덜덜 떨렸다. 연은 녀석을 향해 손을 내밀었다.

"너 설마······."

마침내 그녀의 손이 백호의 머리에 닿으려는 순간, 탕! 단발의 총성이 숲 전체를 무너뜨릴 듯 크게 울렸다. 백호가 고통스럽게 울부짖으며 몸부림쳤다. 그러자 수풀 속에 몰래 숨어 지켜보던 사냥꾼 무리의 대장이 모습을 드러냈다. 그는 연기가 피어오르는 화승총을 들고 회심의 미소를 지었다.

"잡았군!"

하지만 백호는 쉽게 쓰러지지 않았다. 목덜미 옆으로 난 흰 털이 피로 물들었지만 그는 동귀어진(同歸於盡 : 적과 함께 죽는 무공 필살기)을 하는 무사처럼 일어났다. 사냥꾼 대장의 표정이 일그러졌다. 그는 얼른 다시 화승총 약실에 화승을 박아 넣고 불을 붙이려고 했다. 그러나 총을 다시 쏘기에는 시간이 모자랐다.

"제길!"

그는 화승총을 재장전할 여유가 없자 총을 버린 채 수풀을 헤치고 도망쳤다. 백호가 그 뒤를 쫓아 수풀 속으로 뛰어들었지만 실은 그를 쫓을 만한 상황이 아니었다. 사냥꾼 대장을 향해 마지막 힘을 쥐어짜 위협을 가한 것일 뿐이었다.

총상으로 몸을 가눌 수 없던 백호는 몇 발자국 가지 못해 쿵 하고 수풀 속에서 쓰러져버렸다. 녀석은 이대로 쓰러질 수 없다는 듯 끝까지 발버둥을 치며 일어나려고 했지만 몸이 말을 듣지 않았다. 눈앞이 가물가물해지며 총상의 고통만이 엄습해왔다. 숨도 점점 가빠왔다. 바닥에 쓰러진 백호의 눈 속으로 바람결에 흔들리는 수풀이 들어왔다.

연도 그 흔들리는 수풀을 보았다. 바람이 그녀를 훑고 지나갔다. 시간이 멈춘 듯 조용했다. 그녀는 자신의 직감이 틀렸기를 바라며 가만히 수풀을 헤치고 백호를 쫓아 걸어 들어갔다. 한 발짝, 한 발짝 백호를 향해 수풀을 헤치고 다가갔다. 마지막 수풀을 걷으며 그녀의 눈에서 눈물이 퍽 터졌다.

"망량……."

연은 수풀 속에 쓰러진 망량을 끌어안았다. 어깨에 총상을 입어 피범벅이 된 그는 고통을 참으며 신음했다. 연은 정신을 잃어가는 그를 깨웠다.

"망량! 망량! 정신 차려봐."

그는 엉엉 우는 연을 겨우 올려다봤다. 눈물이 주르륵 타고 흐르는 부드러운 두 볼과 붉은 입술, 선한 두 눈동자.

"너…… 여기까지 왜 왔냐. 그렇게 모질게 굴었는데 여기까지 나 찾으러 오면 어떡해. 큰일 날 뻔했잖아, 이 맹추야."

망량은 피로 엉망이 된 커다란 손을 뻗어 그녀의 뺨에 댔다. 연이 그 손을 붙들었다. 서로에게 흔들리는 미묘한 감정을 확인하는 순간이었다. 그러나 어깨의 통증이 그를 가만히 놔두지 않았다.

"으윽!"

망량이 고통을 참지 못하고 신음했다.

"안 돼! 정신 차려!"

연이 다급하게 자신을 부르는 목소리가 들렸다. 그러나 점점 그 소리는 멀리 사라졌다. 어깨의 고통도 사그라지며 눈앞이 다시 가물가물해졌다. 계속 놓치고 싶지 않던 그 얼굴 또한 어둠 속으로 완전히 사라져버렸다.

"망량!"

연이 정신을 잃은 망량을 끌어안았다. 눈물이 멈추지 않고 흘러내렸다. 밤하늘의 달빛 또한 비처럼 쏟아졌다.

다가오는 그림자

무원의 손이 부들부들 떨렸다.

"그래서 설희 아가씨가 네 옷을 입고 사라졌다는 말이냐?"

언년이는 그를 볼 낯이 없어 고개를 숙였다. 무원은 화를 참지 못하고 연적을 벽에 던져버렸다. 콰창, 잉어 모양의 연적이 산산조각 나면서 안에 들어 있던 물이 쏟아졌다. 그 바람에 언년이는 물벼락을 맞은 꼴이 됐지만 감히 눈도 뜨지 못했다. 무원은 성에 차지 않았던지 그녀의 목을 잡고 벽에 몰아붙였다. 언년이는 두려움에 압도당해 숨도 제대로 쉴 수 없었다. 무원은 낮고 조용한 목소리로 말했다.

"너한테 돈을 쥐가면서 뒷조사를 시킨 건 뒤늦게 허탕이나 치기 위해서가 아니야. 설희 아가씨가 죽소로 몰래 도망쳤을 때도, 그리고 지금도. 받은 돈만큼 제대로 못하겠다면 도로 뱉어내야 하지 않겠어? 아, 물론 우리 집에서 준 돈은 항상 곱으로 갚아야 한다는 걸 너도 잘 알겠지."

이제 언년이는 무서워서 오줌을 지릴 지경이었다. 그녀는 당장의 화를 모면하기 위해 머리를 굴렸다.

"마, 말씀드릴 게 있어요. 켁…… 켁…….'"

무원이 손을 놓았다. 언년이는 졸렸던 목을 잡고 컥컥 기침을 토해냈다. 그는 이죽거리며 말했다.

"좋아, 기회를 주지."

"이, 이연 도련님이 수원에 있는 외가로 수학을 하러 가신 게 아니에요."

흥미가 생긴 듯 그의 눈동자가 빛났다.

"설희 아가씨가 과거 시험 족보를 구해서 전해드린다고 찾아갔는데…… 그 집에서 이연 도련님이 처음부터 온 적도 없다고 했어요."

"뭐? 처음부터 온 적도 없어?"

"네."

"그럼, 어디에서 뭘 한다는 말이지?"

그의 말에 언년이는 긴장한 표정으로 고개를 가로저었다.

"그, 그건 모르겠어요. 설희 아가씨도 이상하다고 생각하셨는지 이연 도련님 댁으로 가자고 하셨어요. 그런데 마침 그 집 입구에서 어떤 도련님을 뵈었어요."

"어떤 도련님?"

"이연 도련님과 동문수학하셨다고…… 성함이 송…… 송, 송백현이라고……."

무원의 숨소리가 거칠어졌다. 그녀는 주눅이 들어 입을 다물었다.

"송백현이 거기에 나타났단 말이지? 그래, 그래서 둘이 무슨 얘길 나누었느냐?"

그가 재촉했다.

"저를 물리시고 두 분만 얘기를 나누셔서 무슨 얘기인지는 듣지 못했습니다. 제, 제가 아는 건 이게 다예요."

언년이는 또 목을 졸릴까 봐 잔뜩 움츠러들었다. 무원의 표정은 여전히 어두웠다.

"트, 틀림없이 그, 그 도련님께 무슨 얘기를 들으셨기에 아가씨가 사라지신 겁니다. 그, 그, 그렇지 않고서야 그 다음 날 그리 사라질 까닭이 없지 않겠습니까?"

그는 말이 끝나기가 무섭게 방문을 거칠게 열었다. 언년이가 두 손을 모았다.

"됐다, 이제 그만 가보거라."

"네, 가, 가보겠습니다."

그녀가 굽실대며 나가자 무원은 뒤뜰에서 대기하고 있던 수하를 호출했다.

"부르셨습니까?"

"아까 자네가 말하기를 송백현도 사라졌다 했지?"

그는 무원의 질문에 허리를 굽혀 사죄했다.

"네, 거듭 송구합니다."

목소리가 떨렸다. 그의 웃옷에 묻은 검붉은 핏자국을 보고 무원은 만족스러운 표정을 지었다.

"자네 수하 단속을 하던 중인가 보군? 그래, 시킨 일을 제대로 못하면 벌을 받는 거야 당연한 일 아닌가. 고생하는 자네를 봐서 한 번 더 믿어보기로 하지. 앞으로는 부하들 관리에 좀 더 신경을 써야 할 거야."

그가 두 눈을 번뜩이며 웃었다.

"분부만 하십시오. 이번에는 실수 없이 처리하겠습니다."

수하가 한 손을 가슴에 대고 주먹을 꼭 쥐었다.

"송백현, 윤설희. 그 둘이 함께 사라졌어. 둘을 찾아내도록 해. 젊은 남녀 둘이서 이동을 한다면 눈에 띌 테지. 게다가 송백현은 말을 타고 갔다고 하지 않았나? 그렇다면 더욱 찾기는 쉬워질 테지."

"포도청 관원들을 매수하고 추노꾼들에게는 현상금을 걸어 은밀히 수색하겠습니다."

무원이 고개를 끄덕였다.

"그래, 돈은 얼마가 들어도 좋아. 그 두 사람이 어디로 갔는지 확실히 쫓으라고. 다음에 또 실수하면 그때는 자네 차례니까."

"네, 명심하겠습니다."

수하는 굳은 얼굴로 방을 나갔다.

"이연, 네가 외가에 가지 않았다? 지금 넌 어디 있다는 거냐? 송백현이 내 의중을 알게 된 마당에 위험천만하게 홀로 돌아다닌다니. 아무리 생각해도 이상하지."

그는 바닥에 깨진 연적 파편을 주웠다.

"필시 송백현은 너와 연락이 끊겼어. 처음부터 너의 목적지는 외가가 아니었을지도 모르지. 게다가 이제 설희 아가씨까지 윤 대감을 속이고 사라졌다? 아마 말 못할 사정의 널 찾아 송백현과 함께 간 게 분명하다. 넌 지금 뭔가 숨기고 있구나. 뭘까? 네 비밀이. 큭큭. 그래, 어디 얼마나 대단한 건지 한번 보자꾸나."

입을 타고 흐르는 웃음처럼 검붉은 피가 무원의 꽉 다문 주먹을 타고 뚝뚝 떨어졌다.

*

"으으……."

망량은 어깨를 가를 듯 격한 통증에 신음하며 눈을 떴다. 흐릿한 앞이 차츰 밝아졌다.

"정신이 드십니까?"

해온이 젖은 수건으로 그의 이마를 닦다가 놀라서 물었다.

"어……."

망량이 힘들게 대답했다. 총상을 입은 기억이 떠올랐다. 그를 끌어안고 울던 연의 목소리가 아직도 귀에 맴도는 기분이었다. 그 품에서 정신을 잃었는데 여기까지 어떻게 온 걸까.

"…… 연이는?"

옆에 앉은 원주 스님이 한숨을 푹 쉬었다.

"하마터면 큰일 날 뻔했어요. 이연 도련님이 당신을 여기까지 끌고 왔습니다. 그 조그만 사람이 매바위에서부터 당신을 끌고 왔으니 이곳에 도착했을 때는 쓰러지기 직전이더군요. 그런데도 무슨 정신력이 그렇게 대단한지, 당신 어깨의 총상을 치료하기 위해 밤을 새워 수술까지 했습니다. 피를 많이 흘리면 죽는다고요. 다행히 수술도 잘 끝나 저희가 돌본다고 잠시 눈이라도 붙이라고 했습니다."

망량이 안도하며 눈을 감았다.

'연이가 나를 구해줬구나.'

그러나 여전히 어깻죽지는 찢어질 듯 아팠다. 비록 도깨비의 수명이 길고 회복력이 탁월해 쉽게 죽는 일은 없지만 그 역시 불로불사의 존재는 아니었다. 망량은 다시 깊은 잠에 빠져들었다.

"망량, 네가 살아서 다행이야."

달콤한 꿈인가. 따뜻하고 부드러운 목소리, 부드러운 촉감과 향긋한 소맷자락 냄새. 놓치고 싶지 않다.

'연아!'

망량이 그녀의 손을 잡았다. 화들짝 놀란 그녀의 목소리가 들렸다.

"망량! 정신이 들어? 정신이 드는 거야?"

꿈이 아니었다. 그는 미소 지었다.

"응."

그 갈라진 목소리조차 반가워 연은 눈물을 글썽거렸

다. 망량이 픽 웃었다.

"무슨 사내놈이 그렇게 자주 우냐. 고추 떼라."

그녀가 옆구리를 쿡 때렸다.

"그렇다고 환자를 때리냐?"

망량이 아픈 시늉을 했다.

"너 죽는 줄 알고 내가 얼마나 걱정했는데."

그녀의 눈에서 닭똥 같은 눈물이 흘렀다. 콧물까지 훌쩍이며 펑펑 우는 모습이 어쩜 이렇게 좋기만 할까. 그는 연의 손을 꽉 잡아 끌어당겼다. 그녀가 그의 품에 폭 안겼다.

"뭐, 뭐하는 거야."

망량은 당황해하는 그녀를 끌어안은 채 중얼거렸다.

"그래, 이제 나도 모르겠다. 난 원래 남들이 하지 말라는 짓만 하는 놈이니까 하나쯤 더 해도 상관없을 거야."

"뭐, 뭐라는 거야. 이, 이거 놔."

연이 버둥거리며 그의 품에서 빠져나왔다. 얼굴이 또 빨개졌다.

"아, 아직 팔 움직이면 안 된다고. 조심해야 해."

그녀가 딴청을 피우면서 말했다.

"괜찮은데?"

망량은 다치지 않은 왼쪽 팔을 들었다.

"바보, 총상은 오른쪽에 입었어."

그는 그녀가 가리킨 오른쪽 어깨를 만져봤다. 가슴부터 오른팔 전체가 천으로 단단히 감싸져 있었다.

"나도 총상 환자 수술은 처음이라 걱정을 많이 했어. 널 둘러메고 내려올 땐 오른편 어깨에서 이상한 푸른빛까지 번쩍거려서 무슨 일이라도 생기는 줄 알았다고."

"이상한 푸른빛?"

망량이 되물었다. 푸른빛이라, 자신의 공력을 말하는 건가.

"다행히 절에 도착할 쯤엔 멈췄어. 수술도 경과가 좋아. 네가 특별해서 그런 건지 회복도 빠르고⋯⋯."

그때 어험, 밖에서 헛기침하는 소리가 들렸다. 그녀는 말을 멈추고 문을 열었다. 노승과 해온이었다.

"도련님, 망량 처사님은 괜찮겠습니까?"

"아, 네. 들어오세요. 마침 정신이 들어서⋯⋯."

두 사람이 들어와 앉는데 갑자기 망량의 어깨로 고통이 엄습했다.

"으⋯⋯."

그는 움찔하며 몹시 고통스러운 소리를 냈다. 연이 얼른 자리에서 일어났다.

"그러고 보니 마침 약효가 떨어질 때가 됐구나. 기다

려. 통증을 가라앉힐 약을 좀 만들어 올게."

"저도 도울게요."

해온도 연을 따라 나가버리자 방 안에는 마침내 망량과 노승 둘만 남았다. 망량은 통증을 견디며 말했다.

"호랑이는 구했는데, 내가 다 죽게 생겼네요."

그런데 순간 느낌이 이상했다. 통증은 가라앉았지만 팔 전체에 힘이 들어가지 않았다.

'다쳐서 그런가.'

망량은 왼팔을 들어봤다. 이상하다. 다치지 않은 팔까지 아무 감각이 느껴지지 않는다니. 그때 갑자기 손가락에서 뿜어져 나오는 푸른빛!

"이, 이거 왜 이래?"

그가 더듬거리자 빛이 그의 손목과 팔 전체를 휘감더니 번쩍! 순식간에 손이 투명하게 바뀌었다.

"이럴 수가."

망량의 눈동자가 커졌다. 손 전체가 투명하다니. 이게 실제인지 허상인지조차 분간이 안 됐다. 손에 대고 보니 이불도 비치고 벽도 비치고 노승의 얼굴도 비쳤다.

"돌아와. 돌아오라고!"

망량이 팔을 마구 휘젓자 점점 원래의 모습으로 돌아왔다. 하지만 그는 여전히 흥분이 가라앉지 않았다. 그

는 허공에 대고 손을 몇 번 더 흔들면서 괜찮은지 확인
해봤다. 마치 아무 일도 없었다는 듯 멀쩡한 손.

"방금 분명 소, 손이 사라졌는데? 영감, 영감도 봤지
요? 응?"

망량이 노승의 얼굴을 쳐다보자 노승은 씁쓸한 표정
으로 수염을 쓸어내렸다.

"왜, 왜 그러는 거요? 사람 무섭게……."

"일단 맥을 한번 짚어보세."

그는 망량의 손을 잡더니 한동안 말이 없었다.

"뭐, 뭐 잘못된 건 아니지요?"

망량이 조마조마해서 물었지만 노승은 여전히 굳은
표정이었다. 그는 신중을 기해 수차례 맥을 짚더니 끝내
혀를 끌끌 찼다.

"쯧쯧, 방금 그건 자네의 몸이 보낸 일종의 경고 신호
였구먼."

"그게, 그게 무슨 말이오?"

"자넨 단순한 총상이 아니라 경혈에 치명상을 입었네.
다시 말해 내상을 입었다는 말이지. 총을 맞아 생긴 외
상은 금방 회복되겠지만 경혈이 손상되면 공력을 회복
할 수가 없게 되네."

망량은 자신의 귀를 의심했다. 소원을 들어주어야 하

는 도깨비가 공력을 회복할 수 없다니, 이게 무슨 청천 벽력 같은 소리인가.

"공력을 회복할 수 없다면……."

"자네가 워낙 대단한 공력을 지니고 있기에 당장은 큰 이상이 없을 걸세. 그러나 문제는 공력이 다시 채워지지 않기 때문에 언제고 바닥날 수밖에 없다는 거네. 그리 되면 자네는 더 이상 도깨비로 살 수 없네. 도깨비라는 존재 자체가 신령한 기운이 모여 태어난 요괴이기 때문 이지. 그래서 공력이 없어지면……."

그는 말끝을 흐렸다.

"공력이 없어지면 어, 어떻게 된다는 거요?"

"…… 소멸하게 되네."

헛웃음이 나왔다. 소멸, 소멸이라니. 당장 낮에 돌아다 니거나 도깨비가 출입할 수 없는 절간을 들락날락하는 것만 해도 공력은 조금씩 줄어든다. 게다가 소원을 들어 주는 일은 공력의 소모가 굉장하다. 어쩌면 이연의 소원 을 들어준 후에는 공력이 바닥나 목숨이 위태로울지도 모를 일이었다.

"자네가 살 방법은 하나뿐일세. 피리의 봉인을 풀고 귀신들의 왕인 무독귀왕을 만나러 가야 하네. 자네의 신 비한 힘은 귀왕으로부터 비롯되었기에 나로선 어쩔 도리가 없군. 손상된 경혈을 회복하려면 귀왕을 만날 수밖에. 자네가 언제까지 이곳에 있을지는 모르겠지만 어찌됐든 시간이 촉박하게 되었군."

"그, 그럴 리가……."

그때였다. 문이 열리더니 연과 해온이 들어왔다. 연은 망량의 얼굴이 하얗게 질려 있는 것을 보고 물었다.

"왜 그래? 많이 아파?"

망량이 노승을 쳐다보며 아무 말 말라는 듯 고개를 저었다. 그러자 노승도 마음속으로 소리를 전하는 혜광심어(慧光心語 : 1갑자 이상의 공력을 필요로 하는 전음의 최고 경지)를 통해 조용히 말을 전했다.

"걱정 말게, 내가 이 사실을 말하지는 않을 테니."

망량은 억지로 웃는 낯을 지었다.

"아, 아냐. 괜찮아."

그러나 입에서 나오는 말과 달리 그의 손이 떨렸다. 마음속 깊은 곳에서부터 착잡하기도 하고 두렵기도 한 설명할 수 없는 감정들이 올라왔다.

*

"나리! 안에 계십니까?"

아침 조반을 들기도 전인데 무슨 까닭인지 객주가 시끌시끌하더니 급기야 백현과 설희가 머무는 사랑채로 주인이 관원들과 함께 들어왔다. 백현이 의관을 정돈한 뒤에 문을 열고 나와 물었다.

"무슨 일이오?"

객주의 주인이 떨떠름한 표정으로 사정을 설명했다.

"나리, 이른 아침부터 참으로 송구합니다. 다름이 아니라 포도청에서 흉흉한 사건이 일어나 조사를 하러 나오셨다고 합니다."

객주의 주인 뒤로 두 명의 포졸을 거느린 포도청 관원이 서 있는데, 그는 사랑채를 한번 둘러보더니 허리춤에 찬 육모방망이를 만지작거리며 다소 거만한 투로 말했다.

"저는 포도청 겸록부장兼祿部將 손관의라 합니다. 쉬시는데 번거롭게 하여 송구하오나, 한양에서 젊은 노비 하나가 제 주인을 죽이고 달아나 쫓는 중입니다. 그놈이 주인의 옷과 돈을 훔쳐 양반 행세를 하고 다닌다고 해서 부득이하게 선비님들까지 검문하게 됐습니다. 어젯밤 이 댁에 한양 말을 쓰는 젊은 선비가 왔다고 들었습니다. 무례하다 생각지 마시고 호패를 좀 보여주셨으면 합니다."

백현은 그의 음흉해 보이는 눈동자가 마음에 들지 않

았지만 수사를 위해 달라 하니 어쩔 수 없어 품에서 호패를 꺼내 건넸다. 부장은 그 호패를 살펴보았다. 생원, 진사들만 가지고 다니는 황양목패에 적힌 송백현이라는 이름 석 자. 그의 입술에 미소가 스쳤다.

"나리, 저희가 찾고 있는 자는 초시에 합격하지 못한 양반의 호패를 가지고 사라졌습니다. 이른 아침부터 제가 큰 실례를 했군요. 그럼 이만 가보겠습니다."

부장은 고개를 까딱하더니 제 부하들에게 손짓하여 객주의 주인과 함께 사랑채 마당을 나갔다. 백현은 그의 웃음이 꺼림칙했다. 사람들이 다 떠나자 설희가 문을 열고 자초지종을 물었다.

"무슨 일이십니까?"

"살인 사건의 범인을 쫓는 포도청 관원에게 검문을 당했습니다. 서둘러 여길 떠야겠습니다. 아무래도 예감이 좋지 않아요."

그는 찜찜한 얼굴로 곧장 방으로 들어가 봇짐을 꾸리기 시작했다. 설희도 그 모습에 마음이 다급해져 당장 떠날 차비를 하니 두 사람이 허겁지겁 짐을 챙겨 나왔다. 아침 한술 뜨지 못한 채 그대로 여주를 떠나 종일 말을 달렸다.

"드디어 충주입니다."

백현이 해가 지는 저편을 향해 말했다. 그곳에는 그의 숙부 송재성이 살고 있었다. 그는 과거 시험에서 차석을 할 정도 명민하였으나 오랜 당파 싸움에 환멸을 느껴 초야로 숨은 지 10여 년도 더 지났다. 남들은 혼인도 하지 않고 자식도 없이 술을 벗 삼아 반 백수로 사는 그를 주정뱅이라 하기도 하고 괴짜라 하기도 했다.

그러나 백현은 어릴 적부터 그의 때 묻지 않은 순수한 재기才氣를 동경해왔다. 재성 역시 백현의 총명함을 아껴 둘은 자주 서신을 주고받았다. 백현은 그의 집 앞에 도착하자 말에서 내렸다.

"저희 숙부님 댁입니다. 충주에 객주는 많습니다만 아무래도 사람들 눈을 피하기에는 숙부님 댁이 나을 것 같아 오늘은 이곳에서 쉬어 가려 합니다. 괜찮으시겠습니까?"

"네."

설희가 승낙하자 그는 말고삐를 쥐고 재성의 집 싸리문을 열고 들어섰다. 마당에는 커다란 앵두나무가 하나서 있고, 세 칸의 방이 대청마루를 마주하며 그 옆에는 부엌과 창고, 마루 너머 뒷마당에는 우물 하나가 있었다. 겉보기에는 별 볼 일 없어 보였지만 담장 곁으로 하나하나 심어놓은 꽃나무와 뒷마당에 작게 일구어놓은 텃밭까지, 재성의 성격을 닮은 소박하고 아담한 풍경의 집이었다.

"숙부님!"

백현이 큰 소리로 재성을 찾았다. 그러자 마당 쪽을 향해 난 안방의 창문이 스르륵 열렸다.

"누구시오?"

화려한 가채를 얹은 어느 아리따운 여인이 물었다.

"어, 어……."

백현은 그녀를 보자마자 고개를 돌렸다. 여인이 응당 걸치고 있어야 할 저고리를 입고 있지 않은 까닭이었다. 여인은 뭐가 그렇게 재미있는지 킥킥 웃더니 누군가를 깨우는 시늉을 했다.

"나리, 일어나보십시오. 누가 오셨나 봅니다."

그러자 눈이 반쯤 풀린 재성이 겨우 창문으로 고개를 내밀었다. 그는 백현을 보고 기쁜 얼굴로 웃었다.

"아이고, 이런! 백현이 아니냐?"

"네, 숙부님. 그간 강녕하셨습니까?"

"보다시피 술과 여인을 끼고 초야에 묻혀 청렴결백하게 살고 있다."

재성의 농에 여인은 못 말린다는 듯이 고개를 절레절레 흔들더니 곧 저고리를 입고 밖으로 나왔다.

"계향아, 내 다음에 기방으로 갈 것이니 다른 놈 만나면 안 된다."

재성의 작별 인사에 계향이 탐스러운 붉은 입술로 생긋 웃었다.

"나리, 그럼 이번 보름에 기방으로 꼭 찾아오셔요. 제가 그날 밤에 좋은 술을 받아놓겠습니다. 마무리 지을 일도 있고 말이지요."

그녀는 백현과 설희를 위아래로 훑어보더니 엉덩이를 살랑거리며 재성의 집 밖으로 나가버렸다. 백현은 괜히 낯이 뜨거워 머뭇거리는데, 재성이 의관을 주섬주섬 정리하고 나왔다.

"그나저나 네가 여기까지 어쩐 일이야?"

그가 고개를 쑥 내밀자 백현의 뒤로 장옷을 쓴 젊은 여자가 보였다. 조카 녀석처럼 여색에 관심이 없는 녀석이 또 없는데 여기까지 여자를 데리고 오다니. 거참, 별일이었다.

"저 처자는 누구냐? 네 색시냐?"

"아, 아닙니다. 이연 도령의 정혼녀입니다."

그와 주고받은 편지에 종종 연이 등장했기에 그는 얼굴도 모르는 이연이라는 도령에 대해 대충 알고 있었다. 그러나 그 도령의 정혼녀를 데려오다니, 해괴한 소리였다.

"남의 정혼녀를 보쌈이라도 해 온 게냐?"

재성이 농을 던지듯 물었다. 백현은 끔찍 놀라며 손사래를 쳤다.

"숙부님! 저, 절대 그런 거 아닙니다."

"뭐, 일단 날이 다 저물어서 온 걸 보니 네 녀석이 왜 왔는지 사정은 알겠구나. 저기 건넌방은 저 아가씨 방으로 내주고, 너는 이리 좀 와서 앉아봐라."

백현은 그가 시키는 대로 건넌방에 들어가 등잔에 불을 켜고 이불을 내준 뒤 순순히 안방에 들어가 앉았다.

"무슨 일로 예까지 온 게야? 게다가 남의 정혼녀를 데리고 오다니……."

재성의 물음에 백현은 어떻게 설명해야 할지 몰라 잠시 망설였다.

"이놈아, 왜 말을 못 해?"

재성이 버럭 화를 내더니 개다리상 위에 있는 탁주를 걸쭉하게 한 잔 마셨다. 그는 입가에 맺힌 술을 소매로 닦으며 으름장을 놓듯 말했다.

"자고로 군자란 의에 밝다 하였거늘, 네 녀석이 말을 못 하는 걸 보니 당당하질 못하구나. 이런 식으로 나오면 내 형님께 다 고해바치겠다, 이놈."

"숙부님, 그런 게 아니오라, 연이가 곤란한 처지에 놓이게 되었습니다. 저는 다만 연이를 도우려는 것뿐입니다. 하지만 지금은 속사정을 다 말씀드리기가……."

"나한테까지 말 못 할 게 뭐야?"

재성은 서운하다는 목소리로 대꾸했다.

"숙부님, 언젠가 기회가 되면 말씀 올리겠습니다. 이번 한 번만 눈감고 넘어가주십시오."

"흥!"

재성이 콧방귀를 뀌자 백현은 괜히 왔나 후회부터 밀려왔다. 숙부가 그의 집에 기별이라도 하는 날에는 그 자신도 곤란해질 것이 뻔했다. 그때였다. 건넌방에서 잠자코 두 사람의 대화를 듣고 있던 설희가 말했다.

"자공子貢 왈曰, 군자일언君子一言에 이위지以爲知하며 일언一言에 이위불지以爲不知니 언불가불신야言不可不愼也라, 자공이 말하기를 군자는 말 한마디로 지혜롭다 평가받고, 말 한마디로 지혜롭지 못하다 평가받으니 말이란 삼가 조심해야 하는 것이라 하였습니다. 오늘 도련님께서 당장의 위기를 모면하려 하기보다 오히려 앞일을 걱정하여 말을 아끼시는데, 이것이 어찌 군자가 의를 밝히는 데 견주지 못하겠습니까."

재성은 탁주를 사발에 붓다가 눈이 동그래지더니 이윽고 웃음을 터뜨렸다.

"하하하! 듣고 보니 그럴싸하구나. 여자와 소인은 대하기가 어렵다더니, 당돌한 아가씨로다. 백현아, 진사고 나발이고 너는 아직 공부를 한참 더 해야겠어. 어찌 저 아가씨가 너보다 더 낫단 말이냐!"

그는 기분이 퍽 좋아졌는지 콧노래를 흥얼거리더니 안방으로 비틀비틀 들어갔다. 드르렁 드르렁, 그가 눕자마자 코 고는 소리가 천지를 진동했다. 백현은 숙부의 그런 모습이 어이가 없기도 하고 우습기도 해서 소리 죽여 웃었다.

"웃을 일이 아닙니다. 이제 저한테 글을 배우셔야겠어요."

백현이 건넌방 쪽을 바라보니 문틈으로 피식 웃는 설희가 보였다.

"송 진사가 송나발이 되었으니, 입이 열 개라도 할 말이 없습니다."

두 사람이 웃었다. 마음이 한결 가벼워졌다.

"잠자리가 불편하실 텐데 별말 없이 따라와주셔서 고맙습니다. 내일은 드디어 월악산으로 갈 수 있을 겁니다. 엊그제 보여드렸던 지도를 보면……."

백현은 소맷자락 호주머니에 손을 넣고 지도를 찾았다. 그런데 웬걸, 손에 지도가 안 잡혔다.

"이런, 제가 두고 온 모양입니다."

설희도 그제야 지도를 떠올렸다.

"실은 어제 도련님께서 제 방에 두고 가셨습니다. 제가 챙긴다는 게 아침에 서두르다가 그만……."

"아, 아닙니다. 제가 간수를 잘못한 탓이지요."

백현이 안타까워하며 소맷자락에서 손을 꺼내는데 그 순간 그의 손을 타고 비단 주머니 하나가 바닥에 툭 떨어졌다. 설희가 손을 뻗어 물건을 주웠다.

"이건……."

어딘지 낯익은 비단 주머니였다. 설희는 저도 모르게 주머니 끈을 풀었다.

"이 향갑 노리개는……."

그녀는 안에 든 향갑 노리개를 보고 놀란 얼굴로 백현을 쳐다봤다.

"이걸 어떻게 도련님께서 가지고 계십니까?"

그가 오히려 당황스럽다는 듯 물었다.

"이 노리개를 아십니까?"

설희가 고개를 끄덕였다.

"혼약을 하기 전에 서신과 선물을 보내 구애를 한 자들이 몇 있습니다. 그 가운데 김무원이라는 생원이 있는데, 그자가 보낸 노리개와 비단 주머니가 틀림없습니다.

이걸 어떻게 도련님께서 가지고 계십니까?"

백현은 사모하는 여인에게 서신과 함께 선물을 보냈다가 거절당했다고 말하던 무원을 떠올렸다. 그에게 노리개를 되돌려 보낸 이가 바로 설희였다니, 이게 무슨 우연인가.

"일전에 누가 연이를 해치려 하는지 물으셨지요? 말씀드리기 긴 이야기이지만, 이 노리개의 주인인 김무원이 그자입니다."

"네? 뭐라고요?"

설희가 되물었다.

"김무원은 연이의 이복형으로, 그는 이 대감님 댁의 장손이 되고자 하는 야심으로 가득 찼습니다. 연이가 외가로 수학을 떠나는 날 그의 습격을 받았습니다. 다행히 별 탈은 없었지만 그는 여전히 연이의 행방을 찾는 중입니다."

그녀는 갑작스러운 이야기에 당황한 듯 더듬거렸다.

"기, 김무원 도령이 이연 도련님의 이복형이라고요? 어떻게 그런……. 저 역시 오래전에 규방 여인들의 입을 타고 이 대감님 댁에 관한 소문은 들었습니다. 그게 모두 사실이었다니 정말 믿기질 않는군요. 김무원 도령이 도련님을 여전히 찾는 중이라…… 그럼 혹시 우릴 미행하던 사람들이 그의 수하였나요?"

"맞습니다."

설희가 들고 있던 노리개를 툭 떨어뜨렸다.

"그렇다면 어서 관아에 이를 알려야……."

백현이 노리개를 주우며 아쉽다는 목소리로 말했다.

"그러나 증좌가 없습니다. 이런 노리개 하나로 그를 당장 어찌할 수는 없어요. 지금은 연이에게 이 위험을 알려야 합니다. 연이는 김무원의 계략을 모르니까요."

"그렇다면 도련님은 지금 뭘 하고 계신다는 겁니까?"

그는 또다시 말하기가 난처해졌다. 진실을 알지만 백현은 엄연히 제삼자였다. 어찌 함부로 그 모든 내막을 밝힌단 말인가. 그러나 그는 확신했다. 연은 틀림없이 그녀에게 진실을 밝히고 용서를 구하리라.

"송구합니다. 제가 밝힐 수 있는 건 거기까지입니다. 아마도 연이를 만나게 되면 모든 의문이 풀리게 될 겁니다. 하지만 만약 그 아이를 만나 이 모든 사건의 전말을 듣게 되신다 하더라도 미워하거나 원망하지 말아주십시오. 그로서는 죽음을 각오할 정도로 모든 걸 내려놓고 한 선택이니까요."

그는 안타까운 얼굴로 한숨을 쉬더니 노리개를 품에 넣었다. 설희는 더욱 궁금하고 가슴이 답답했지만 더 이상 말해달라 조를 수 없었다. 방금까지 무슨 일이냐고 캐묻던 송재성에게 자공의 말을 읊어놓고 이제 와서 그를 닦달할 수 없는 까닭이었다.

*

불행하게도 나쁜 예감은 언제나 잘 들어맞는 게 인생의 잔혹한 일면이라. 백현의 우려는 현실이 되고 말았다. 그가 여주를 떠나고 얼마 되지 않아 포도청의 겸록부장의 제보가 무원에게 들어갔다. 무원은 가만히 그 수하의 보고를 전해 듣고 다짐을 받듯 되물었다.

"그러니까 겸록부장이 여주를 갔다가 송백현을 찾았다는 말이냐?"

그는 의심스러운 표정이었다. 뜬금없이 여주라니, 연고도 없는 그곳까지 갈 리가 없었다.

"확실합니다. 그곳 부장은 포도청 관원이기는 하나 뒤로 저희들과 오랫동안 거래해온 자라 믿을 만합니다. 그는 살인 사건을 수사하기 위해 여주에 갔다가 객주 주인으로부터 수상한 자들이 있다는 얘기를 듣고는 검문을 핑계로 송백현을 만나 그의 호패까지 확인했다고 합니다. 객주 주인의 얘기로는, 송백현은 지금 여자와 동행

하고 있는데 그 여자가 몸종의 옷을 입고 있다고 했습니다. 두 사람은 말을 한 필 끌고 왔다고 하니 우리가 찾는 송백현 도령이 틀림없습니다."

"그래?"

무원의 입꼬리가 올라갔다. 수하는 품에서 물건을 하나 꺼냈다.

"참, 부장이 객주 주인으로부터 받아 온 물건입니다. 송백현은 검문을 받자마자 서둘러 객주를 떠났는데, 이걸 빠뜨리고 간 모양입니다."

그가 내민 물건을 본 무원의 눈이 번뜩였다.

"하, 이런! 이건 생각지도 못한 물건이로군. 지도라니, 지도를 두고 가다니."

지도를 펼친 그의 입에 뱀 같은 미소가 걸렸다. 두 사람이 머물렀다는 여주에서 멀지 않은 충주, 그 아래 월악산에 가위표 하나가 선명하게 보였다. 의심의 여지가 없었다. 목적지는 가위표가 새겨진 월악산이었다.

'월악산이라, 월악산. 이연은 월악산에 있을까? 연고도 없는 월악산에 무슨 일로 간 거지? 거기서 뭘 할까?'

의문이 꼬리에 꼬리를 물었다. 그는 그 가위표 위에 손가락을 대고 두드렸다.

"둘이서 말 한 필을 타고 여주에서 월악산을 목표로

달린다면 오늘 밤 안에 도착할 수 있느냐?"

수하가 즉시 대답했다.

"아마도 오늘 종일 말을 달렸다고 해도 두 명이 말 한 필을 탔다면 고작 충주까지일 겁니다. 또한 말도 말이지 만, 월악산은 산세가 험하여 오르는 데 시간이 제법 걸 립니다. 아마도 오늘 오후에 도착한다면 밤중에 산을 타 는 건 쉽지 않으니 충주에서 밤을 보내고 날이 밝으면 월악산으로 출발하겠지요."

수하의 대답이 떨어지자 무원이 지체 없이 대답했다.

"나는 지금 어머니와 외숙부님께 인사를 드리고 올 테 니 너희는 당장 떠날 차비를 해라. 또한 여주로 전서구 (傳書鳩 : 통신을 위해 사용하는 비둘기)를 보내 도착하는 즉 시 바꿔 탈 말을 준비해놓으라고 하고. 지금부터 너희들 은 나와 내일 아침까지 밤새 말을 달려 월악산 입구에 도착한다."

"네."

수하가 서둘러 방을 나가자 무원은 지도를 접어 품에 넣으며 조용히 웃었다.

"어디 한번 사냥을 시작해볼까?"

〈2권에 계속〉

이매망량애정사 1

© 김나영, 2014

1쇄 발행일 | 2014년 3월 12일
3쇄 발행일 | 2014년 10월 14일

지은이 | 김나영
펴낸이 | 정은영
책임편집 | 최민석
편 집 | 이수지
마케팅 | 이대호 최형연 전연교 이현용
제 작 | 이재욱

펴낸곳 | 네오북스
출판등록 | 2013년 04월 19일 제2013-000123호
주 소 | 121-840 서울시 마포구 서교동 396-33 ㅆ
전 화 | 편집부 (02)324-2347, 경영지원부 (02)325-6047
팩 스 | 편집부 (02)324-2348, 경영지원부 (02)2648-1311
E-mail | neofiction@jamobook.com
Home page | www.jamo21.net

ISBN 979-11-85327-30-3(04810)
       979-11-85327-29-7(set)

이 도서의 국립중앙도서관 출판시도서목록(CIP)은 서지정보유통지원시스템 홈페이지
(http://seoji.nl.go.kr)와 국가자료공동목록시스템(http://www.nl.go.kr/kolisnet)에서
이용하실 수 있습니다.(CIP제어번호: CIP2014004158)